SANGUINES

ÉDOUARD BRASEY

SANGUINES

5, rue Saint-Germain l'Auxerrois, Paris 1er

Si vous souhaitez être tenu au courant
de nos publications, rendez-vous sur notre site :
www.editionsdu123.com

Avertissement : Ce récit est une œuvre de pure fiction.
Par conséquent, toute ressemblance avec des situations réelles
ou avec des personnes existantes ou ayant existé
ne saurait être que fortuite.

Cette histoire a commencé dans le sang
et se terminera dans le sang.

L'Appel de l'ange, Guillaume Musso

Le sang parlera, le sang parle toujours.

Série *Dexter*, 2006-2013

Sanguine : famille de pigments aux tonalités qui vont de l'orange à l'ocre en passant par le marron. Extraits de l'hématite, ces pigments sont utilisés en peinture. Par extension, une sanguine qualifie un dessin au pastel, à l'eau ou au crayon à mine de plomb mélangés à ce pigment.

Cette histoire pourrait se terminer ainsi :

Eleni cherche à ouvrir les yeux. Ses paupières sont lourdes, son corps engourdi. Elle est incapable de faire un geste, elle a le cerveau dans du coton. Elle se force à réfléchir. Elle se sent si faible, à bout de force. Elle parvient à déplier ses cils. Une lumière frappe sa rétine. Ou plus exactement un halo indistinct. Tout est flou devant elle. Où se trouve-t-elle ? Dans sa chambre ? Elle accommode sa vision pour retrouver des repères familiers, le plafond, la fenêtre, le fauteuil dans un coin, mais il n'y a rien de tout ça. Elle réalise alors qu'elle n'est pas dans son lit. D'ailleurs, elle n'est même pas allongée mais assise, le dos calé contre quelque chose de dur. Elle cherche à bouger les bras. En vain. Les jambes. Pas d'avantage. Elle est comme paralysée. Elle a la tête qui tourne. Elle est lasse, si lasse... Puis elle commence à distinguer des formes, des contours, des couleurs. Elle lutte contre l'irrépressible besoin de se livrer au néant, de se noyer dans ce sommeil aussi profond que l'océan. Elle pressent qu'elle ne pourrait pas en revenir.

Une baignoire. Oui, le lieu où elle est assise ressemble à une baignoire. Ou à une vasque, ou plus exactement un bassin. Mais il n'y a pas d'eau, uniquement ce carrelage froid qu'elle sent sur son corps. Elle réalise alors qu'elle est nue. Si elle ne peut pas bouger, c'est parce que ses membres sont entravés. Ce n'est pas tout : un cathéter est planté sous l'aisselle de son bras droit. Une tubulure y est raccordée, remplie d'un liquide vermeil. Il passe par une pompe qui aspire son sang goutte à goutte avant de le déverser dans le fond du bassin. Une autre tubulure est reliée à sa veine jugulaire, infiltrant dans son cou un fluide incolore. Eleni sent la panique l'envahir. Elle veut crier mais aucun son ne s'échappe de sa gorge nouée. Elle comprend la raison de cette langueur extrême : elle est en train de se vider de son sang. Gagnée par le froid et la terreur, elle claque des dents, sa peau se hérisse. Comment s'est-elle retrouvée là ? Elle a du mal à retrouver ses souvenirs. Sans doute l'a-t-on droguée. Ses forces l'abandonnent. Elle ne pourra pas tenir longtemps ainsi. Elle sait qu'elle va mourir. Une mort douce et lente contre laquelle elle ne peut rien. Elle tourne la tête pour résister à la somnolence qui la gagne et aperçoit un autre corps à côté d'elle, avec le même dispositif et dans une posture identique à la sienne. Il a lui aussi perdu beaucoup de sang et se trouve dans le même état comateux. Elle ne sera donc pas seule à mourir. Une bien maigre consolation. Elle voudrait avoir la force de se dresser, d'arracher ces minces tuyaux qui aspirent sa vie, d'appeler à l'aide, mais la pièce où elle se tient est hermétiquement close, sans aucune issue sur l'extérieur. Qui pourrait venir la sauver, d'ailleurs ? Personne ne sait qu'elle est ici. Personne, sauf son assassin. Elle l'a reconnu, c'est lui qui se trouve à côté d'elle. Et c'est son sang qui se mêle au sien dans le fond de la vasque. Le bourreau et sa victime se rejoignent jusque dans la mort. Vaincue, elle referme les yeux. Son esprit s'emplit d'ombre.

Trois jours plus tôt, son histoire commençait comme ceci :

LUNDI

1

Salle d'information et de commandement de la Préfecture de police de Paris, île de la Cité, 0 h 15

Eleni Kokino rajusta son casque sur les oreilles et prit un nouveau correspondant.

— Police-Secours, j'écoute…

— Allo ? Je suis bien au commissariat ?

— Vous êtes à la Préfecture de police. Je vous écoute…

— J'ai composé le 17. J'ai hésité avec le 18. Je ne savais pas trop.

— Le 18, c'est le numéro d'urgence des sapeurs-pompiers, madame. Pour quelle raison appelez-vous ?

— C'est rapport à mon chat. Je ne l'ai pas vu de la journée. Et il n'a pas touché à sa gamelle. Il lui est arrivé quelque chose…

Eleni réprima un soupir. Depuis quelques semaines, on l'avait affectée à la permanence téléphonique du 17, située au deuxième sous-sol de la préfecture de police. Après avoir été admise à l'École nationale supérieure de police de Cannes-Écluse six mois plus tôt, elle accomplissait son stage en alternance à la Direction de la sécurité de proximité de l'agglomération parisienne en tant qu'officier de police stagiaire. Au bout d'un an, si ses supérieurs jugeaient qu'elle faisait l'affaire, elle serait titularisée avec le grade de lieutenant de police. Flic à part entière. Bien sûr, en tant que « bleue », on ne risquait pas de lui confier des missions de terrain trop complexes. Comme la plupart de ses collègues, elle faisait ses premières armes au standard téléphonique où étaient dirigés les communications du 17 provenant de Paris et des trois départements de la petite couronne. Des appels au secours, des cambriolages, des rixes, mais aussi des messages loufoques tels que celui-ci, auxquels il fallait tout de même répondre en gardant son calme. Un jour, un vieux monsieur avait même appelé pour savoir s'il devait avancer ou reculer son horloge au passage de l'heure d'été. Alors un chat égaré, c'était dans la bonne moyenne. Eleni rassura la dame éplorée par l'absence de son matou et raccrocha. Elle se dégourdit les doigts et consulta rapidement sa montre. 0 h 20. Les aiguilleurs de l'information opérationnelle – des téléopérateurs ayant reçu une formation préalable de deux semaines sur les équipements de transmission et les nouvelles technologies – étaient astreints aux trois-huit.

Eleni commençait cette semaine dans l'équipe de nuit. Entre minuit et 6 heures du matin elle allait devoir écouter toutes les misères humaines, petites ou grandes. La grande salle où elle se trouvait avait des allures de sous-marin ou d'aquarium. Un lieu clos et sécurisé, sans ouverture, où se déversait virtuellement la violence du monde extérieur. Plusieurs rangées de pupitres alignés les uns derrière les autres, équipés chacun de trois écrans et de cinq ordinateurs tactiles, d'un téléphone et d'un micro. Au mur, une horloge et un poste de télévision branché en permanence sur une chaîne d'information en continu.

Autour d'elle, ses collègues se farcissaient la même corvée. Parfois des vétérans, mais la plupart du temps des jeunots. La petite vingtaine, l'âge où l'on croit encore qu'il est possible de changer le monde, de défendre les victimes et de punir les méchants. L'âge des grandes vocations. Uniquement des mecs baraqués, le cheveu ras, gonflés à la testostérone et nourris au McDo. Eleni détonnait nettement au milieu de ces beaux gosses qui avaient à peine du poil au menton. D'une part elle était la seule fille, même si le métier de flic faisait de plus en plus d'adeptes dans la gente féminine, d'autre part elle avait dépassé la trentaine et avait eu une autre vie avant d'entrer dans les forces de l'ordre. Une vie qu'elle préférait oublier. Ensuite, son accent témoignait de ses origines grecques. Elle était née à Paris, avait vécu quelque temps à Athènes après ses études d'où elle n'était revenue que trois ans plus tôt. Grecque par son père et française par sa mère, elle avait la double nationalité et à ce titre avait pu postuler pour devenir officier de police sur le territoire français, avec contrat d'engagement d'une durée minimum de cinq ans au service de l'État. Enfin, il y avait ces gants blancs qu'elle portait en permanence et qui intriguaient tant ses collègues. Au début, ils l'avaient charriée, mais elle avait fait comme si elle n'entendait pas, alors ils n'avaient pas insisté. Après tout, chacun est libre de s'habiller comme il l'entend.

Lorsqu'elle portait l'uniforme, comme cette nuit, cet accessoire ne choquait pas trop, mais en civil, c'était plutôt étrange.

Il ne s'était pas passé vingt secondes avant qu'un nouvel appel s'affiche sur l'écran du PC. Eleni le prit aussitôt.

— Police-Secours, j'écoute...

Au bout du fil, une respiration forte. Parfois, les gens qui composent le numéro d'urgence sont en état de choc et ne parviennent pas à articuler la moindre syllabe. Eleni savait cela. Durant ses heures de formation à l'ENSP, on lui avait enseigné comment réagir en conformité avec le projet Pégase[1] destiné à améliorer les services rendus par le 17. Rassurer, maintenir la communication, encourager à parler. Un peu comme chez SOS Amitié. Sauf qu'ici, les situations étaient souvent plus graves et le temps compté. Aux heures de pointe, il y avait un appel toutes les douze secondes. Il fallait savoir gérer l'urgence sans bâcler les conversations.

— Vous avez demandé la police. Quelle est la raison de votre appel ? Êtes-vous en danger ? Je suis à votre écoute, parlez.

Évidemment, le silence ne devait pas durer trop longtemps. Parfois, des petits malins s'amusaient à composer le 17 juste pour le plaisir. Ils finissaient par ricaner, proférer une insulte avant de raccrocher. Il s'agissait bien entendu d'appels masqués. Dans le passé, les appels anonymes étaient composés depuis des cabines publiques.

1. Pilotage des événements, gestion des activités et sécurisation des équipages.

À partir du 1er janvier 2018, celles-ci avaient été supprimées, remplacées toutefois à certains endroits par des *phone booths* anglais recyclés en boîtes à livres. La nostalgie était toujours là, mais la fonction avait disparu.

Le numéro qui s'affichait sur l'écran provenait d'un café du Ier arrondissement ouvert la nuit. Certains bistrotiers mettaient encore des postes téléphoniques à la disposition de leur clientèle à condition de consommer. La dernière façon de téléphoner lorsqu'on n'avait pas de portable. Ou lorsqu'on ne souhaitait pas laisser de trace.

— Si vous ne répondez pas, je vais être obligée de mettre fin à la communication, avertit Eleni.

C'était conforme à la procédure ; il fallait donner une dernière chance à l'interlocuteur muet avant de raccrocher.

— Non… Attendez… Je viens de voir… une chose bizarre… Je ne sais pas trop ce que c'est… Dans le doute, j'ai préféré appeler la police.

La voix était indistincte, feutrée, comme si la personne au bout du fil avait placé un morceau d'étoffe contre l'appareil pour éviter d'être reconnue. De fait, il était impossible de savoir s'il s'agissait d'un homme ou d'une femme, d'une personne jeune ou âgée. Plutôt louche, comme comportement. Sans doute un mytho, comme il y en a tant. Mais il fallait s'en assurer.

— Pouvez-vous être plus précis ? Qu'avez-vous vu exactement, et à quel endroit ?

— Eh bien… C'est dans les jardins du Palais-Royal… Sur l'une des colonnes de Buren… Il y a… une statue… Enfin, cela ressemble à une statue.

Eleni leva légèrement les sourcils. Un témoin indistinct qui avait vu ou cru voir une statue posée en pleine nuit sur une colonne de Buren… Cela sentait la fumisterie à plein nez. À moins qu'il ne s'agisse d'un pari idiot du style : « Chiche que je fais déplacer les flics pour rien ! »

— Pouvez-vous décrire cette statue, je vous prie ?

— Eh bien… Elle ressemblait à une statue grecque… Vous savez, ces divinités qu'on trouve dans les musées… Un buste de femme avec un drôle de casque hérissé de pointes sur la tête. Elle avait aussi un bouclier et portait une lance dans la main droite.

Eleni se mordit la lèvre inférieure. Spontanément, le nom d'une déesse grecque surgit dans son esprit. Un nom qu'elle avait cru pouvoir effacer de sa mémoire. Ce n'était pas possible. Le hasard était trop grand.

— Pouvez-vous me décrire cette statue plus en détail ? Y avait-il des motifs sur le bouclier ?

— Il faisait nuit… Mais enfin, j'ai cru voir des dessins de femmes armées. Vous savez, celles qu'on appelle les Ama…

— Les Amazones.

Eleni sentit un grand froid la saisir. La description qu'elle venait d'entendre lui évoquait une statue qu'elle ne connaissait que trop bien.

— Mais ce n'est pas le plus étrange, poursuivit la voix. Ce qui m'a surpris, c'est que cette statue semblait faite de chair.

— De quoi ? cria Eleni, attirant brièvement l'attention de ses confrères qui revinrent aussitôt à leurs conversations.

— Je ne sais pas comment dire ça autrement. Elle était si criante de vérité qu'elle semblait *humaine*. Vivante. Sauf qu'elle ne bougeait pas et que son corps s'arrêtait au niveau du buste. Ça m'a donné des frissons dans le dos... C'est pour ça que j'appelle.

Eleni fit un effort pour se reprendre.

— Pourriez-vous décliner votre identité, je vous prie ?

— Non... J'ai... J'ai juste voulu vous alerter, c'est tout.

Le correspondant raccrocha aussitôt. Évidemment, il n'allait pas donner son nom après avoir pris tant de précautions pour demeurer dans l'ombre. Quoi qu'il en soit, il fallait réagir vite.

Eleni envoya aussitôt une patrouille sur les lieux pour contrôler les assertions du témoin mystérieux. Intérieurement, elle pria pour qu'il ne s'agisse que d'une mauvaise farce.

Tu peux être content de moi. J'ai agi en tous points comme tu l'aurais fait si tu avais encore l'usage de tes membres. J'ai repéré le bar plusieurs heures à l'avance. Genre vieux bistrot conservé dans son jus, avec cabine téléphonique au sous-sol. À l'ancienne, à côté des toilettes. Tu sais à quel point je déteste avoir des gens autour de moi lorsque je téléphone. Surtout pour ce coup de fil-là, où il me fallait une tranquillité absolue. J'ai poussé la porte du troquet et jeté un coup d'œil à l'horloge suspendue au-dessus du comptoir. Minuit. J'étais dans les temps. « Un café et une pièce, je vous prie », j'ai dit. Le patron s'est exécuté sans un mot. Muet et discret comme une tombe. Comme toi.

En bas, le combiné était accroché au mur, comme dans les polars français des années soixante. J'ai glissé ma pièce et composé le 17. « Police-Secours, j'écoute... » Une voix d'homme. J'ai raccroché et refais le numéro. Une fois, deux fois, trois fois. J'avais tout mon temps. Elle finirait bien par répondre, je me suis dit. Je savais qu'elle était de permanence cette nuit. « Police-Secours, j'écoute... »

Cette fois, c'était bien elle. J'aurais reconnu sa voix entre mille. Une belle voix de gorge, avec cet accent si reconnaissable. Genre Mélina Mercouri quand elle était jeune. J'ai respiré fort. Comme un coureur essoufflé par sa course. Simple mise en condition. Je voulais qu'elle soit attentive à ce que j'allais dire. Quand elle a menacé de raccrocher, j'ai commencé à lui parler. Elle ne risquait pas de me reconnaître. Quand je prends ma voix neutre et blanche, personne ne peut savoir qui je suis. Pas même elle. Tu appelais ça ma voix d'outre-tombe, tu te souviens ? Je sais bien que oui, même si tu ne peux pas répondre. Tu ne peux même pas opiner du chef, mais je te connais suffisamment pour savoir ce qui se passe par la tête. Ton corps est figé dans un fauteuil mais tu peux encore écouter et comprendre ce que je te raconte. Pour ton propre malheur, et mon plus grand plaisir.

Lorsqu'elle a commencé à me demander des précisions sur ce que j'avais vu et qu'elle a évoqué d'elle-même les Amazones, j'ai su qu'elle était ferrée. Elle n'allait pas lâcher l'affaire de sitôt. Elle était trop concernée. J'ai souri, puis j'ai raccroché. Mission accomplie. C'était terminé pour ce soir. En haut, le café que j'avais commandé était froid. Je l'ai bu quand même et jeté quelques pièces sur le comptoir. Le patron n'a même pas levé les yeux vers moi. Brave gars. S'il avait su ce que j'avais fait et ce que je m'apprêtais encore à faire, il aurait été un peu moins discret. Quand il lira les journaux, demain, il n'imaginera sûrement pas que cette nuit, sans le vouloir, il aura été mon complice. Tout comme Eleni sera le témoin privilégié de mon œuvre avant de devenir à son tour mon œuvre ultime. Mon chef d'œuvre.

2

Palais-Royal, 0 h 25

La voiture de police, une e-Golf électrique à la carrosserie blanche et noire, vint se garer devant le Palais-Royal, toutes sirènes hurlantes. Deux gardiens de la paix en uniforme en descendirent avant de se rendre dans la cour d'honneur du bâtiment où se trouvait les *Deux Plateaux*, l'œuvre d'art à ciel ouvert créée par Daniel Buren en 1986. Ce projet d'avant-garde tranchait avec le cadre classique du Palais et de la Comédie-Française dont certaines salles de répétition se trouvaient en-dessous. Jugé provocateur et trop moderne, il avait fait polémique à l'époque. Une véritable bataille d'Hernani s'était déclenchée, opposant partisans de l'œuvre et opposants farouches qui multiplièrent procès et actions de toutes sortes pour empêcher sa réalisation ou plus tard la détruire. Ayant mal supporté l'usure du temps, les *Deux Plateaux* ont dû être entièrement restaurés, jusqu'à sa réouverture en 2010.

L'accès en était interdit après 23 heures en été. L'appel avait été passé au 17 plus d'une heure plus tard. Le témoin supposé était donc sur place au moment de la fermeture, alors qu'il n'y avait plus personne. Les gardiens n'avaient sans doute pas eu le temps de faire leur ronde et de signaler l'hypothétique statue.

— Elle est où, cette statue ? demanda le gardien de la paix Lampion.

— Ça, on ne nous l'a pas dit, mais je suppose qu'on doit la voir de loin, répondit le sous-brigadier Bergamotte.

— Moi, j'ai jamais compris pourquoi on a autorisé la construction de ces machins. C'est hideux.

— C'est Mitterrand. Il aimait bien enlaidir Paris. Il a remis ça deux ans après avec la Pyramide du Louvre ; je m'en souviens encore. Je préférais Valéry.

— C'était pas mieux sous Giscard. C'est tout de même lui qui a inauguré Beaubourg.

— Bon, c'est pas le sujet du jour et on n'est pas sur Arte. Tu vois quelque chose, Lampion ?

Devant eux s'étendait l'alignement des deux cent soixante cylindres tronqués en marbre de carrare et en marbre des Pyrénées, à rayures blanches et noires, répartis en damier sur les trois mille mètres carrés de la cour. Celle-ci était plongée dans l'ombre mais le halo de la lune permettait de distinguer les contours des colonnes qui semblaient avoir été sciées à leur base.

— Ça ressemble plus à des ruines qu'à de l'art, reprit Lampion.

— C'est ça, l'art contemporain, rétorqua le sous-brigadier Bergamotte. Même quand c'est neuf, c'est déjà usé.

— Et puis à quoi ça rime ces plots sur lesquels il n'y a rien ?

— Ben justement, un petit malin a eu l'idée d'y placer une statue, à ce qu'il semble. Tiens, là-bas !

On distinguait dans la pénombre, sur l'une des colonnes située au milieu de la cour, une forme figurant un buste de femme. Les policiers s'approchèrent en silence, braquant leurs lampes torches devant eux, médusés par cette apparition incongrue. De près, on voyait plus nettement la silhouette. Un tronc, plus exactement, posé sur la colonne et entièrement nu, les seins généreux et le ventre rebondi, le visage très pâle aux yeux grands ouverts, le crâne surmonté d'un étrange casque, une lance et un bouclier à ses côtés.

— Merde, alors ! C'est pas courant une affaire comme ça ! fit Lampion. C'est quoi ? Une exposition sauvage ? Il y a des artistes qui font ça pour se faire connaître. J'ai vu un reportage à la télé à ce sujet.

— En tout cas, c'est vraiment réaliste comme sculpture.

— Et elle est bien foutue, en plus. Tu as vu les nibards ?

— Et le ventre. On dirait qu'elle est enceinte.

— C'est quoi comme matière ? C'est pas de l'argile, ni du marbre.

Les deux hommes faisaient le tour de la statue à pas lents, tels des archéologues découvrant un artefact rarissime ou les vestiges d'une civilisation disparue. Le sous-brigadier fut le premier à oser tendre la main pour effleurer la surface lisse du ventre projeté en avant.

— C'est doux, constata Bergamotte. Ferme et souple. Je sais pas ce que ça peut être comme matière. De la cire, peut-être ? En tout cas, ça ressemble vraiment à de la vraie peau.

Lampion se décida à caresser à son tour la main sur le corps pétrifié, s'attardant sur la poitrine.

— Je sais ce que c'est, chef. De la silicone. Les Japonais et les Chinois l'utilisent pour fabriquer des *sex dolls*. Des poupées sexuelles, quoi. Ça coûte un bras, ces trucs-là. J'ai vu un reportage à…

— … la télé. Dis-moi, tu la regardes souvent la télé, on dirait.

— Quand j'ai le temps. Mais c'est la première fois que j'en vois une en vrai, de ces poupées. Et que je peux la toucher.

— Calme-toi. Oublie pas que tu es en service. Bon, on va faire notre rapport au CIC et on rentre à la maison. Ils en feront ce qu'ils veulent de cette poupée. Peut-être bien qu'ils vont la laisser là. Après tout, c'est joli comme décoration.

— Et c'est plus sexy que les colonnes de Buren toutes seules… Oh ! Attends une minute.

Le gardien de la paix pointa sa lampe sur l'arrière de la statue, au niveau de la colonne vertébrale. Il repéra une sorte de boutonnière faite de fils entrelacés. Il posa la main dessus, puis la retira aussitôt.

— Merde ! C'est quoi, ça ? On dirait des points de suture !

Le sous-brigadier se pencha à son tour pour examiner de plus près les cicatrices.

— Putain ! C'est pas une poupée de cire !

Il aspira une bouffée d'air avant de lancer, sidéré :

— C'est une vraie femme !

3

Avenue de l'Opéra, 6 h 15

Le commandant Antoine Peretti, de la Direction générale de la police judiciaire, roulait dans un Paris désert. À 6 heures du matin, au mois d'août de surcroît, on était à l'abri des embouteillages. Faible consolation lorsqu'on a été réveillé à l'aube par un coup de fil intempestif de son chef, le commissaire Wens, de la Brigade criminelle. Toujours concis, sans un « bonjour » ni un « au revoir », mais usant d'un ton goguenard bien peu en rapport avec les nouvelles macabres qu'il annonçait généralement à ses interlocuteurs, surtout à ces heures impossibles.

— Peretti, va faire un tour au Palais-Royal, une surprise t'y attend. Un joli crime bien enveloppé, avec un mode opératoire assez original. Je ne t'en dis pas plus. Allez, file, la scientifique est déjà sur place.

Il avait raccroché aussitôt. Peretti avait pesté, juré, tout en enfilant un jean et une chemise à peu près blanche qui traînaient près du lit. Il avait passé son dimanche soir à déguster de vieux whiskies avec son copain Élie, un scénariste qui l'avait contacté deux ans plus tôt pour un projet de film sur les bavures policières. Le film ne s'était pas fait pour des raisons financières, ou de censure, on ne savait pas trop, mais ils étaient restés potes, unis par une passion commune pour les liqueurs fortes. La veille, ils avaient terminé leur tour d'horizon des alcools d'Écosse par un *Octomore*, un Islay réputé pour être le whisky le plus tourbé du monde. Bouteille à 300 €, tout de même.

— Ce sont mes étudiants en scénar qui me l'ont offerte en fin de stage, s'était justifié Élie. On va la boire à leur santé.

Le whisky était bon mais tapait fort à l'arrière du crâne. Antoine s'était jeté en travers de son lit vers 2 heures en imitant le son de la cornemuse avec sa bouche. Il n'avait dormi que quatre heures et se trouvait encore sous l'effet des vapeurs éthyliques quand son chef l'avait appelé. Il avait soufflé dans la paume de sa main pour sentir son haleine qui fleurait les relents de *haggis*[1]. Pas le temps de se brosser les dents. Pas grave. Quand on a rendez-vous avec de la viande froide, inutile de se mettre sur son 31 ou de se parfumer les dessous de bras. Les morts s'en fichent bien et ils puent autant qu'un flic célibataire ayant passé avec difficulté la cinquantaine, encore à moitié bourré un lundi matin. Bon, il devait bien avouer que ça lui arrivait un peu trop souvent. Depuis l'affaire qui avait failli lui coûter sa place, il était en permanence d'une humeur massacrante. Et il picolait trop. Un psy aurait pu y voir

1. Panse de brebis farcie, plat traditionnel écossais.

une relation de cause à effet et l'aider à faire son deuil du passé, mais les flics ne voient pas de psys. Ils gardent tout pour eux. C'était du moins la position de Peretti, et il n'était pas près d'en changer.

En chemin, il s'était arrêté devant un distributeur automatique qui avait craché en renâclant un liquide brunâtre dont la prétention usurpée était d'être du café arabica. Nettement moins bon que l'*Octomore*, mais plus adapté à la situation. Il lui manquait juste l'aspirine. Il en aurait bien croqué quelques comprimés en guise de petit déjeuner. Tant pis. Il en serait quitte pour entendre Big Ben résonner dans son crâne. Tout ça, c'était de la faute à Élie.

Il descendit l'avenue de l'Opéra, aussi vide que son cerveau. Le Palais-Royal était à deux pas. Alors qu'il portait le gobelet à ses lèvres et s'apprêtait à absorber une gorgée de ce café imbuvable, un vélo déboucha de la rue Molière et lui coupa la route. Peretti pila, ce qui eut pour effet de projeter une partie du liquide bouillant sur sa chemise et son pantalon.

— Putain ! Merde ! Bordel !

Le policier égrena ainsi un long chapelet d'injures à l'attention du, ou plutôt de la cycliste responsable de cet incident vestimentaire, mais cette dernière continua son chemin sans prêter attention à ce qui l'entourait. Une brunette vêtue d'un jean troué et d'un pull informe, une casquette sur la tête et les mains gantées de blanc. Peretti se dit que ce n'était décidément pas son jour. Son crâne jouait de la grosse caisse, sa bouche était pâteuse, et à présent sa chemise et son falzar étaient auréolés d'une large tâche marron. Il s'était brûlé, en plus. Il n'y avait pas un chat à Paris et il avait fallu qu'il tombe sur une fille ne respectant pas la priorité. Avant de reprendre sa route, Peretti extirpa un mouchoir de sa poche et tenta vainement de réparer les dégâts.

— Eh merde ! répéta-t-il.

*

Eleni pédalait avec entrain. Elle emprunta la rue Molière pour rejoindre le bas de l'avenue de l'Opéra. Au passage, elle frôla une voiture qui roulait en plein milieu. Même au petit matin, les automobilistes parisiens étaient des dangers publics. Ils croyaient avoir tous les droits et ignoraient complétement les deux roues et les piétons. Encore un peu et ce chauffard la renversait. Elle ne lui accorda aucun regard et fila en direction du Palais-Royal.

La nuit précédente, la patrouille avait rappelé pour indiquer que la statue plantée sur la colonne de Buren était en réalité un corps humain, ou tout au moins une partie de corps. Le tronc et la tête. Bras et jambes avaient disparu. Un buste macabre, maquillé en statue antique. Eleni avait dû attendre la fin de sa permanence à 6 heures avant de pouvoir se rendre sur les lieux. Elle n'était pas repassée chez elle, elle avait juste troqué son uniforme pour ses vêtements civils dans le vestiaire. Évidemment, elle n'avait aucun ordre de mission. Elle n'était qu'un simple officier de justice stagiaire, tout juste apte à répondre au téléphone ou classer des dossiers. Pour aller sur le terrain, il fallait attendre d'avoir la qualité d'officier de police judiciaire. Elle savait très bien qu'elle outrepassait ses fonctions en s'immisçant dans une enquête en cours. Si cela se savait, elle risquait de se faire méchamment remonter les bretelles, voire de se faire exclure de l'École de police. Mais elle ne pouvait pas agir autrement. Cette histoire de statue humaine la concernait. Elle la concernait même directement.

Les abords du Palais-Royal étaient protégés par un cordon de police. Un jeune agent en faction interdisait l'accès aux personnes non accréditées. Eleni mit pied à terre et lui flanqua son vélo dans les bras.

— Mademoiselle, vous n'avez pas le droit de...

Eleni n'avait pas encore son badge de police ; à défaut, elle agita d'une main sa carte d'élève officier stagiaire sous le nez du jeune gardien de la paix, avant de la ranger immédiatement dans sa poche.

— Je vous le confie, prenez-en bien soin. De toute façon, je l'ai équipé d'un traceur GPS. À Paris, c'est indispensable. Si on me le vole, je saurai le retrouver grâce à ça...

Elle exhiba fièrement une clé électronique, puis franchit le cordon avec une telle assurance que le flic n'osa pas la rappeler. Elle se dirigea directement vers la cour d'honneur. La police scientifique avait sécurisé le périmètre depuis la nuit précédente et achevait de récolter les indices. Un attroupement massé au centre de la cour indiquait clairement l'endroit précis où le corps avait été découvert. Eleni s'approcha résolument, luttant contre l'angoisse qui lui tordait le ventre. Elle espérait encore qu'il s'agissait d'une méprise, que dans sa confusion, le témoin qui avait appelé le 17 s'était trompé dans ses descriptions, que tout cela n'était qu'un cauchemar dont elle allait s'éveiller.

Le buste avait été retiré de la colonne et était allongé à terre, posé sur une bâche. Le médecin légiste procédait aux premières constatations. Eleni sentit les battements de son cœur s'accélérer. Elle jeta un regard vers la dépouille et refreina un cri. Elle connaissait la victime, enfin, seulement le prénom : Peggy. Elle l'avait croisée à plusieurs reprises dans le groupe de soutien où elle s'était inscrite à son retour de Grèce. Pire, elle avait reconnu la statue qu'elle était censée reproduire et dont la seule évocation suffisait à la terroriser : Athéna Parthénos.

*

Antoine Peretti gara sa voiture de fonction banalisée en travers de la rue Saint-Honoré. Un jeune flic, une main posée sur un guidon de vélo, le regardait avec des yeux ronds.

— Monsieur, l'accès est interdit !

Peretti se contenta de lui jeter les clés de sa voiture comme il l'aurait fait à un simple voiturier, tout en exhibant sa carte tricolore. Puis il pénétra dans l'enceinte sécurisée de la galerie Montpensier. Ce n'était pas le moment de le contrarier. Il avait par nature un caractère bougon, mais aujourd'hui il était d'une humeur massacrante. Le premier qui s'aviserait de lui chercher des poux dans la tonsure en ferait les frais. De loin, il reconnut le légiste. Le docteur Borrel. Un rouquin barbu un peu replet qui fumait la pipe en permanence, surtout lorsqu'il tripotait les macchabées et procédait aux autopsies. Il affirmait que l'odeur du tabac couvrait celle de la mort et des tissus en décomposition, ajoutant que cela l'aidait également à se concentrer. Lorsqu'on lui faisait remarquer qu'en se comportant ainsi il contrevenait aux réglementations modernes qui interdisaient le tabac dans la plupart des lieux publics, il rétorquait avec superbe que Freud n'aurait jamais inventé la psychanalyse si on l'avait privé de ses chers cigares. Même si cet argument était à l'évidence tiré par les cheveux – Borrel n'était pas plus psychanalyste que Freud n'était légiste –, il suffisait à couper court à toute objection.

Peretti reconnut la fille qui lui avait grillé la priorité quelques instants plus tôt. Elle semblait pétrifiée. Qu'est-ce qu'elle fichait là ? Le commandant choisit de l'ignorer complètement. Il brûlait d'envie de passer ses nerfs sur elle mais il n'était pas là pour ça.

— Alors, Borrel, qu'est-ce qu'on a ?

Le médecin se redressa, tira sur sa pipe tout en se grattant la barbe, signe chez lui d'une intense réflexion.

— J'avoue n'avoir jamais été confronté à un cas pareil. Les bras et les jambes ont été sectionnés et le corps entièrement vidé de son sang. On y a ensuite inoculé un liquide destiné à retarder la décomposition et à conserver les chairs en bon état. Ah ! Encore un détail. La victime était enceinte de sept mois.

— Et le fœtus ? interrogea Peretti.

— Mort, évidemment. Bien qu'on ait déjà vu des fœtus survivre plusieurs heures au décès de leur mère. Mais là, non. Autre chose : la victime a subi récemment une intervention de chirurgie esthétique.

— Elle s'est fait refaire le nez ?

— Non, augmentation mammaire.

Le commandant jeta un regard connaisseur en direction de la poitrine de la trépassée.

— Joli travail. Un lien avec le mode opératoire ?

Le légiste téta le tuyau de sa pipe.

— Pas que je sache. À part la précision du geste chirurgical. Si ce n'est que les opérations destinées à améliorer le physique des femmes s'interrompent généralement avant l'ablation des membres.

Peretti interrogea le médecin du regard. Il ne savait jamais si ce dernier était sérieux ou s'il pratiquait une forme d'humour noir. Le visage impavide du praticien ne lui fournit aucune réponse. Il n'insista pas et enchaîna :

— Une idée de l'heure de du décès ?

Le médecin frappa sa pipe contre le talon de sa chaussure pour en extraire la cendre puis entreprit de la bourrer à nouveau en extirpant une blague de sa poche.

— Difficile à dire. Les produits injectés dans la dépouille empêchent une datation précise. Cela peut remonter à quelques heures, ou quelques jours. C'est un peu comme si la victime avait été momifiée.

Peretti réprima un haut-le-cœur. Un effet de la biture de la veille ou la vision d'une femme transformée en personnage du musée Grévin. Ou les deux à la fois. Il désigna le visage étrangement doux et serein.

— Cela a dû être horrible d'être charcutée comme ça. Pourtant, elle paraît apaisée. Comme si elle était morte en paix, sans souffrir.

Le légiste ralluma sa pipe à l'aide de son briquet Zippo.

— J'ai remarqué une perforation au niveau du front. Je pense que l'agresseur s'est servi d'un pistolet à projectile captif, de ceux qu'on utilise dans les abattoirs pour assommer et paralyser les bêtes en leur ôtant toute sensation de douleur avant de les abattre. Cette pratique n'est pas due à un souci d'« humanité », mais elle évite que le stress engendré par la souffrance injecte des toxines dans le sang de l'animal et rende la viande impropre à la consommation. La victime a été assommée de la même façon. Ce n'est qu'après qu'elle a été exsanguinée, puis en partie dépecée. En fait, elle n'a pas été tuée à proprement parler. Elle était inconsciente au moment où elle s'est vidée de son sang. La mort est survenue au cours du processus.

Peretti se pencha vers le front de la victime.

— Oui, je vois la perforation. Elle est recouverte d'un dessin. On dirait un symbole.

— Oui, mais j'en ignore la signification.

— C'est un labrys, intervint Eleni. La double hache des Amazones.

Peretti se tourna vers elle, agacé.

— Vous voulez bien me dire qui vous êtes et ce que vous faites ici ?

Eleni sortit de l'état de prostration dans lequel l'avait plongée la vision de la femme sacrifiée.

— Eleni Kokino, officier de police stagiaire. C'est moi qui ai pris l'appel au 17 la nuit passée.

— Et cela vous autorise à venir fouiner ? Vous avez besoin de votre ration de Grand Guignol, c'est ça ? Vous êtes satisfaite ?

Peretti s'exprimait sur un ton glacé, bombardant Eleni de remontrances bien senties. Il avait enfin trouvé quelqu'un sur qui passer ses nerfs. Une bleue, c'était parfait. Une débutante qui ne connaissait encore rien à l'univers de la police et en était restée aux légendes urbaines véhiculées par les séries télévisées à la noix. Mais on était dans la réalité, ici, pas sur Netflix. Eleni essuyait ces réprimandes sans piper mot. Elle se savait dans son tort ; de plus, ce n'était pas le moment de se mettre à dos le commandant en charge de l'affaire. Elle se contenta de le fixer de ses yeux noirs, attendant que le policier ait fini de lui passer un savon. Elle remarqua qu'il ressemblait un peu à l'acteur Jean Reno. Il était aussi grand que lui et aussi peu souriant. Un vrai cache-ta-joie. Le genre de flic qu'on n'aimerait pas avoir comme binôme. Heureusement, ce ne serait pas le cas pour elle. Un stagiaire ne pouvait pas accompagner un commandant de police dans ses enquêtes.

Peretti finit par se calmer. Il examina la fille. Pas mal. Encore jeune, mais pas trop. Type méditerranéen. On ne l'imaginait pas en flic. Trop féminine, bien qu'aujourd'hui il n'existait plus de critères de choix pour embrasser une carrière. Tout le monde pouvait devenir flic, ou militaire, ou pompier. La fameuse parité des sexes et la phobie de la ségrégation. Lui, il était d'une époque où c'était aux hommes de protéger les femmes. D'essayer en tout cas. Mais il suffisait d'un échec pour sentir le poids de la culpabilité peser sur ses épaules. Et ça, impossible de s'en débarrasser. Il en savait quelque chose. Cette sale histoire avec Sandra. Il n'avait pas été assez vigilant et elle l'avait payé de sa vie. Il ne pourrait jamais oublier son visage. Elle ressemblait un peu à cette fille, d'ailleurs. C'est peut-être à cause de ça qu'il s'était mis en rogne. Comme si l'occasion lui était enfin donnée d'engueuler Sandra d'être morte à cause de lui. Il reprit d'un ton plus doux :

— Qu'est-ce que vous avez dit tout à l'heure, au sujet de la double hache ?

— Le labrys est un symbole très ancien associé à la civilisation minoenne et aussi à la légende des Amazones. Aujourd'hui encore, en Grèce, il est utilisé comme signe de reconnaissance de certains groupes occultes se réclamant du pouvoir matriarcal et féminin.

Peretti hocha la tête, dubitatif.

— Comment vous savez tout ça ?

Eleni hésita un instant mais finit par répondre :

— J'étais guide touristique en Grèce avant de m'installer en France.

Peretti faillit éclater de rire. Une guide touristique qui voulait devenir flic ! Pourquoi pas une hôtesse de l'air, tant qu'on y était ? Le recrutement de la Police nationale laissait de plus en plus à désirer. Ces filles ne se rendaient pas compte des dangers auxquels elles s'exposaient. Il avait l'âge d'être le père de cette fliquette et s'il l'avait été pour de bon, il lui aurait interdit de s'engager dans cette voie. Elle ne l'aurait certainement pas écouté, les filles n'écoutent jamais. Du moins, c'est ce qu'il pensait car il n'avait jamais eu de fille. En tout cas, cette nana devait dégager en vitesse. Ce n'était pas un spectacle pour elle.

— Mademoiselle, je crois que plus rien ne vous retient ici. À moins que vous ne comptiez nous faire visiter les salles du Palais-Royal ? Mais je ne pense pas qu'elles seront ouvertes aujourd'hui.

Eleni comprit qu'il était inutile d'insister. Jean Reno la congédiait proprement, en se moquant d'elle de surcroît. Un vrai beauf. Elle tourna les talons et quitta la scène de crime sans un regard en arrière. De toute façon, elle en avait assez vu.

Quand elle se fut éloignée, le légiste fit remarquer à Peretti, suçotant toujours le tuyau de sa pipe :

— C'est plutôt judicieux ce qu'elle a dit, la petite.

Peretti balaya la remarque d'un geste agacé. Borrel avait raison, bien sûr, mais le commandant ne l'aurait admis pour rien au monde. Il était de trop mauvaise foi pour ça. Il n'en était pas fier, mais c'était sa façon de se protéger.

4

Rue Mouffetard, 7 heures

Eleni enfourcha sa bicyclette, dont le jeune gardien de la paix tenait toujours le guidon, franchit la Seine et roula jusqu'au quartier Mouffetard, dans le Ve arrondissement. Elle abandonna son vélo dans la courette de l'immeuble où elle habitait, rue de l'Arbalète, et grimpa les cinq étages conduisant à la minuscule chambre meublée qu'elle louait sous les toits. Elle payait cette soupente à prix d'or mais elle ne l'aurait abandonnée pour rien au monde. La Mouffe, c'était encore le vieux Paris, un village avec ses rues pavées, ses maraîchers, ses chanteurs de rue et joueurs d'accordéon, ses clochards magnifiques sur la place de la Contrescarpe, son ambiance bon enfant. Un havre de sérénité s'étendant de l'église Saint-Médard au Panthéon. À la fin des années 1960 et dans les années 1970, de nombreux Grecs qui avaient fui la dictature des colonels s'y étaient réfugiés. Les tavernes et vendeurs de souvlakis avaient fleuri tout au long de la rue, transformant ce petit coin de Paris en nouvelle Plaka, rivalisant avec celle d'Athènes grâce à ses joueurs de bouzouki et ses chanteurs de *rebetika*, le blues grec. Michalis Kokino, le père d'Eleni, avait fait partie de cette diaspora. Militant communiste, il avait été arrêté et torturé par les sbires de la junte militaire. Déporté sur une île déserte de la mer Égée, comme beaucoup de ses semblables, il avait réussi à s'enfuir et s'était retrouvé à Paris à la suite d'un long et périlleux périple. C'est là qu'il avait fait la connaissance de Florence, une fleuriste qui tenait son étal en bas de la rue, face à l'un des rares BOF[1], avec dépôt de bois et charbon, encore en activité. Eleni était née de leur union quelques années plus tard. Ses parents s'étaient ensuite séparés, Florence était partie aux États-Unis, laissant derrière elle son mari et sa fille. Michalis était tombé dans une dépression profonde et avait dû être admis dans une maison de repos d'où il n'était plus sorti. C'est le moment qu'avait choisi Eleni pour se rendre en Grèce, cette patrie qu'elle ne connaissait que par les restaurants du quartier Mouffetard. Elle s'était inscrite à l'École des guides puis, son diplôme en poche, avait exploré les sites du Péloponnèse et les Cyclades en compagnie de groupes de touristes. Jusqu'à ce fameux soir où sa vie avait basculé. Elle était aussitôt entrée au bercail : la Mouffe. Les BOF et les dépôts de bois et charbon n'existaient plus, les tavernes grecques avaient presque toutes été investies par des restaurants japonais, les SDF avaient remplacé les clochards, mais l'esprit de village était toujours là, du moins pour Eleni.

---

1. Beurre, œufs, fromage.

Sitôt parvenue dans l'espace clos et rassurant de sa chambre, Eleni ôta ses gants. Ses mains apparurent, fines, blanches, avec les ongles soigneusement coupés. Elle les serra l'une contre l'autre pour retrouver le sens du toucher dont elle se privait lorsqu'elle se trouvait à l'extérieur. Elle n'avait pas dormi de la nuit mais elle n'avait pas sommeil. Comment aurait-elle pu trouver le repos ? La mise en scène macabre du Palais-Royal l'avait bouleversée. D'autant plus qu'elle connaissait la victime puisqu'elle la retrouvait chaque semaine dans son groupe de soutien. Un groupe fréquenté par des femmes ayant des difficultés avec leur sexualité. Maltraitances parentales ou conjugales, grossesses non désirées, deuils périnataux, morts *in utero*, fausses couches, IVG, viols, incestes. Toutes ces souffrances, vécues par les femmes dans leur intimité et qu'elles devaient souvent endurer sans les partager avec quiconque étaient évoquées chaque lundi soir à 19 h 30, sous l'égide d'une psychothérapeute attentive et bienveillante. À défaut de résoudre leurs problèmes ou de guérir de leurs maux, ces femmes disposaient au moins de ce lieu privilégié où elles pouvaient être écoutées sans être jugées, dans le plus strict anonymat. C'était à cette condition que la parole pouvait se libérer. Ainsi, si Eleni avait parfaitement identifié la femme dont le corps mutilé avait été exhibé au Palais-Royal, elle ne connaissait ni son nom ni son adresse, ni sa profession.

La jeune femme alluma son MacBook Air et consulta l'agenda en ligne Doodle pour vérifier que la réunion de ce soir était bien maintenue. Elle s'y rendrait, évidemment. C'était le jour ou jamais. Mais avant cela, elle allait devoir patienter toute la journée. Elle quitta l'application et ouvrit une page Google pour faire une rapide recherche sur le labrys. Elle voulait avoir confirmation de ce qu'elle avait dit tout à l'heure au flic en charge de l'affaire. La double hache apparut sur son écran, avec les commentaires laconiques de Wikipédia :

> Le **labrys** est une hache à double tranchant (bipenne) dont le symbole fut utilisé par diverses cultures depuis au moins l'âge du bronze. Dans l'Antiquité, il est notamment associé à la civilisation minoenne, aux Amazones, aux Lydiens. Il est l'un des attributs du dieu syncrétique Jupiter Dolichenus. Au XXe siècle, il a été utilisé comme symbole par des régimes à tendance fascisante, notamment le régime de Vichy (confondu avec la francisque) en France et le régime du 4-Août en Grèce. Actuellement, il est utilisé dans divers contextes, par exemple comme symbole du pouvoir matriarcal et féminin, ou par les associations folkloriques de Crète ou de Grèce, ou par des groupes nationalistes crétois.

C'était peu, mais suffisant. Le meurtrier n'avait pas gravé au hasard ce symbole sur le front de sa victime. Tout comme le choix de la statue d'Athéna Parthénos avait été choisi avec précision. Le lien entre les deux ne pouvait échapper à Eleni. Protectrice d'Athènes, Athéna était une déesse guerrière, représentée armée d'une lance et d'un bouclier dont la surface extérieure était ornée d'un combat d'Amazones, la double hache étant leur signe de reconnaissance. Surtout, ce qu'avait vécu Eleni sous l'égide de la statue d'Athéna Parthénos avait failli briser sa vie.

Elle fit un effort pour chasser le souvenir qui empoisonnait son esprit et qu'elle avait tout fait pour occulter. Trois ans avaient passé depuis le cauchemar de cette nuit-là. Et voilà que tout recommençait. Son tourmenteur l'avait retrouvée. Il s'en était pris à l'une des femmes du groupe de soutien qu'elle fréquentait, il l'avait assommée, découpée, suturée, exsanguinée, et finalement apprêtée comme une statue antique. Ce choix n'était pas le fruit du hasard : si le criminel avait choisi Athéna Parthénos, c'est qu'il connaissait le passé d'Eleni et voulait lui adresser un message personnel. Et ce message était clair : elle finirait elle aussi comme la malheureuse dont le buste avait été placé sur une colonne de Buren. Mais avant elle, il y aurait d'autres victimes. L'assassin avait entamé la partie d'un jeu dont il était le seul à connaître les règles et il le conduirait jusqu'au bout. Il allait jouer avec ses nerfs, avant de jouer avec sa vie.

5

Quartier des Batignolles, 11 heures

Comme chaque matin, le commandant Antoine Peretti avait convoqué son groupe d'enquête de la Brigade criminelle dans un vieux café des Batignolles que le tenancier avait soigneusement conservé en l'état depuis près d'un demi-siècle. Un zinc à l'ancienne devant lequel stationnaient quelques tabourets de bois, ainsi qu'une collection impressionnante de bouteilles exposées derrière le bar. De la sciure avait été répandue sur le plancher en bois, une trappe ouvrait sur la cave. Accrochées aux murs, des affichettes vantaient les mérites de liqueurs apéritives passées de mode, un calendrier Pirelli de 1972 montrait des photographies de beautés féminines évanescentes et à demi dénudées. Quelques tables en formica agrémentées de chaises complétaient le décor. Au fond, une porte ouvrait sur une arrière-salle où trônait un billard à la française, là où se tenaient les réunions quotidiennes.

Le choix de ce lieu était le fruit d'une réaction du commandant au changement d'adresse de la DRPJ en septembre 2017. Forcée de quitter son bastion historique du 36, quai des Orfèvres, la Police nationale avait émigré au 36, rue du Bastion, ex-rue Mstislav-Rostropovitch, dans un blockhaus ultra-moderne situé en périphérie de Paris, près de la place Clichy et du quartier des Batignolles, sur les vestiges de l'enceinte de Thiers. Peretti avait vécu cet exil comme un affront personnel, et même si le numéro 36 avait été conservé, plus rien ne rappelait le décor de l'île de la Cité, immortalisé par tant de films ou de romans policiers qui lui avaient conféré ses lettres de noblesse. Qu'en aurait dit le commissaire Maigret ? Peretti faisait acte de résistance en boycottant les bureaux vitrés et les *open spaces* du « Bastion », surnom du nouveau 36, au profit de ce troquet qui sentait encore le vieux Paris.

— Gus, tu me mettras une mousse. Et ressers une tournée de cafés à ces messieurs-dames.

Ceux que le commandant désignait ironiquement sous l'appellation un peu guindée de « messieurs-dames » étaient les sept membres de la Crim' qu'il avait sous ses ordres, occupés à siroter leur petit noir en attendant leur chef. Cinq hommes et deux femmes. La parité n'était pas encore entrée dans les us et coutumes de la police, mais c'était mieux que rien. Enfin, aux yeux de l'administration car Peretti se serait volontiers passé de ces flics en jupons, même s'il devait admettre qu'elles avaient du cran et étaient souvent plus efficaces que bien des mecs. Or, justement, il ne se serait pas pardonné une nouvelle bavure, alors il s'arrangeait pour ne pas les envoyer sur le terrain lorsque les risques étaient trop grands. Ça les faisait râler, bien sûr, mais c'était lui le chef et elles n'avaient qu'à la fermer. Ce qu'il faisait, c'était pour leur bien.

Le « groupe », tel que le nommait Peretti, formait une entité soudée dont la cohésion était une garantie d'efficacité. Ils ne formaient qu'un seul corps dans lequel chaque individualité, avec ses atouts propres, œuvrait pour le bien commun et la réussite des enquêtes. Le concept de l'enquêteur solitaire était un poncif courant des romans policiers. En réalité, les policiers ne travaillaient jamais seuls. Ils menaient leurs actions *a minima* en binômes, ou bien à trois ou quatre, et ne demeuraient jamais éloignés trop longtemps du groupe et de leur chef auquel ils rendaient régulièrement compte de leurs faits et gestes. Cette entropie dépassait la frontière des activités professionnelles. Ils se voyaient fréquemment en-dehors du travail pour boire des coups ou se faire des bouffes, à moins que ce ne fût pour écumer les boîtes de nuit et autres lieux de divertissement où ils tentaient d'oublier les épreuves d'une journée trop chargée. Bien sûr, ce mode de fonctionnement n'était guère compatible avec une vie de famille. C'est pourquoi Peretti avait soin de n'accepter dans son équipe que des célibataires, des divorcés ou des veufs. Ils devaient être sur le qui-vive vingt-quatre heures sur vingt-quatre en fonction des enquêtes à mener, y compris les week-ends, les vacances et les jours fériés. Travailler avec Peretti nécessitait un engagement comparable à celui des moines et des moniales ayant prononcé leurs vœux dans un couvent ou un monastère.

Le dénommé Gus, en réalité Gustave, apporta au commandant la bière pression qu'il avait commandée.

Rien de plus efficace pour lutter contre une gueule de bois lancinante que de recommencer à boire de l'alcool – titrant toutefois un degré moins élevé que son whisky favori.

— Bon, les filles, on a du boulot, annonça Peretti après avoir englouti la moitié de sa bière, une fine moustache de mousse ourlant sa lèvre supérieure. Un joli cadavre passé entre les mains d'un artiste. Je pense que vous êtes au courant.

Les membres du groupe opinèrent. La découverte du buste de chair avait déjà fait le tour du Bastion. On en voyait des vertes et des pas mûres, à la Criminelle, mais des statues humaines exposées au Palais-Royal, c'était plutôt inédit.

— Qu'est-ce qu'on sait de la victime, chef ? interrogea Nicolas Béthune qui, contrairement à ce que pouvait augurer son patronyme, était originaire de Toulon.

— Peggy Rivière, 32 ans, visiteuse médicale, enceinte de sept mois. C'est le docteur Grey, le gynécologue obstétricien qui la suivait, qui a prévenu le service ce matin. Elle avait rendez-vous à 8 heures pour une échographie auquel elle ne s'est pas rendue, et pour cause. Le médecin avait eu connaissance du meurtre par un flash diffusé sur France Info à 7 heures. Il a fait le rapprochement.

— Pour une fois que la radio sert à quelque chose, commenta Maurice Cavalier, un authentique Parisien natif de la porte des Lilas.

— Et le père de l'enfant ? Enfin, du fœtus ? s'inquiéta Éléonore Mancel, que tout le monde appelait Léo.

— Le papa sera difficile à interroger, vu qu'il s'agit d'une simple éprouvette. Rivière a eu recours à une PMA.

— Pourquoi ? C'était une gouine ? avança René Chafouin, qui aimait jouer les boute-en-train en balançant à tout propos des blagues à dix balles.

Irma Valence, une jolie blonde toute menue, par ailleurs troisième dan de karaté, le foudroya du regard.

— L'accès à la PMA est la plus grande conquête des femmes depuis la pilule, René ! Et ça ne concerne pas que les homosexuelles.

— N'empêche, faire un petit avec une éprouvette, c'est pas naturel, grommela Chafouin.

— Moi, je préfère la bonne vieille méthode à la papa, commenta Blaise Pasqual, un Catalan natif de Perpignan.

— Bon, on se calme, intervint Peretti. C'est le moment de la distribution des prix. Léo, tu te tapes le gynéco pour affiner le profil de la victime. Irma, tu contactes le chirurgien qui lui a gonflé les seins. Mau, tu fais une enquête de voisinage. Tu passes au crible ses relations, ses collègues de travail, ses amis, les mecs qu'elle se tapait. René, tu épluches les facturettes, ses dépenses, son train de vie, on doit tout savoir. Blaise, tu contactes son opérateur téléphonique et tu passes au tamis tous ses appels, reçus et envoyés, sans oublier les SMS et WhatsApp, en particulier la veille du crime. Nicolas, tu jettes un œil sur les réseaux sociaux, Facebook, Twitter et Instagram, et aussi sur les applis de rencontre, Meetic et tout le bordel.

— Aujourd'hui, les bonnes femmes sont surtout sur les sites libertins, genre Tinder ou *adopteunmec.com*, fit remarquer Nicolas Béthune, spécialisé en cybercriminalité.

— Oui, tu fouilles là-dedans aussi. Elle a pu tomber sur un pervers.

Dans la première salle du bar, accoudée au comptoir devant un café-crème, Eleni ne perdait pas une miette de la réunion qui se tenait autour du billard. Elle avait suivi le commandant Peretti sans se faire remarquer. Depuis son poste d'observation, elle glanait toutes les informations possibles au sujet de la victime. Peggy Rivière. Elle ne connaissait d'elle que ce que celle-ci avait bien voulu livrer d'elle-même, elle découvrait à présent une réalité plus prosaïque. Son travail, ses rendez-vous médicaux, les opérations qu'elle avait subies. La victime, déjà atrocement mutilée, était à présent mise à nue ; toute sa vie était étalée sur la place publique, ses secrets les mieux gardés étaient violemment éclairés par la lumière crue de l'enquête policière. Elle était pareille à un papillon épinglé sur une planche de bois, livrée à des regards cliniques et sans pitié. Eleni trouvait qu'il y avait quelque chose d'indécent, presque d'obscène, dans cet acharnement. Elle connaissait pourtant les procédures qu'on lui avait enseignées à l'École de police et elle-même se destinait à faire partie des forces de l'ordre, à obéir aux ordres d'un chef tel que Peretti. Mais dans le cas présent, elle ne pouvait que réagir de façon épidermique. Parce qu'elle connaissait la victime, et aussi parce qu'elle se sentait visée par ce crime odieux. Il lui était impossible de conserver cette neutralité qui, en principe, devrait guider son raisonnement et ses actes.

— Et les psys ? lança Gaëtan Maure, le septième membre du groupe d'enquête. Ce genre de nana doit forcément consulter un psy. Si on met la main dessus, on connaîtra ses fantasmes les plus inavoués.

— Qu'est-ce que tu fais du secret médical ? le rabroua Blaise Pasqual. Et même si son thérapeute acceptait de nous parler, ça nous ferait une belle jambe de savoir qu'elle rêvait qu'elle se baladait à poil dans la rue ou qu'elle égorgeait des chats.

— Où tu vas chercher des idées pareilles, Blaise ? rétorqua Irma. C'est toi qui aurais besoin de t'allonger sur un divan.

Eleni bouillait d'intervenir. Sans le savoir, ce flic avait tapé dans le mille. Peggy ne suivait pas une analyse au sens propre, mais le groupe de soutien en faisait office. C'était sans doute la raison pour laquelle le criminel l'avait choisie. Là se trouvait sans doute le nœud de l'affaire. Il suffisait à Eleni de livrer aux enquêteurs cette information qu'ils n'auraient pu connaître autrement que par elle. Ils pourraient ainsi remonter jusqu'au tueur.

Elle descendit du tabouret sur lequel elle s'était juchée et avança résolument vers la salle d'à côté. Elle l'avait fait sans réfléchir, mue par l'urgence qu'il y avait à échapper à la menace qui pesait sur elle. Aussitôt qu'elle apparut, tous les regards se braquèrent sur elle. La salle de billard n'était pas privatisée et chacun était libre de s'y rendre, mais une sorte de pacte implicite voulait que nul ne pénétrât dans cette arène lorsque le groupe d'enquête s'y trouvait.

Le commandant Peretti reconnut aussitôt celle qui, non contente de lui avoir coupé la route en vélo le matin-même, incident dont il était sorti à demi ébouillanté, s'était immiscée dans la scène de crime en jouant les guides de pacotille, l'obligeant à se remémorer de mauvais souvenirs. Qu'est-ce qu'elle fichait ici ? Pour quelle raison s'incrustait-elle dans *son* enquête ? Il croyait voir le fantôme de Sandra, sa co-équipière, qui voulait toujours être la première en ligne lorsqu'ils étaient sur le terrain. Le lieutenant Sandra Lutétia, tuée par une balle à bout portant qu'il aurait mille fois préféré recevoir à sa place. Pas sûr qu'il aurait été une grande perte, et il n'aurait pas été obligé de vivre avec ce poids énorme sur la poitrine.

— Encore vous ? s'exclama-t-il d'un ton acerbe. Décidemment, vous êtes tout le temps en travers de ma route, mademoiselle. Quel est votre nom, déjà ?

— Kokino, Eleni. Officier de police stagiaire. Mais, je...

— Élève officier Kokino, si cous continuez à me suivre comme un toutou, je vous fais exclure séance tenante des services de police. Vous êtes en probation, ne l'oubliez pas. Vous n'avez pas encore gagné votre badge et vous n'êtes pas prête de le faire si vous vous comportez de façon aussi indisciplinée. Alors, soit vous dégagez tout de suite et vous vous faites oublier, soit vous devez vous attendre à retourner à votre métier de guide avant la fin de la saison touristique. C'est compris ?

Eleni était pétrifiée. Elle ne s'attendait pas à une telle dégelée. Concentrée sur le danger qui la guettait, elle avait omis de se soumettre aux règles de base auxquelles étaient contraints les agents des forces de l'ordre. Discrétion, discipline, obéissance et respect des gradés. Ce commandant avait le pouvoir de la faire renvoyer de l'École de police, c'était exact. Elle ne pouvait prendre un risque pareil. D'une part, la police représentait pour elle une vocation assortie d'un gagne-pain, de l'autre, elle avait plus de chances de parvenir à identifier et coincer le criminel si elle appartenait à la « maison », même si elle n'était que stagiaire. Elle n'avait pas songé à tout cela en surgissant au beau milieu de la réunion du groupe d'enquête comme un chien dans un jeu de quilles. Son intervention sauvage s'apparentait à une provocation, une forme d'espionnage. Comment expliquer à présent qu'elle détenait des informations essentielles sur le crime et qu'elle-même se trouvait sans doute sur la liste des prochaines victimes ? On la prendrait pour une folle, une parano. Si elle voulait continuer à conduire son enquête, elle devait avant tout se faire oublier de Peretti et de son équipe.

Elle bredouilla une excuse, prétextant qu'elle s'était trompée de salle, et s'éclipsa sans demander son reste.

— Quelle chieuse ! conclut Peretti.

J'ai réussi la première étape de mon œuvre. Mon Athéna de chair est dans tous les medias. On en parle dans la presse, à la radio, à la télévision, sur les réseaux sociaux. Bientôt, l'info fera le tour du monde. Quelle gloire pour la déesse ! Quelle revanche sur ces siècles d'oubli ! Mais on ne rattrape pas aussi facilement le temps perdu. Comme tu me le disais souvent, cette civilisation matérialiste a perdu le sens des valeurs et le goût de la transcendance. Elle interprète ce qu'elle voit par le petit bout de la lorgnette. Il n'y a qu'à lire les commentaires que suscite mon œuvre ! Des cris d'orfraie, des remarques horrifiées, une condamnation universelle de l'auteur et de cette mise en scène qualifiée de macabre ! Ils n'ont rien compris. Ils confondent théâtre et rituel, meurtre et sacrifice. Mais ils finiront par s'y faire. Le temps viendra où la beauté régnera sur le monde. La beauté intemporelle et immortelle des femmes, saisie dans leur fécondité et leur épanouissement. À la fois amazones, déesses et mères.

Je vois une ombre passer dans ton regard. Oui, je sais, c'est l'heure de ta toilette intime. L'un des moments les plus humiliants pour toi. Te souviens-tu du temps où tu attirais les regards, où ta simple présence écrasait celle des autres ? Ce temps où ta voix s'imposait et couvrait le brouhaha ambiant, où l'on t'écoutait pérorer de loin, où l'on s'approchait de toi pour boire tes paroles ? Tu avais belle allure, alors. Mais tout cela est bien fini. Tu n'es plus qu'un légume, une marionnette de chiffon. Tu n'as plus que moi à tes côtés. Qui voudrait s'occuper de toi, te laver, te torcher, te talquer les fesses pour éviter les escarres ? Je te suis fidèle et le serai jusqu'au bout malgré tout ce que tu m'as fait subir. C'est ton châtiment et ma rédemption. Car ce que je suis, c'est à toi que je le dois. À toi seul. Tu es mon inspirateur et mon confident, mais je n'oublie pas que tu as aussi été mon bourreau. Tu ne peux plus me faire du mal à présent, à moi ni à personne. Mais le temps n'efface pas les offenses subies, et c'est pourquoi je veux que tu te sentes responsable des actes que je commets, en réponse aux tiens. Et je veux qu'à cause de cela tu souffres autant que moi-même j'ai souffert. Ce sera ma consolation.

Quand nous sommes rencontrés, je sortais à peine de l'adolescence. J'avais 16 ans. Je n'avais plus de nouvelles de mes géniteurs depuis qu'on les avait déchus de l'autorité parentale et qu'on leur avait retiré ma garde. Après quelques brefs passages dans des familles d'accueil, je n'avais pas d'autre but dans la vie que celui de traîner ma misère, mon corps sans grâce et mon visage ingrat. À ma grande stupéfaction, tu n'as pas fui en me voyant. Tu m'as même proposé de m'héberger chez toi.

C'est toi qui as choisi de t'installer dans cette maison où nous nous trouvons maintenant, à cause de son calme et de sa discrétion. Elle était hors de prix, mais tu n'avais aucun souci d'argent. Tu étais riche et peu avare de tes dépenses. Tu pensais ainsi m'épargner la promiscuité et le regard des autres, qui m'effrayait tant. Cet endroit, tu l'as voulu pour moi. Par la fenêtre, une glycine mauve arrimée au mur d'en face dispense son parfum entêtant. Nous sommes en plein cœur de Paris et pourtant nous pourrions nous croire à la campagne, ou sur une île paradisiaque. Certaines rues de la capitale ont encore cette saveur exotique qui permet d'oublier la pollution et le trafic urbain. Des rues, ou plus exactement des impasses bordées de coquets pavillons, où seuls les promeneurs et les chats sont admis. Tu n'en profites plus guère aujourd'hui, mais rassure-toi, je sais en tirer tout le bénéfice possible.

Dans la salle où nous sommes, il y a des miroirs sur tous les murs. Ma silhouette et mon visage s'y reflètent à l'infini, ainsi que la chaise roulante où tu gis. Je n'éprouve plus aucun malaise à m'observer, contrairement à ce que j'ai pu vivre dans mon enfance. Lorsque j'y songe, j'en ai encore froid dans le dos. T'en souviens-tu ? Je ne pouvais pas me regarder sans hurler d'horreur. Mes traits me paraissaient horribles, affreusement déformés, comme si je me contemplais dans l'un de ces palais des glaces que l'on trouve dans les fêtes foraines. J'avais tantôt la taille courte et trapue, le dos bossu, j'étais en tout point semblable à ces nains de légende qui hantent les pages des contes pour enfants. D'autre fois, j'étais d'une maigreur squelettique, la figure creusée comme celle d'une momie, le teint blafard et cireux. Ma monstruosité était telle que je me demandais par quelle incohérence je n'avais pas encore eu droit à un emplacement réservé dans un magasin aux curiosités ou à la foire aux horreurs. Je me cachais de tout le monde et ne sortais que le visage dissimulé derrière un foulard, un chapeau sur la tête et des lunettes à verres fumés sur le nez. J'ai appris plus tard, grâce à toi, que ces laideurs et difformités dont je m'affublais étaient imaginaires. Un psychiatre avait même posé un diagnostic en identifiant cette maladie qui m'empêchait de me voir réellement : la dysmorphobie, ou la peur irrationnelle d'être laid et difforme. Je ne pouvais m'empêcher de croire que j'étais un monstre.

Mais connaître son mal ne permet pas d'y échapper. J'ai tout essayé, pourtant. Les séances de thérapie, l'hypnose, les antidépresseurs, la chirurgie esthétique. C'est toi qui as payé les interventions, je ne l'oublie pas. Cela t'a coûté une fortune. Le résultat a été pire encore. Durant les semaines, les mois de convalescence qui suivaient chaque opération, je ne remarquais que les bandages, les ecchymoses, les cicatrices, les rougeurs. Ces morceaux de chair rapiécés formaient un puzzle effrayant. Je n'étais plus un être humain, mais la créature de Frankenstein immortalisée par Mary Shelley.

Et puis un jour, je n'ai plus supporté mon état. Quel âge avais-je, alors ? 18 ans ? Je ne sais plus. Je me trouvais dans la salle de bains, face au miroir où je m'observais en pied. Un sentiment de haine a jailli du plus profond de mon être, accompagné d'une irrésistible pulsion de violence. J'ai frappé la glace de mes deux poings nus jusqu'à ce qu'elle vole en éclats. Mes mains saignaient, mais je ne ressentais rien. La souffrance physique m'aidait à oublier mon affliction psychologique. Un baume posé sur mes blessures. Mes pieds nus étaient eux aussi entaillés par les débris de verre jonchant le carrelage blanc. J'ai saisi l'un de ces éclats coupants et me suis tailladée les veines des poignets. L'hémoglobine jaillissait de mes bras tel un torrent salvateur, éclaboussant mon ventre, ma poitrine, mes cuisses. Et je hurlais non de douleur ou de peur, mais de joie. Oui, une joie atroce qui me faisait entrevoir la libération de mes maux.

J'ai dû perdre connaissance car je n'ai aucun souvenir de ce qui a suivi. Lorsque j'ai repris contact avec la vie, je me trouvais sur un lit d'hôpital, des perfusions plantées dans mes bras, des bandages emmaillotant mon corps. J'avais raté mon examen de passage dans l'autre monde à cause, ou grâce à toi qui avait découvert à temps la boucherie que j'avais provoquée. J'ai mis des mois à me remettre de cette épreuve. Mes blessures ont vite cicatrisé, mais pour ne pas risquer d'attenter à nouveau à ma vie, il me fallait davantage que des cachets ou des rendez-vous chez un psy. Je devais fixer un sens à mon existence, un sens qui m'aide à remiser au second plan mes angoisses narcissiques. Ce sens, je l'ai trouvé en m'inscrivant à la faculté de médecine, avant d'opter pour une spécialisation en chirurgie esthétique. À défaut d'accepter mon physique, j'améliorerais celui d'autrui. Avec l'espoir insensé de parvenir un jour à reconnaître mon reflet dans ces corps dont j'aurais sculpté la beauté.

6

Quartier des Batignolles, 11 h 50

À peine sortie du café des Batignolles, Eleni sauta sur son vélo et se dirigea vers le centre de la capitale. Elle savait maintenant qu'on la mettrait sur la touche si elle continuait à s'incruster dans l'équipe de Peretti et que personne ne la prendrait au sérieux si elle se mettait en tête de raconter son histoire. La police ne l'écouterait pas, elle l'avait compris à la réaction du commandant Peretti. Elle ne pourrait compter que sur elle-même, en évitant bien entendu de marcher sur les plates-bandes du policier. Un exercice de haute voltige. Pour autant, elle mettrait à profit sa position au sein des services de police pour accomplir son enquête en parallèle, dans la plus grande discrétion. Elle devrait pour cela avoir un train d'avance, interroger les témoins avant que les membres de l'équipe de Peretti ne le fassent. C'était une question d'heures, presque de minutes. Après, il serait trop tard. Elle serait cramée.

Elle avait la journée devant elle, ne reprenant sa permanence au 17 que la nuit prochaine. Elle aurait dû se reposer un peu, dormir quelques heures, mais elle n'en avait pas le temps. Si elle ne coinçait pas le meurtrier la première, elle risquait bientôt de s'endormir, et cette fois, pour l'éternité !

En écoutant Peretti et son équipe, elle avait noté le nom du gynécologue qui avait donné l'alerte, un certain docteur Grey. Le premier témoin à contacter avant que l'équipe de Peretti le fasse. Eleni se souvenait que Peggy avait un problème avec sa grossesse, raison pour laquelle elle s'était inscrite dans le groupe de soutien. Elle voulait un enfant sans les contraintes qui y sont attachées et avait très vite résolu le problème du père en optant pour une PMA. Mais porter un enfant durant neuf mois, sentir son corps s'alourdir, son ventre se gonfler, son visage se brouiller représentaient des épreuves dont elle n'avait pas anticipé l'importance. Ce qu'elle aurait souhaité, c'était un enfant livré clé en main, un peu comme ces poupons enveloppés de langes que les cigognes des contes d'Alsace déposent dans les foyers. Si elle avait pu de surcroît choisir le genre, la couleur des yeux et des cheveux, tout aurait été parfait. Lorsqu'on adopte un chien, on peut choisir la race et le pedigree. Au nom de quel principe désuet en allait-il autrement avec sa progéniture ? Il y avait là une injustice contre laquelle elle se révoltait. Elle aurait pu justement se laisser tenter par l'adoption, mais les listes d'attente étaient longues et les conditions à remplir pour être éligible, drastiques. Elle n'aurait pas eu la patience nécessaire. Et puis ç'aurait été l'enfant d'une autre, et non le sien. Comme un véhicule d'occasion dont on se sépare au bénéfice d'un autre plus récent.

Peggy désirait un bébé neuf, n'ayant jamais « servi ». Il y avait bien sûr une bonne dose d'égoïsme dans ce projet, mais Eleni s'était bien gardée de juger Peggy à cause de ses aspirations paradoxales. Elle-même était bien placée pour savoir que toutes les grossesses ne sont pas désirées, ni désirables.

Cabinet du docteur Grey,
boulevard Montparnasse, 12 h 30

Le gynécologue tenait son cabinet au niveau du carrefour Vavin, à Montparnasse, non loin de la statue de Balzac, dans l'un de ces immeubles haussmanniens en pierre de taille dont le prix au mètre carré dépasse allègrement les 10 000 €. Bien entendu, Eleni n'avait pas prévenu le praticien de sa visite. Elle comptait sur l'effet de surprise pour qu'il la reçoive sans éveiller sa méfiance.

Après avoir appuyé sur l'interphone, elle grimpa les trois étages à pied, délaissant le minuscule ascenseur à grille qui ne lui inspirait pas confiance. Sur la porte en bois s'étalait une plaque de cuivre sur laquelle était gravé en lettres chantournées :

Olivier Grey
Gynécologue obstétricien
Sur rendez-vous
Sonner avant d'entrer

Eleni enfonça résolument le bouton de la sonnette et pénétra dans le cabinet. Une femme jeune et bien en chair se tenait derrière le bureau d'accueil, des écouteurs sur les oreilles, un micro devant les lèvres. Elle leva à peine les yeux en direction de la nouvelle venue.

— Vous avez rendez-vous ?

— Police ! répondit Eleni en arborant de nouveau sa carte de stagiaire. Je dois voir le docteur Grey de toute urgence au sujet du meurtre commis cette nuit.

Elle avait fait exprès de hausser le ton après avoir remarqué que la salle d'attente était remplie de patientes, attendant leur tour. Le médecin ne tenait certainement pas à être mêlé à cette sombre histoire, qui, même s'il n'y était pour rien, risquait de lui porter ombrage. La jeune femme tourna d'ailleurs un regard affolé vers la pièce d'à côté et, d'une voix qu'elle s'efforça de rendre la plus basse possible, répondit :

— Si vous voulez bien attendre, le médecin termine sa consultation et vous reçoit juste après.

— Je n'ai pas le temps, reprit Eleni du même ton péremptoire. Je vous rappelle qu'il s'agit d'une enquête pour homicide !

— Je vais voir ce que je peux faire, chuchota l'hôtesse qui se délesta de ses oreillettes et de son micro et s'éclipsa derrière la porte capitonnée du bureau du gynéco.

Eleni était demeurée debout. Elle se trouvait dans la ligne de mire des futures parturientes qui n'avaient pas perdu un mot de son échange avec l'hôtesse. Cela dit, leurs visages exprimaient moins la frayeur que la curiosité. Des termes tels que « meurtre » et « homicide » leur rappelaient les séries policières qu'elles regardaient religieusement le soir à la télévision, bien à l'abri des horreurs qui défilaient sur leur écran et dont elles se repaissaient sans se sentir en danger. Là, le réel rejoignait la fiction en faisant irruption dans leur vie quotidienne. Elles auraient matière à conversations durant des semaines avec leurs amies. « Ma chérie, tu ne sais pas ce qui est arrivé ce matin chez le gynéco ? La police est venue enquêter au sujet d'un crime. Oui, un crime ! Tu te rends compte ? Dans quel monde vit-on ! » Eleni effleura du regard leurs ventres ronds avant de détourner la tête. Depuis ce qui lui était arrivé à Athènes, elle ne pouvait plus regarder une femme enceinte sans ressentir un nœud lui tordre le ventre. Elle éprouvait à leur contact un mélange de répulsion et d'envie. Elle aurait aimé elle aussi, peut-être, attendre un enfant, à condition qu'il soit désiré. Mais ce sentiment lui était désormais interdit, tout comme elle ne pourrait plus jamais connaître les joies et les souffrances de la maternité.

L'hôtesse d'accueil revint presque aussitôt, accompagnée d'une femme entre deux âges rhabillée à la hâte, dont la visite médicale avait été interrompue, puis conduisit Eleni dans le bureau du praticien qui la reçut de mauvaise grâce.

— Je sais que la police ne prend pas de gants, mais là, c'est le pompon ! Vous débarquez dans mon cabinet sans prévenir et vous effrayez mes patientes en criant à l'assassinat ! Bonjour la discrétion !

— Docteur, je n'ai pas employé le terme d'assassinat, mais celui de crime et d'homicide. Et je n'ai pas crié. Je veux simplement vous poser quelques questions de routine. À moins que vous préfériez une convocation dans les locaux de la PJ ?

Cette menace eut l'effet escompté. Le médecin désigna un siège à la policière en bougonnant :

— J'aurais mieux fait de ne rien dire, ce matin. Voilà comment on est récompensé quand on fait acte de civisme.

Eleni ne tint pas compte de ces plaintes, sortit un calepin et un stylo de sa poche et enchaîna :

— Parlez-moi de votre patiente. Comment se déroulait sa grossesse ?

À présent qu'il se trouvait sur le terrain professionnel, le médecin pouvait retrouver son calme et répondre de façon clinique.

— Le mieux du monde. Enfin, la dernière fois que je l'ai vue car, comme vous le savez, elle ne s'est pas présentée à l'examen prénatal de ce matin.

— Elle était enceinte de combien de mois ?

— Sept. C'est le moment où les femmes entament la préparation à l'accouchement et prennent leur congé maternité. Mais dans son cas...

Eleni perçut une forme de réprobation dans l'hésitation du praticien. Il fallait l'encourager à lui révéler davantage d'indices sur la personnalité de Peggy Rivière. Eleni se sentait liée au sort de la jeune femme sacrifiée. Tous les rapprochements qu'elle pourrait établir avec la défunte l'aideraient à la mettre sur la voie du tueur.

— Dans son cas ? relança-t-elle.

Le docteur Grey triturait les branches de ses lunettes, une façon sans doute d'endiguer sa nervosité.

— Elle ne manifestait en aucune façon le désir de s'arrêter de travailler. Au contraire, elle se tapait des semaines de soixante heures, avalait des centaines de kilomètres en voiture. Vous savez qu'elle était visiteuse médicale ? Je l'avais prévenue des risques qu'elle prenait en refusant de lever le pied, mais elle ne m'écoutait pas. On aurait dit que sa grossesse la poussait à dépasser ses limites physiques. Un peu comme ces sportifs de haut niveau qui cherchent en permanence à battre leurs propres records.

— Elle était sportive ?

— Très. Jogging, step, natation, danse. Dès qu'elle avait une pause dans son emploi du temps, elle fonçait dans une salle de sport. Là encore, je l'avais mise en garde. Le sport n'est pas déconseillé chez les femmes enceintes, à condition de rester raisonnable et de pratiquer des activités douces. L'aquagym et le yoga, oui, mais pas le sport de compétition !

— Vous diriez qu'elle faisait tout pour nier sa grossesse ?

Le docteur Grey jeta un regard intrigué à Eleni. Ce type de remarque n'était guère habituel chez un policier. Du moins, c'est ce qu'il imaginait. Mais il n'avait guère l'habitude des interrogatoires. Peut-être les femmes flics donnaient-elles davantage dans la psychologie que leurs collègues masculins.

— Je n'y avais pas pensé. Cela dit, c'est fort possible. Voyez-vous, il s'agissait d'une jeune femme pleine de vie, dynamique, incapable de tenir en place. Le genre à sortir en boîte de nuit et à danser jusqu'à l'aube avant de reprendre le travail fraîche comme une fleur, si vous voyez ce que je veux dire. Je suppose qu'elle considérait sa grossesse comme une forme de handicap, d'entrave à son rythme naturel. Alors, plutôt que de ralentir son rythme, elle avait choisi de vivre à cent à l'heure. Elle avait également l'obsession de la ligne. Pour compenser l'augmentation de son tour de taille, elle se soumettait à des régimes draconiens, à la façon des mannequins. Pourtant, il n'y a rien de plus beau qu'une femme enceinte, vous ne trouvez pas ? Elles représentent la mère dans toute sa splendeur, la femme magnifiée ! Elles me fascinent... C'est sans doute pour cela que j'ai choisi d'exercer ce métier.

À évoquer ainsi les sources de sa vocation, le gynécologue avait presque les larmes aux yeux. Eleni sentit un malaise la gagner. Elle n'avait pas poussé sa grossesse jusqu'au bout, mais les quelques mois durant lesquels elle avait porté son enfant avaient été les plus éprouvants qu'elle ait jamais vécus. Le germe qui poussait en elle était un corps étranger, un envahisseur sournois qui avait pris possession de son corps, un poison se propageant dans son sang. Pour autant, si l'avortement l'avait soulagée de l'emprise physique, il ne l'avait pas libérée de la souffrance psychique. C'est pourquoi elle s'était inscrite au groupe de soutien.

— Le légiste a relevé que Peggy Rivière avait procédé récemment à une opération chirurgicale d'augmentation mammaire, reprit-elle. N'était-ce pas contradictoire avec le fait d'attendre un enfant ?

Le gynécologue se gratta le front. Décidément, cette fliquette avait de drôles de réflexions.

— Je ne sais pas... À y bien réfléchir, les seins ont deux fonctions. Ils permettent d'allaiter les nourrissons, et en ce sens ils sont un attribut essentiel de la maternité, mais ils représentent aussi un élément de séduction lié à la féminité et la sensualité. Cela dit, les deux peuvent aller de pair...

— Ou être opposés. Connaissez-vous le chirurgien qui l'a opérée ?

Le docteur Grey se massa la tempe, comme pour raviver ses souvenirs.

— C'est l'un des plus réputés du secteur. Le docteur Salamane. Il a installé sa clinique dans un hôtel particulier de Neuilly. Il est connu pour opérer les stars du show-biz et les starlettes de la téléréalité. Bien sûr, il n'est pas donné, mais cela n'empêche pas les femmes de rêver de passer sous son bistouri. Elles sont prêtes à s'endetter jusqu'au cou pour avoir les seins de Nabilla ! À ce propos, celle-ci n'a pas hésité à poser entièrement nue au cours de sa grossesse. C'est bien la preuve que les femmes enceintes peuvent rester sensuelles.

Eleni se garda bien de tout commentaire. Le médecin semblait avoir un faible pour les femmes pulpeuses. Le choix de son hôtesse d'accueil en disait long sur ses critères de beauté féminine. Il devait préférer les beautés épanouies de Boucher aux corps émaciés d'Egon Schiele. Grand bien lui fasse, mais elle n'était pas là pour recueillir ses confidences. La sonnerie du téléphone se mit à grésiller. Le patricien prit l'appel comme à regret. Après avoir manifesté son mécontentement d'avoir été dérangé en pleine consultation, il semblait prendre plaisir à cette conversation impromptue avec la jeune policière.

— Oui, Amanda, qu'est-ce qu'il y a encore ? Qui ça ? Il doit y avoir erreur, une personne de la police est déjà en train de m'interroger.

Le médecin plaça une main sur le combiné et s'adressa à Eleni à mi-voix, étirant au maximum les muscles de ses maxillaires dans un souci d'articuler le mieux possible.

— Il y a là un lieutenant Mancel qui désire me parler, vous êtes au courant ?

Eleni se raidit sur sa chaise. Éléonore Mancel faisait partie de l'équipe d'enquêteurs du commandant Peretti. C'est elle qui était chargée de contacter le gynécologue. Il était temps de s'éclipser avant d'être confondue. Elle se dressa et balbutia une excuse :

— Le lieutenant Mancel prendra votre déposition, docteur. Permettez-moi de me retirer.

Elle était presque à la porte lorsque le médecin l'interpella encore :

— Mademoiselle ! Attendez ! Quel est votre nom, déjà ?

Mais Eleni n'écoutait plus. Elle devait se rendre sans tarder à Neuilly, avant qu'un des membres de l'équipe de Peretti ne s'avise de rendre visite au chirurgien esthétique. La course contre la montre continuait.

Tu maigris chaque jour un peu plus. Bientôt, tu n'auras plus que la peau sur les os. Il faut avouer que je te nourris le moins possible. À quoi bon, de toute façon ? Tu n'as plus goût à rien. Les plaisirs des sens te sont interdits depuis longtemps. Alors boire et manger... Tu peux à peine ouvrir la bouche. Je dois forcer tes lèvres avec une petite cuillère ou te faire absorber le liquide avec une paille. J'ai opté pour des petits pots d'aliments pour bébé. Purée de carotte ou de chou-fleur, mousseline de légumes, compote de pommes. Comme si tu étais retombé en enfance. En réalité, c'est presque ça. Parfois, j'éprouve le désir de te rabaisser un peu plus, d'abuser de ta dégradation physique. Alors j'ouvre une boîte de pâtée pour chien et je t'oblige à la bouffer. Tu n'as pas le choix. C'est ça ou crever. Et puis, ça n'a pas l'air si mauvais... Les cabots s'en régalent, pourquoi pas toi ? J'imagine la grimace que tu ferais si tu pouvais encore mouvoir les traits de ton visage, mais depuis ton AVC ta figure est aussi figée qu'un masque de tragédie. Tant pis pour toi. Je rigole à ta place. Oui, je pique des fous rires homériques en te faisant bouffer de la merde, toi qui t'empiffrais de caviar beluga et de langoustes grillées. Ah ! Tu fais moins la fine bouche à présent !

Ton poids plume offre un autre avantage : je parviens à te déplacer plus facilement, notamment pour changer tes couches. Parfois, je feins d'oublier, histoire de te laisser macérer dans tes excréments. Quand tu pues vraiment trop, je te traîne sous la douche et je t'arrose avec le pommeau. Et toi, tu ne peux rien dire. Rien. Ni te révolter ni te plaindre, ni appeler quelqu'un à ton secours. Tu es entièrement sous ma coupe. Les rôles sont enfin inversés. J'ai si longtemps été à ton service, à tes ordres, dans ton ombre. C'est bien fini à présent. L'esclave est devenu le maître.

Je te suis pourtant redevable pour toutes ces années où tu as payé mes études. Médecine, c'est long, surtout lorsqu'on veut se spécialiser, mais il s'agissait d'une vocation. La chirurgie esthétique, tel était l'objectif que je voulais atteindre. Je voulais redonner la beauté à des corps ou des visages imparfaits. Un tel pouvoir créateur me rendait semblable à Dieu. Je n'en abusais pas, pourtant. Je m'effaçais derrière mon œuvre. Me croyant toujours difforme, je n'étais qu'un artisan de beauté. Mais lorsque je vois l'état pitoyable dans lequel tu te trouves, infirme, grabataire, paralysé, muet, faisant sous toi, je réalise que la beauté est un rêve que la laideur et la vieillesse viennent souiller. Et je te hais autant pour cette hideur qui te caractérise que pour le mal que tu m'as fait après m'avoir si longtemps apporté ton soutien, du moins en apparence. Je te pensais sincère. Je me trompais. Tu as toujours abusé de ma naïveté pour mieux me manipuler. Je ne l'ai pas compris tout de suite, ou alors je n'ai pas voulu le comprendre. À présent, je te le fais payer. Rien de plus naturel, n'est-ce pas ? Tu en crèveras, bien sûr, mais lentement. Je veux que tes derniers instants durent le plus longtemps possible.

7

Neuilly-sur-Seine, cabinet du docteur Salamane, 14 heures

L'hôtel particulier qui abritait la clinique du docteur Salamane était protégé par des grilles ouvrant sur un jardin à la française, en bordure du boulevard Maillot, face au bois de Boulogne. Eleni posa sa bicyclette entre une Rolls et une Jaguar. Elle était aux portes de Paris et pourtant elle se trouvait sur une autre planète. Neuilly, le paradis des gens friqués qui ne prennent jamais le métro. D'ailleurs, cette ville des Hauts-de-Seine est fort mal desservie en transports en communs. Ici, tout le monde roule en voiture, de préférence équipée de banquettes en cuir et dotée de la vignette Crit'Air 1. Un ghetto pour nantis qui respirent l'air pur de leur fortune à l'écart de la plèbe.

Deux envolées d'escalier de pierre conduisaient à l'entrée principale du bâtiment, surmontée d'un fronton sur lequel aurait pu s'inscrire quelque devise bien sentie du type : « Tu entres ici dans le temple de la beauté », ou « Tu sortiras d'ici pareille à une déesse ». Le hall d'accueil, aussi vaste qu'une salle du château de Versailles, était décoré de plantes géantes dégoulinant de feuilles et de toiles d'art abstrait accrochées aux murs. Des canapés en cuir blanc savamment disposés permettaient à celles qui y prenaient place de contempler les jardins au travers de larges baies vitrées, ou bien de visionner sur des téléviseurs à écran plat des vidéos qui tournaient en boucle et vantaient le savoir-faire du docteur Salamane. Eleni balaya du regard les physionomies des femmes qui se trouvaient là, dans l'attente du rendez-vous qu'elles avaient dû prendre des mois à l'avance avec le maître des lieux. Si la réputation du chirurgien s'était bâtie sur les personnalités en vue du spectacle ou de la mode, les patientes d'aujourd'hui appartenaient plutôt à la catégorie du troisième âge botoxé et brûlé aux UV. Pommettes trop lisses, yeux artificiellement étirés vers les tempes, nez refaits, poitrines pigeonnantes débordant de silicone... Les bourgeoises qui fréquentaient la clinique de Neuilly n'en étaient pas à leur galop d'essai. Il aurait fallu pratiquer une fouille au corps systématique pour identifier chez elles une zone encore vierge de toute manipulation chirurgicale. Et pourtant, elles en redemandaient encore. Il y avait toujours selon elles un os du menton à raboter, une paupière à relever, un cou fripé à repasser. On se serait cru dans un casting de *Nip/Tuck*. Le comble de l'horreur pour Eleni. Comment une femme pouvait-elle désirer être charcutée comme un simple morceau de viande ? Cela la dépassait. Mais elle devait bien avouer que le docteur Salamane ne manquait pas de clientèle. Son commerce juteux justifiait le luxe dans lequel baignait cette clinique, qui ressemblait davantage au palace d'une station thermale chic qu'à un établissement hospitalier.

Pour obtenir un entretien express avec le chirurgien, Eleni utilisa le même subterfuge qu'avec le gynécologue. Avec un effet diamétralement différent. Dès qu'elle prononça le mot « crime », l'hôtesse d'accueil l'observa d'un air gourmand.

— C'est la femme dont on parle à la télé ? C'est affreux, n'est-ce pas ?

Après France Info, l'affaire de la statue de chair du Palais-Royal avait été relayée par tous les médias. Les Parisiens n'avaient pas souvent l'occasion d'être confrontés à des faits divers aussi originaux, surtout en plein été. Cela pimentait la vacuité du mois d'août d'une touche de Grand Guignol assortie des frissons de circonstance.

— Je dois impérativement voir le docteur Salamane, insista Eleni, un peu décontenancée.

Les yeux de l'hôtesse brillèrent de convoitise.

— Le docteur est lié à tout ça ? Il va passer à la télé lui aussi ?

— Je n'ai pas dit ça, mademoiselle. Il s'agit d'une simple enquête de routine. Pouvez-vous m'annoncer, je vous prie ?

L'hôtesse parut un peu déçue. Elle s'empara du téléphone et s'entretint un instant avec son correspondant.

— L'assistante du docteur Salamane va venir vous chercher. Si vous voulez vous donner la peine de...

— Ça ira, merci, je préfère rester debout.

Elle se détourna du comptoir et entendit derrière elle un déclic. En se retournant, elle surprit l'hôtesse pointer vers elle l'écran de son iPhone. Elle s'excusa en minaudant :

— C'est juste pour montrer à mes copines. Je ne posterai pas la photo sur Instagram ou Facebook, promis.

Eleni se retint de lui arracher le Smartphone pour le balancer en travers de la baie vitrée. Elle ne parvenait pas à s'adapter à cette société du tout virtuel où l'on pouvait observer à livre ouvert la vie quotidienne des gens. « Regardez mon chat comme il est mignon. Et ma salade comme elle est appétissante. Et ce coucher de soleil comme il est romantique. Et aujourd'hui, cerise sur le gâteau, la police est venue à la clinique enquêter sur un crime ! » Profusion de *like* et de petits cœurs assurés. Eleni préféra faire profil bas. Après tout, elle n'avait aucun droit d'être ici. Inutile de se faire remarquer en agressant des employées un peu trop curieuses.

Une jeune femme parut sur ces entrefaites. Les cheveux blonds coupés courts, le visage hâlé illuminé par d'immenses yeux bleus et un large sourire laissant deviner une dentition parfaite, une blouse blanche cintrée à la taille qui dévoilait des jambes de danseuse montées sur des escarpins et un décolleté rehaussé par un soutien-gorge *push up*, elle avait tout de l'archétype de l'infirmière coquine dans les films érotiques. Sa voix suave semblait faite pour annoncer les vols lointains dans les aéroports ou les conditions météorologiques sur la chaîne de radio FIP.

— Je suis Cora, l'assistante personnelle du docteur Salamane. Je vais vous conduire auprès de lui. Si vous voulez bien me suivre...

La poupée la précéda dans un ascenseur entièrement vitré qui conduisait directement dans les bureaux où le praticien recevait ses patientes. Durant la brève montée, la dénommée Cora ne se départit pas de son sourire d'une béatitude extrême. Elle semblait avoir été frappée par la grâce.

— Le docteur est très occupé, énonça-t-elle sur le ton de la confidence, mais il accepte de vous recevoir entre deux patientes.

Eleni ne répondit rien. Elle trouvait cet environnement artificiel et un peu malsain. Ce commerce de la beauté lui paraissait le comble de la vanité et du narcissisme. Malgré elle, elle effleura du regard la poitrine bombée de l'assistante. Loin de s'en offusquer, la jeune femme sourit de plus belle.

— Ils sont beaux, n'est-ce pas ? C'est le docteur Salamane qui m'a opérée. Je suis passé d'un 85 B à un 95 D. Et les cicatrices ne se voient même pas. Quand je bronze torse nu sur la plage, tous les hommes me regardent.

Eleni n'en doutait pas. Le médecin l'avait sans doute choisie autant, sinon plus, pour la qualité de sa plastique que pour ses compétences professionnelles. À elle seule, elle était une publicité vivante pour la clinique de Neuilly. Toutes les femmes devaient vouloir lui ressembler. Un vrai modèle pour magazine sur papier glacé, mais en trois dimensions. Eleni se demanda ce qui chez elle était encore d'origine, mais elle se garda de l'interroger à ce sujet.

La porte de l'ascenseur s'ouvrit sur un hall aménagé en salon d'attente, plus luxueux encore que celui du rez-de-chaussée. Tout était blanc, de l'épaisse moquette aux fauteuils. Les toiles accrochées aux murs représentaient des monochromes immaculés. Des originaux, sans aucun doute. Tout cela respirait la virginité et la fraîcheur du paradis terrestre. Et l'argent.

Cora fit coulisser une cloison semblable à celles que l'on trouve dans les habitations traditionnelles du Japon, révélant une vaste salle cernée de baies vitrées qui laissaient généreusement entrer le soleil.

— Entrez ! Entrez ! Je suis ravi de vous recevoir, mademoiselle... Approchez ! Approchez ! Cora, apportez un rafraîchissement à notre hôte. Un café ? Du thé glacé ? C'est du Lapsang Souchong fumé. Mettez-vous à votre aise !

Celui qui accueillait Eleni avec ces assauts d'amabilité était un petit homme replet au crâne dégarni, vêtu d'une veste et d'un pantalon de lin immaculés. Il sauta de son fauteuil disposé devant une table sur laquelle il n'y avait rien d'autre qu'un téléphone et une boîte remplie de friandises, et s'avança résolument, ses pieds nus foulant la moquette couleur de neige. Le blanc était décidément la couleur d'élection du chirurgien.

— Docteur Salamane...

— Pour vous servir.

Debout, il arrivait à peine à l'épaule d'Eleni. Il se raccourcit davantage en s'inclinant devant elle tout en lui saisissant une main pour l'effleurer de ses lèvres. La vision des gants blancs le plongea dans un ravissement extrême.

— Oh ! Qu'il est agréable de rencontrer une femme gantée. De blanc, par surcroît ! L'élégance tient à ces petits détails-là. Je regrette le temps des mitaines, des socquettes et des capelines, quand les femmes savaient dissimuler leurs charmes pour mieux les dévoiler à ceux qui savaient s'en montrer dignes. Qu'y a-t-il de plus beau que des mains de femmes ? Regardez ces jolies menottes à la paume soyeuse, aux doigts fuselés et aux ongles vernis.

Eleni retira sa main comme si elle s'était brûlée. Le médecin l'observa de pied en cap d'un air connaisseur.

— Je vous félicite, mademoiselle. Silhouette élancée, joli maintien, formes harmonieuses... Ce n'est pas avec vous que je pourrais faire fortune ! Quoique... Le décolleté pourrait être un peu plus rempli. Vous faites du combien ? 85 ? C'est suffisant pour une fille mince comme vous. Cela dit, vous pourriez aisément gagner deux tailles de bonnet.

— Docteur Salamane, répéta-t-elle, je ne suis pas venue en consultation, mais pour une enquête criminelle !

— Oui, oui, c'est vrai. Pardonnez-moi, c'est de la déformation professionnelle. Je vais répondre à vos questions, bien sûr, s'excusa le chirurgien en se laissant choir dans un canapé où il disparut presque entièrement, tout en désignant un canapé identique en vis-à-vis afin que la policière y prenne place. Peggy Rivière, n'est-ce pas ? Quelle fin cruelle. Cruelle, mais belle. La vidéo qui dévoile son corps sculpté tourne en boucle sur YouTube. Déjà plus d'un million de vues ! Et on voit bien sa poitrine. Du beau travail, non ? J'en suis assez fier, je dois dire. Évidemment, personne n'aurait pu prévoir que...

Comment cette vidéo avait-elle pu fuiter ? s'interrogea Eleni. Cela ne pouvait pas provenir des services de la PJ, évidemment. Peut-être un ambulancier, ou un pompier, ou n'importe quel auxiliaire de police. Avec les téléphones portables, n'importe qui pouvait filmer n'importe quoi dans la plus extrême discrétion puis tout balancer sur Internet et les réseaux sociaux, royaume des voyeurs, des espions et des délateurs.

La ravissante Cora déposa sur la table basse un plateau de diverses boissons qu'Eleni refusa. Salamane n'en tint pas compte et lui fit servir d'office une tasse de thé glacé.

— Vous l'avez opérée, relança Eleni.

— L'année dernière, à la fin de l'hiver. En février ou mars, il faudra vérifier. Cora, mon chou, vous voulez bien me sortir le dossier Rivière ?

Pendant qu'elle s'exécutait, il gratifia son assistante d'un regard qui s'attarda un instant sur les courbes magnifiques dont il était sans doute l'artisan. Pygmalion en admiration devant Galatée, se dit Eleni. Ou un vieux vicieux reluquant une jolie femme. Cora lui tendit le dossier en question sans cesser de sourire. Le créateur oublia un instant sa fascination pour sa créature et consulta le document après avoir trempé ses lèvres dans sa tasse.

— Oui, c'est bien cela. Début mars. Voyez-vous, les femmes se font de préférence opérer avant le printemps car il faut compter avec les semaines de convalescence, le temps que les cicatrices s'estompent. L'été venu, elles veulent pouvoir s'exposer aux regards sans avoir honte de leurs seins tombants ou de leur nez trop long.

Eleni trouvait cet homme odieux et elle commençait à douter de l'intérêt des informations qu'il pourrait bien lui livrer. Jusqu'à présent, entre le gynéco et le chirurgien plastique, elle avait fait chou blanc. Sans parler du fait qu'elle prenait le risque de se faire repérer par l'équipe de Peretti. Elle décida de bousculer un peu le train-train de cet interrogatoire un peu trop policé.

— À votre avis, qui a pu faire ça ? Un chirurgien esthétique ?

Salamane resta un instant interdit puis éclata de rire.

— Comme vous y allez, ma chère ! Nous disséquons en partie nos patientes, c'est vrai, mais elles s'en sortent vivantes, elles, et plus belles qu'avant ! Du moins la plupart du temps. Évidemment, si elles choisissent de se faire opérer à l'étranger, elles ne doivent pas s'attendre à un service trois étoiles. C'est moins cher qu'en France, mais le résultat laisse souvent à désirer. Généralement, elles reviennent me voir pour que je les rafistole. Vous savez, c'est comme dans le bâtiment. Quand une restauration a été mal faite, c'est beaucoup plus difficile de rattraper le coup. Et ça coûte plus cher ! Elles auraient fait des économies en venant me voir directement. Ah ! Ah ! Ah !

Eleni avait bien envie de jeter le contenu de sa tasse de thé glacé à la figure de ce goujat. Comment était-il possible de se laisser tripoter par un tel rustre ?

— Découper un corps de femme avec autant de minutie demande un certain savoir-faire, non ? Un chirurgien me paraît le plus indiqué, il me semble.

— Un boucher ferait aussi bien l'affaire, rétorqua Salamane, légèrement piqué. Pour découper de la viande froide, il suffit d'un couteau bien aiguisé ! La chirurgie esthétique, c'est autre chose. C'est de l'art ! De l'art vivant ! Nous sommes des artistes et des bienfaiteurs de la gent féminine, mademoiselle, pas des nécrophiles !

Eleni se dressa brusquement, renversant sur la moquette blanche le contenu de la tasse de thé auquel elle n'avait pas touché. La présence du chirurgien et sa façon de considérer ses patientes comme des morceaux de chair et des tiroirs-caisses lui était intolérable.

— Merci de m'avoir accordé de votre temps... Je dois vous quitter.

— Déjà ? Mais vous venez à peine d'arriver ! Si vous êtes intéressée par l'augmentation de bonnet, je peux vous consentir un prix d'ami. Et si vous payez en liquide, je vous décompte aussi la TVA.

Pressée de quitter cet endroit, Eleni n'écoutait plus.

— Cora va vous raccompagner ! criailla encore le chirurgien. Et prenez ma carte avec mon numéro direct. Appelez quand vous voulez. Pour vous, je serai toujours disponible !

À défaut de pouvoir ouvrir une officine à mon nom, j'ai trouvé un poste dans un cabinet réputé. Le chirurgien s'était fait une réputation à coup de publicités et d'interviews dans les medias. Il avait eu l'opportunité de ravaler les façades de quelques vieilles peaux qui avaient eu leur quart d'heure de gloire au cinéma, à la télévision ou dans la chanson et qui n'acceptaient pas l'idée de vieillir. Le bouche-à-oreille avait fait le reste.

Lorsque j'ai posé ma candidature, le praticien a très vite compris qu'il était tombé sur la poule aux œufs d'or. Je l'assistais dans ses interventions avec une telle précision dans mes gestes que lui-même se sentait dépassé. Très vite, il m'a confié le soin de pratiquer à sa place les opérations les plus délicates. Les patientes étant la plupart du temps sous anesthésie générale, elles ne pouvaient pas se rendre compte du subterfuge. Avec la complicité du personnel soignant, le chirurgien s'arrogeait ensuite tous les mérites de mon travail. Je n'y voyais aucun inconvénient. Je pratiquais pour l'amour de l'art et non pour la renommée. De plus, cela me permettait de gagner confortablement ma vie. Je laissais à ce chirurgien de pacotille les courbettes, les paillettes et la reconnaissance des sots. Avec sa taille d'avorton, son ventre rebondi et son crâne à demi chauve, il se prenait pour l'Apollon du Belvédère et couchait avec toutes les infirmières qu'il bombardait du statut d'« assistantes ». Chacun, au fond, y trouvait son compte. Il se tenait en pleine lumière tandis que moi, dans l'ombre je refaisais des seins, je tirais des peaux, je redressais des nez, je donnais aux femmes cette beauté qu'elles avaient perdue ou qu'elles n'avaient jamais eue. J'avais la meilleure part. Et je l'aurais encore si je n'avais pas transgressé le pacte qui me liait à lui.

Il s'agissait d'une banale opération de chirurgie plastique. La patiente, la quarantaine avancée, était atteinte d'une sévère ptose mammaire après quelques accouchements et s'était mis en tête de se faire redresser les seins afin de susciter à nouveau le désir de son mari, ou peut-être celui de son amant. Rien de bien sorcier. Mais j'ai tout de suite vu que le travail sur les seins ne suffirait pas à la rendre aussi belle qu'elle le souhaitait. Elle était handicapée par d'affreux bourrelets sur le ventre et des vergetures sur les cuisses, ses paupières étaient alourdies de poches, son nez était trop long et ses oreilles décollées, sans parler des rides sur son visage et d'un double menton fort peu seyant. Je ne pouvais pas la laisser dans un tel état de décrépitude. Aussi ai-je pris sur moi de la refaire des pieds à la tête. Tout y est passé : liposuccion, lifting des cuisses, abdominoplastie, blépharoplastie, brachioplastie, rhinoplastie, otoplastie, et bien entendu correction de la ptose et augmentation mammaire. L'intervention a duré plusieurs heures, mais le résultat en valait la peine. De femme quelconque et déjà usée elle était devenue une vraie bombe. Grâce à moi.

Évidemment, les conséquences de cette initiative n'ont pas été à la hauteur du mal que je m'étais donné. À son réveil, la femme a poussé des hurlements, se croyant défigurée et esquintée à jamais. Le chirurgien, très gêné, ne pouvait lui avouer qu'il n'était pour rien dans cette intervention sauvage. Elle a menacé de lui intenter un procès. Pour éteindre l'affaire il lui a proposé une transaction financière alléchante, et bien entendu il ne lui a pas facturé l'opération. Elle s'en est tirée avec un gros chèque et un corps de rêve gratuit.

Mon avenir dans la chirurgie plastique s'est arrêté ce jour-là. Le chirurgien s'est débarrassé de moi à l'amiable, sans faire trop de vagues afin que l'affaire ne s'ébruite pas. Il m'a aussi fait comprendre qu'il était inutile que je postule chez d'autres praticiens. Il se chargerait de mettre mon nom à l'index si je persévérais à vouloir transformer des corps sans le consentement de leurs propriétaires. C'est ainsi que du jour au lendemain, je me suis retrouvée sans emploi. Mais je n'avais pas dit mon dernier mot. À défaut de prendre en charge l'esthétique des vivants, je m'occuperais de celle des morts.

8

Quartier du Marais, 16 h 30

Eleni avait regagné Paris. Neuilly n'était pas sa tasse de thé. Elle avait eu le sentiment de visiter une réserve naturelle où étaient conservés les spécimens les plus représentatifs des rombières en robes Chanel et sacs Vuitton. Pas vraiment son genre. Il ne lui restait que trois heures avant la réunion du groupe de soutien dans le Marais. Elle se serait bien accordée un petit roupillon dans sa chambre de la rue Mouffetard, mais elle risquait de ne pas se réveiller à temps et il était hors de question qu'elle rate le rendez-vous de ce soir. Elle fit toutefois une pause dans le quartier Saint-Paul, gara son vélo, choisit un café tranquille et s'assit à une table au fond de la salle pour être au calme. Elle commanda un double expresso. Elle devait tenir le coup pour sa deuxième nuit blanche au 17. Ses paupières commençaient à s'alourdir et ses yeux se fermèrent. Elle plongea aussitôt dans une sorte de demi-sommeil et se laissa emporter par ses souvenirs.

C'était un soir d'été. Le soleil se couchait sur la colline de l'Acropole. Les temples étaient exposés à l'incendie céleste. L'air brûlant faisait vibrer les pierres qui palpitaient et tressaillaient comme des morceaux de chair roidis par les ans. La chaleur d'août coulait sur la ville, déversant son plomb fondu sur la cité millénaire. Bientôt, les ombres du crépuscule se profileraient entre les colonnes fièrement dressées, loups affamés prêts à fondre sur leur proie. Mais nulle fraîcheur n'accompagnerait la venue des fauves nocturnes. La canicule, ici, régnait en permanence. Les touristes, en shorts, tee-shirts et casquettes, avaient quitté cette arène à ciel ouvert. Leur soirée se prolongerait dans les tavernes de la Plaka, au son des bouzoukis électrifiés.

Eleni avait rendez-vous avec un client dont l'agence lui avait fourni le contact. Un riche Argentin souhaitait visiter l'Acropole après la fermeture du site afin de ne pas être mêlé à la foule et d'éviter de s'exposer aux rayons enflammés du soleil. Comment avait-il obtenu une telle autorisation ? Eleni l'ignorait, mais elle imaginait qu'il avait dû graisser quelques pattes. La Grèce était depuis longtemps rongée par la crise et son parèdre obligé : la corruption. Avec de l'argent, on pouvait contourner tous les règlements et toutes les législations. Eleni en savait quelque chose ; elle avait vu des propriétaires argentés bâtir des villas dans des lieux protégés sans que les autorités ne s'en alarment, défigurant les points de vue des côtes ou des îles. Elle condamnait cette ambiance de concussion, mais elle avait bien été obligée de s'y faire. Elle n'aurait pu travailler dans ce pays sans cela. Elle avait fait le choix de venir s'y installer quelques années plus tôt pour y retrouver ses racines. Sa passion pour l'Antiquité et l'archéologie l'avait conduite à devenir guide touristique. Le salaire de base n'était pas énorme, mais les pourboires lui permettaient d'arrondir les fins de mois. C'est pour cela qu'elle avait accepté d'animer la visite privée de ce soir. En deux heures, elle allait gagner l'équivalent d'un mois de salaire. Elle ne pouvait se permettre de passer à côté d'une aubaine pareille, même si les conditions dans lesquelles allait se dérouler la soirée ne paraissaient pas très catholiques.

Son client avait tenu à conserver l'anonymat et la réglerait en liquide. Officiellement, cette visite nocturne de l'Acropole n'aurait jamais eu lieu. Eleni avait revêtu une tunique blanche ceinte d'une ceinture dorée, les jambes nues et les pieds chaussés de sandales de cuir. Encore une exigence du client qui avait souhaité que la visite se déroule dans le contexte de l'époque, loin de toute modernité. Ma foi, si cela pouvait lui faire plaisir, avait pensé Eleni. Tant qu'il ne lui demandait pas de chanter, de jouer de la lyre ou de la cithare…

La jeune femme avait attendu à la sortie de la station de métro Acropolis, sur la ligne 2. Le site fermait à 17 heures. Il était à présent 21 h 30. La visite se poursuivrait jusqu'à minuit ; c'est ce qui avait été convenu.

Une longue limousine aux vitres fumées vint se garer le long du trottoir. Deux jeunes hommes en sortirent. Des malabars aussi larges que haut. Costards-cravates, verres fumés et cheveux ras. Les gardes du corps. Sans un mot, ils extirpèrent du coffre un fauteuil roulant qu'ils déplièrent avec une maestria dénotant une longue habitude. Puis ils ouvrirent la porte arrière, saisirent à bras le corps un homme âgé avant de le déposer sur le siège et d'accrocher un gros sac sur le dossier. « C'est mon client », avait songé Eleni. Un handicapé. Elle comprenait mieux pourquoi il désirait être seul pour visiter les sites. Pour fuir le regard des autres. Elle avait éprouvé alors un élan de compassion à son égard. Il n'était rien d'autre qu'un amateur d'antiquités qui avait perdu l'usage de ses jambes. Pauvre homme.

Pour autant, l'individu n'était pas d'un abord très engageant. Entièrement chauve, les yeux exorbités comme un poisson mort, il avait dû être corpulent dans sa jeunesse, mais n'avait plus que la peau sur les os. Deux mains décharnées émergeaient des manches de son costume. Son visage était inexpressif, ses lèvres minces, on aurait dit un masque mortuaire. Sans doute était-il condamné à brève échéance. Les visites archéologiques représentaient certainement les derniers plaisirs qu'il pouvait encore s'octroyer. Eleni ne devait pas le décevoir.

Après avoir franchi les grilles protégeant le site, l'homme lui fit signe de commencer la visite. Eleni s'exécuta, timidement d'abord, impressionnée par la majesté de ces lieux auxquels personne à part eux n'avait accès à cette heure tardive. Très vite, elle gagna en assurance et devint volubile, redonnant vie par la seule force de sa voix à ce sanctuaire sacré. Les deux costauds poussaient le fauteuil dans les chemins empierrés tandis que le vieil homme l'écoutait en dodelinant de la tête, non pour acquiescer à ce qui était dit, mais à cause de la randonnée chaotique à laquelle il se trouvait soumis. Après avoir passé en revue les Propylées et le théâtre antique de Dionysos, ils se rendirent à l'intérieur du Parthénon, là où, plusieurs siècles plus tôt, s'élevait la statue géante d'Athéna Parthénos.

— L'original a été sculpté par Phidias, commenta Eleni. Une statue monumentale chryséléphantine, c'est-à-dire faite d'or et d'ivoire, haute de onze mètres cinquante. Elle était exposée dans cette pièce, en hommage à la protectrice d'Athènes.

Eleni s'exprimait d'une voix claire qui résonnait dans la salle nue. De sa main elle désignait le vide, comme si par ses gestes elle pouvait ressusciter la déesse absente.

— Qu'est-elle devenue ?

L'homme en fauteuil roulant avait un fort accent sud-américain, mais il maîtrisait parfaitement le français.

— Elle a été perdue au cours du premier millénaire. Heureusement, plusieurs copies ont été conservées.

— Quel dommage que l'une de ces répliques n'ait pas été installée au Parthénon, déplora l'Argentin. Elle serait plus à sa place ici que dans un musée, vous ne trouvez pas ?

Eleni nota qu'un éclair venait de s'allumer dans le regard du vieil homme. Il semblait vouer une véritable passion à l'Antiquité, mais celle-ci ne s'arrêtait pas à la contemplation des vieilles pierres. Il aurait sans doute aimé vivre à cette époque révolue depuis deux millénaires. Une marotte comme une autre.

L'homme posa ses yeux froids sur Eleni, la détaillant de pied en cap avec une attention nouvelle. La jeune femme ne put s'empêcher de frissonner. Dans sa petite tunique trop courte elle se sentait presque nue.

— Voyez-vous, mademoiselle, j'ai toujours considéré que l'hommage rendu aux dieux ne pouvait se satisfaire de simples reproductions de pierre ou de bronze, voire d'ivoire et d'or, comme votre Athéna Parthénos. Pour donner vie à ces êtres supérieurs à nous, il faut leur prêter non seulement une apparence humaine, mais également un corps de chair.

L'infirme reprenait vie au fur et à mesure qu'il dévidait son étrange discours. Eleni se demandait où il voulait en venir et commençait à se sentir mal à l'aise. La soirée prenait un tour inattendu qui ne lui plaisait pas du tout. Mais l'homme n'en avait cure et il poursuivit son raisonnement absurde :

— Comprenez-vous à présent la raison pour laquelle je vous ai demandé de vous vêtir ainsi, mademoiselle ? La statue d'Athéna Parthénos n'est plus là, mais vous allez vous substituer à elle. C'est à cette condition qu'un rituel pourra enfin lui être dignement rendu.

Eleni ouvrit des yeux ronds, se demandant si cet homme était sérieux ou s'il était en train de lui jouer un mauvais tour. Sa gorge se serra. L'infirme semblait gagné par une folie qui le poussait à tenir des propos insensés. Les deux gardes du corps la fixaient eux aussi, derrière leurs lunettes aux verres fumés.

— Je... Je ne sais pas de quoi vous voulez parler. Je ne comprends pas...

— Vous comprenez très bien, au contraire, insista l'Argentin. Vous ferez une excellente Athéna. Vous en portez déjà le vêtement. Il ne vous manque plus que quelques accessoires pour rendre la ressemblance parfaite.

Juan et Diego, mes deux fidèles gardes du corps, vont y pourvoir sans délai ; ils vous serviront d'officiants.

La jeune guide était tétanisée. Elle se demandait dans quel piège elle était tombée. Cet homme était fou à lier. Sous couvert de visite archéologique il cherchait à assouvir les fantasmes qui hantaient son cerveau dérangé. Elle lança un regard apeuré en direction de la sortie. Impossible de s'enfuir, les deux géants lui bloquaient le chemin. Sur un signe du vieil homme, ils s'approchèrent d'elle après avoir sorti du sac accroché au fauteuil un casque, un bouclier et une lance. Les signes distinctifs d'Athéna Parthénos.

La panique gagna Eleni, la rendant incapable de la moindre réaction. Les deux Latinos en profitèrent pour la coiffer de la couronne et lui flanquer la lance et le bouclier dans les bras. L'Argentin la contemplait avec satisfaction.

— C'est parfait ! Avouez que cela a plus d'allure qu'une statue figée. Vous pouvez vous mouvoir, bouger, parler, éprouver des émotions. Une vraie déesse descendue sur terre... Ne sentez-vous pas l'énergie divine se répandre en vous ? Qu'est-ce que cela vous fait de vous trouver dans la peau d'Athéna deux mille ans après que des mortels ingrats l'aient remisée dans d'obscurs musées ?

Ces considérations spécieuses achevèrent de troubler Eleni. Cet homme au physique atrophié cherchait à projeter sur les divinités anciennes les actions et les sensations qu'il était incapable de mener ou d'éprouver. Il ne s'agissait que de paroles, mais des paroles qui, dans ce lieu désert où la nuit s'était installée, prenaient une dimension inquiétante, presque menaçante. Elle trouva malgré tout la force de parler :

— Cela suffit maintenant. Il est temps de rejoindre la sortie. La visite est terminée...

— Je ne suis pas pressé, mademoiselle, l'interrompit l'Argentin d'un ton cinglant. Athéna attend que l'hommage qui lui est dû lui soit rendu. Un hommage viril pour réchauffer un peu cette vierge trop froide. À présent qu'elle est dotée d'un corps de chair, elle doit en éprouver les douleurs et les plaisirs. Elle doit aussi veiller à assurer sa descendance. Souvenez-vous du rapt des Sabines, qui a permis aux premiers Romains de se procurer les compagnes qui leur manquaient. Le viol, le rapt, l'enlèvement ne sont-ils pas à la base de toute civilisation, comme ils sont un élément constitutif du panthéon grec ? Zeus ne se gênait pas pour convoler avec toutes les femelles qui lui plaisaient. Pourquoi Athéna seraient-elle exemptée de ces procédés hélas tombés en désuétude à notre époque abâtardie ? Pour quelle raison la vierge Athéna ne serait-elle pas déflorée par quelque dieu, demi-dieu, voire un simple humain ? Il serait intéressant de connaître l'être qui naîtrait de ce rapport non consenti. Un monstre tel que le Minotaure ou un héros comme Hercule...

Eleni réalisa enfin le sort que lui réservait le vieil homme. Elle ouvrit la bouche pour crier, mais l'un des deux gardes du corps lui plaqua une main dessus et l'autre lui immobilisa les bras. Elle chercha à se débattre, à mordre, mais elle en était incapable. Elle sentit les mains des deux Sud-Américains l'empoigner tandis que leur souffle chaud caressait sa nuque. Elle voulait résister, mais elle en fut incapable. L'un d'eux lui arracha sa tunique, dévoilant sa poitrine nue. En face, le vieillard ne perdait pas une miette du spectacle. Il exultait, un large sourire fendant en deux sa tête de mort. Ses mains décharnées tremblaient d'excitation. « Allez-y, Juan, Diego ! Consommez le viol de la belle Athéna ! » Elle hurla, mais l'un des gardes du corps la fit taire d'un coup de poing. Sous les coups et les assauts répétés des deux hommes, elle finit par perdre conscience. À son réveil, elle était seule au milieu des ruines, ensanglantée et souillée.

À l'époque, elle avait tout fait pour retrouver l'identité du pervers qui avait lâché sur elle ses gardes du corps pour qu'ils abusent d'elle. Mais elle s'était trouvée confrontée à une véritable omerta. L'agence touristique qui l'avait mise en relation avec son client prétendait ne pas avoir conservé ses coordonnées. Tout s'était soi-disant réglé par téléphone, dans la plus grande confidentialité. Eleni avait insisté, mais son interlocuteur avait éludé ses questions en évitant de la regarder dans les yeux. Elle était sûre qu'il avait touché une forte commission pour ne pas dénoncer ce client mystérieux. La police grecque n'avait pas été plus accueillante. Les flics auprès de qui elle avait voulu porter plainte l'avaient reçue avec un sourire incrédule. Ils l'avaient considérée comme une folle ou une mythomane plus ou moins nympho. Se faire violer par des inconnus dans l'enceinte du Parthénon, de nuit et en dehors des heures de visite, cela dépassait l'entendement. L'un d'eux suggéra même que si cette histoire était véridique, ce dont il doutait, la faute en imputait entièrement à Eleni. Que faisait-elle en pleine nuit en tunique courte avec ces prétendus clients qui lui avaient promis un pont d'or ? Cela ressemblait beaucoup à du proxénétisme, et si elle s'entêtait dans ses assertions délirantes, la jeune guide pourrait se retrouver inculpée de racolage et d'attentat à la pudeur. Choquée, écœurée, blessée dans son corps et dans son âme, Eleni décida d'abandonner son métier et de quitter définitivement la Grèce. Depuis cette effroyable soirée, elle avait pris en horreur l'art antique, en particulier la statuaire. Elle ne pouvait plus contempler une effigie d'Athéna sans se remémorer son calvaire. De retour en France, elle s'était inscrite dans un groupe de soutien dont elle avait suivi régulièrement les séances, puis avait choisi d'entrer à l'École nationale supérieure de police. Pour faire régner l'ordre et poursuivre les criminels, et aussi dans l'espoir secret de retrouver un jour la trace de son tortionnaire. Mais c'est lui qui l'avait retrouvée le premier, et cette fois, il n'allait pas s'arrêter en si bon chemin. Il allait la sacrifier, la transformer en statue de chair comme il l'avait fait avec Peggy. Et elle n'avait aucun moyen de l'en empêcher.

Plusieurs semaines après son agression, elle souffrait d'une absence de menstruations. Au début, elle avait mis ce retard de règles sur le compte du choc subit. Chaque matin, au réveil, elle priait pour voir du sang couler entre ses cuisses. Elle était demeurée longtemps dans le déni. Finalement, elle s'était résolue à faire un test de grossesse qui s'était révélé positif. Les deux malabars ne s'étaient pas contentés de la violenter ; l'un des deux avait planté dans son ventre un germe empoisonné. La seule idée d'avoir pour enfant le fils d'un violeur la faisait vomir.

À moins qu'il ne s'agisse des premiers signes de grossesse. Elle s'était ressaisie et avait avorté dans les limites extrêmes du délai légal. L'opération avait été longue et douloureuse. Le médecin qui s'était occupée d'elle lui avait annoncé qu'à cause du traumatisme physique qu'elle avait subi, une nouvelle grossesse présenterait des risques importants. Elle avait facilement décodé la phrase : elle ne pourrait plus jamais avoir d'enfant.

Elle se réveilla en sursaut, alertée par l'alarme de son téléphone portable qu'elle avait programmée un quart d'heure avant la réunion. Les deux heures avaient passé sans qu'elle ne s'en aperçoive. Elle avala d'un trait son café qui avait eu largement le temps de refroidir, régla l'addition, récupéra son vélo et fonça jusqu'au lieu de rendez-vous qui se trouvait à quelques rues de là.

9

Association Alma-Mater, 19 h 30

L'association Alma-Mater tenait ses réunions chaque lundi soir dans un local situé au premier étage d'un immeuble de la rue François-Miron jouxtant l'église Saint-Gervais. Un appartement vétuste appartenant à la Ville de Paris qui l'avait très longtemps alloué au Pen Club français, un organisme promouvant la liberté d'expression et défendant les droits des auteurs menacés ou incarcérés en raison de leurs écrits. Alma-Mater prenait en charge les femmes maltraitées, violentées ou éprouvant des difficultés à surmonter leurs épreuves liées à leur sexualité ou leur maternité. Les deux combats n'étaient pas si différents, au fond. Publier un texte ou mettre un enfant au monde procédaient d'un mécanisme commun de création qui impliquait des risques comparables : on pouvait mettre sa vie en danger en exprimant des idées tout comme en donnant la vie.

Eleni pressa le bouton de l'interphone et s'annonça. La porte d'entrée se débloqua aussitôt et elle escalada les marches étroites qui conduisaient au premier. Elle pénétra dans l'appartement. Disposés en cercle, les sièges étaient quasiment tous occupés. Martha Apfelbaum, la psychologue chargée d'animer la séance, l'accueillit avec un entrain simulé. La jeune policière nota qu'elle avait un visage blafard.

— On n'attendait plus que toi, Eleni. Assieds-toi, on va commencer tout de suite. Mais tout d'abord, faisons la chaîne d'amour.

Tandis qu'Eleni prenait place, les femmes empoignèrent chacune la main de leurs voisines de gauche et de droite afin de former une chaîne humaine. Puis elles fermèrent les yeux et calmèrent leur respiration, tandis que Martha fredonnait une sorte de mantra à voix basse. Elles élevèrent ensuite leurs mains vers le ciel en reprenant en chœur la mélopée. Ce rituel d'introduction était censé harmoniser les énergies des participantes et leur faire ressentir une émotion amoureuse ; non pas un amour passionné ou sexué, mais un amour inconditionnel et universel. Pour la thérapeute, ce sentiment représentait l'outil de guérison par excellence.

Eleni n'était pas vraiment dans l'humeur souhaitée par la thérapeute. L'une des femmes du groupe avait été sauvagement assassinée la nuit précédente et son siège désespérément vide signifiait peut-être que d'autres étaient menacées et qu'elle-même se trouvait dans la ligne de mire. Au lieu de clore ses paupières, elle en profita pour détailler une par une ses « sœurs », terme employé au sein du groupe de soutien pour communiquer, autre initiative de la psychologue. Elles étaient douze en principe, mais ce soir, l'une d'entre elles manquait à l'appel.

En face d'elle se tenait Martha Apfelbaum, âgée d'une soixantaine d'années, née en Allemagne et vivant en France depuis plus de trente ans. Elle avait conservé de ses origines d'Outre-Rhin certaines intonations gutturales qui rendaient parfois sa voix plus dure que ce que ses propos suggéraient. Aussi s'évertuait-elle à adoucir son phrasé en s'exprimant de la façon la plus neutre possible. Grande, assez corpulente, elle était pourvue d'une épaisse chevelure blanche qui dessinait une sorte d'aura autour de son visage. Ses traits auraient tout aussi bien pu être ceux d'un homme que d'une femme ; en vérité, ils s'apparentaient plutôt à ceux d'un vieux sage ou d'un vénérable chef indien. Une femme d'exception en tout cas, dotée d'un charisme fou et d'une personnalité écrasante.

Elle avait eu l'idée de fonder Alma-Mater dès son arrivée à Paris pour aider et accompagner les femmes en mettant à leur disposition un lieu d'écoute et d'entraide. Elle avait défini son association comme étant un groupe de soutien, mais en réalité, le concept était davantage que cela. Au fil de sa vie, Martha avait appris diverses techniques psychiques qu'elle utilisait chaque fois qu'elle pensait qu'elles pouvaient apporter du réconfort à l'une des sœurs ou aider à surmonter une tension ou une résistance en elle. Tout y passait. Méditation, Reiki, yoga, hypnose, jusqu'à la médiumnité ou la lecture des auras et des vies antérieures. Et si d'aventure quelqu'un osait lui faire remarquer qu'il s'agissait là d'un fourre-tout inspiré de la mode *New Age*, elle rétorquait d'un ton sans réplique

que peu importaient les moyens si les résultats étaient au rendez-vous. Or, ils l'étaient dans la majorité des cas, aussi les sœurs n'avaient pas à se plaindre de ses méthodes peu orthodoxes.

À la droite de la thérapeute se tenait Marie, une catholique pratiquante qui avait du mal à accorder sa sexualité avec sa foi. Guère portée sur le sexe, elle était mariée à un homme dont les besoins étaient plus qu'impérieux. Elle ne savait si elle devait respecter le devoir conjugal et l'exhortation biblique à faire croître et multiplier sa descendance, ou répondre au vœu intime de chasteté auquel elle aspirait au fond de son cœur. Elle s'en était ouverte à son confesseur, mais en l'absence de réponses claires de sa part – ses conseils se résumant à l'engager à prier et à attendre patiemment d'être guidée par l'Esprit saint –, elle avait résolu de rejoindre le groupe de soutien de Martha.

Venait ensuite une femme toute différente, exubérante à l'extrême, maquillée et vêtue de façon voyante, voire provocante. Giovanna, une Italienne d'une trentaine d'années, chevelure brune, peau blanche et lèvres pulpeuses. Un physique de star, ou en tout cas de starlette. Elle, ce n'était pas la frigidité qui lui posait problème, mais au contraire sa nymphomanie. Elle ne pouvait croiser un homme sans ressentir le besoin de le rejoindre dans son lit – ou tout lieu plus ou moins improbable dans lequel elle pouvait consommer l'acte charnel : escaliers, ascenseurs, impasses, toilettes des cafés ou des grands magasins, banquettes arrières de voitures. Son imagination et son sens de l'improvisation n'avaient dans cette matière aucune limite. Ce comportement lui avait causé quelques soucis, notamment quand les forces de l'ordre l'avaient surprise à plusieurs reprises à demi ou entièrement dénudée, dans des situations équivoques. Sans vouloir bouder un plaisir qui lui causait entièrement satisfaction, elle tenait tout de même à en conserver le contrôle.

Charlotte, ensuite. Une étudiante de 19 ans plutôt timide. Sa phobie était de tomber enceinte. Bien sûr, elle était au courant des différents moyens de contraception et contrairement à Giovanna, elle n'avait pas une vie sexuelle spécialement débridée. Mais elle oubliait souvent de prendre sa pilule et avait une tolérance limitée à l'alcool. Il lui suffisait d'absorber un verre ou deux pour perdre totalement le contrôle de ses actes dont elle ne conservait ensuite aucun souvenir. Un jour, elle s'était réveillée dans le lit d'un garçon qu'elle ne connaissait pas, ignorant complètement ce qu'elle avait pu faire avec lui durant la nuit. Elle avait vainement cherché un préservatif usagé qui aurait pu lui indiquer que son compagnon s'était protégé, mais elle n'en avait trouvé aucun. Elle réalisa aussi qu'elle n'avait pas pris sa pilule depuis une semaine. Elle avait réuni ses affaires à la va-vite et s'était sauvée sans demander son reste, puis elle avait passé deux semaines d'enfer à guetter l'arrivée de ses règles. Elle aurait pu se contenter de ne plus boire d'alcool, mais la vie sociale d'une étudiante offrait de fréquentes occasions festives où ne pas boire signifiait d'emblée être exclue du groupe. Elle souhaitait donc renforcer sa vigilance en terme de protection sexuelle et avait fait confiance à Martha pour l'y aider.

Emma se trouvait à ses côtés. La quarantaine, une femme élégante et racée, soignée jusqu'au bout des ongles sans pour autant paraître bourgeoise ou m'as-tu-vu. Elle avait cette beauté naturelle qui vient de l'intérieur et non de l'apparence. Elle avait eu dans le passé une relation avec un compagnon violent, séparée depuis, mais redoutant en permanence son retour. Elle voulait s'affranchir de ces souvenirs traumatisants qui la perturbaient encore plusieurs années après et l'empêchait d'envisager de bâtir une nouvelle relation avec un homme.

La chaise suivante, que l'on avait discrètement écartée, était celle de Peggy. Elle ne s'y assiérait plus jamais.

Avant qu'Eleni ait eu le temps de terminer son tour d'horizon, Martha mit fin à la chaîne d'amour et, après avoir fixé attentivement chacune des femmes qui l'entouraient, prit la parole de sa voix détimbrée :

— Je suppose que vous êtes toutes au courant du drame qui s'est déroulé la nuit dernière et du triste sort qui s'est abattu sur notre sœur Peggy. Avant de commencer la séance de ce soir, je vais vous demander d'observer une minute de silence et de prier chacune selon vos convictions religieuses, philosophiques ou éthiques, pour le repos de son âme.

Eleni nota que certaines femmes s'entreregardaient avec des expressions à la fois apeurées et étonnées. Toutes n'étaient visiblement pas au courant du drame ou bien n'avaient pas fait le rapprochement entre la statue de chair du Palais-Royal et Peggy. À l'expiration de la minute de recueillement, Martha prit le temps d'exposer plus en détails ce qu'elle savait de la mort de leur camarade, qui se résumait à une synthèse des différents bulletins d'informations diffusés dans les medias au fil de la journée.

Au fur et à mesure de son récit, les visages des sœurs se décomposaient à vue d'œil.

— Cela veut dire que nous sommes nous aussi en danger ? réagit aussitôt Rolande.

Cette quadra bien en chair n'avait pas envie de finir coupée en morceaux, les autres non plus, évidemment, mais elle était la première à l'exprimer aussi directement.

— Il n'y a aucune raison de s'inquiéter, la rassura Martha d'une voix dont elle chercha à gommer toute rugosité. Peggy menait sa propre vie en-dehors de notre groupe de soutien. Elle sortait beaucoup, voyait du monde malgré sa grossesse avancée. Elle a dû faire une mauvaise rencontre qui s'est mal terminée. Cela arrive tous les jours, hélas. Avec le développement des réseaux sociaux, cela devient même de pire en pire…

Eleni nota que Martha avait accéléré son débit de parole et retrouvé ses intonations germaniques, preuve qu'elle était mal à l'aise. Et il y avait de quoi. Car ce n'était pas sur Facebook ou Snapchat que l'on rencontrait des pervers qui charcutaient les femmes enceintes avant de les statufier. Le cas de Peggy Rivière était hors norme et méritait une attention particulière. De plus, Eleni savait que l'appartenance de la jeune femme au groupe de soutien Alma-Mater était l'élément fondamental qui avait fait que l'assassin avait porté son choix sur elle. Tout comme sa métamorphose en statue d'Athéna Parthénos était un message directement adressé à Eleni. Mais la policière ne pouvait pas révéler ces éléments. Pas devant toutes ces femmes qui céderaient aussitôt à la panique.

— Il faut peut-être prévenir la police ?

Cette suggestion émanait de Yasmina, arrivée récemment dans le groupe. Elle était régulièrement battue par son conjoint, mais ne parvenait pas à trouver le courage d'aller porter plainte contre lui de peur des représailles. Paradoxalement, c'est elle qui la première avait l'idée de demander l'assistance des forces de l'ordre. Peut-être pour se donner ainsi l'occasion de franchir le pas et en profiter pour dénoncer son bourreau.

— Je ne pense pas que ce soit une très bonne idée, tempéra Martha. Je vous rappelle que les sœurs inscrites dans ce groupe de soutien sont protégées par l'anonymat. Si la police s'en mêle, vous allez toutes être convoquées, questionnées, non seulement vous, mais également vos proches, votre famille. Votre vie privée sera mise sur la place publique. Vous serez incapables de garder secrets les maux pour lesquels vous venez ici chaque lundi soir.

— Je ne suis pas d'accord, intervint Eleni. Peggy assistait à nos réunions de façon anonyme, comme tu viens de le rappeler, ce qui veut dire que la police ignore qu'elle fréquentait notre groupe. Or, il s'agit d'un élément essentiel qui pourrait aider à faire avancer l'enquête. Nous devrions témoigner de ce que nous savons sur Peggy.

Les femmes se regardèrent avec appréhension. Autant elles n'avaient pas envie de finir coupées en morceaux, autant elles ne souhaitaient pas non plus s'exposer au grand jour. Il est de notoriété publique que les flics ont une fâcheuse tendance à considérer les témoins comme des suspects. Inutile de réveiller le chat qui dort.

Martha, tout d'abord déconcertée par l'intervention d'Eleni, mit à profit le trouble qui s'était installé dans le groupe.

— Dans ce cas, nous allons soumettre cette décision à un vote. Qui est favorable à une déposition à la police ?

Eleni dressa aussitôt le bras, suivie par Emma, et plus timidement par Yasmina. Mais devant l'abstention des autres participantes, cette dernière baissa rapidement la main.

— Vous n'êtes que deux, Eleni, commenta Martha avec un léger sourire. La majorité a tranché. Je suis du même avis que vos sœurs, il vaut mieux éviter de nous manifester.

Eleni n'insista pas, se contentant d'échanger un regard avec Emma, la seule, avec elle, qui avait osé braver l'autorité de Martha. Mais cela n'avait pas suffit.

— Qu'est-ce qu'on peut faire, alors ? interrogea Greta, en couple avec une autre femme qui ne voulait pas d'enfant alors qu'elle-même en désirait un. D'où sa présence ici pour tenter d'y voir plus clair sur sa volonté de parentalité.

— Soyez prudentes, ne donnez pas de rendez-vous à des inconnus, tâchez de ne pas rester seules quand vous sortez, répondit Martha qui avait retrouvé sa voix apaisante. Suivez les conseils que je vous donne d'habitude pour écarter les prédateurs de votre route. Mais, encore une fois, je ne pense pas que vous risquez grand-chose. C'est malheureux pour Peggy. Elle était trop tête en l'air, elle a manqué de prudence, surtout à deux mois de son accouchement. Nous vivons dans un monde cruel et sans pitié, surtout envers les femmes.

La réunion se poursuivit normalement, avec échanges de témoignages sur les problématiques de chacune, mais le cœur n'y était pas. Malgré les arguments rassurants de Martha, les sœurs s'imaginaient déjà transformées en bustes essaimés un peu partout dans la capitale. Elles se séparèrent enfin, non sans avoir formé une nouvelle fois la chaîne d'amour en psalmodiant leur mantra.

Au-dehors, le temps était doux comme un beau mois d'août à Paris. Encore sous le choc, les sœurs éprouvaient le besoin de prolonger un peu la soirée, à l'exception de celles qui devaient impérativement rentrer chez elles pour retrouver un mari ou une famille. C'est Giovanna qui prit l'initiative :

— Mes chéries, je vous invite à boire un verre au *Lounge Bar* des Halles. Je connais le barman, il prépare des mojitos à tomber par terre ! Cela nous remettra de nos émotions ! Qui m'aime me suive !

Plusieurs d'entre elles acceptèrent avec soulagement cette sortie. Au moins, tant qu'elles restaient entre elles, elles ne risquaient rien. Et boire un verre ou deux ne pouvait pas leur faire de mal.

— Eleni, ma chérie, tu nous accompagnes ?

— Pas ce soir, Giovanna ! Je suis de garde.

— Ah ! oui, c'est vrai, tu es en horaires décalés. Mais tu ne nous as toujours pas dit où, cachottière ! Dans un hôpital, c'est ça ?

— On peut dire ça, répondit évasivement Eleni.

Ce n'était pas le moment de révéler qu'elle travaillait à Police-Secours et que c'était elle qui avait reçu l'appel signalant la découverte du corps mutilé de Peggy.

— Et toi, Emma ? insista Giovanna.

— Oh, moi, tu sais, je n'aime pas trop traîner dans les bars la nuit, et puis je me sens un peu fatiguée. Je vais rentrer tranquillement chez moi.

— Pas seule, quand même ! Tu te souviens des conseils de Martha ?

— Si tu veux, je t'accompagne un bout de chemin, proposa Eleni. J'ai encore un peu de temps devant moi.

— Mais... Ton vélo ?

— Je peux marcher en le tenant à mes côtés ! Et si on croise un taxi libre, tu n'auras qu'à le prendre !

— Dans ces conditions, j'accepte. J'avoue qu'un peu de compagnie ne me fera pas de mal.

— Rentrez bien, mes chéries ! fit Giovanna en arrondissant ses lèvres incarnat pour simuler un baiser. Nous, on va se taper des mojitos à votre santé. Et avec un peu de chance, on se tapera aussi des mecs !

— Tu es incorrigible ! sourit Eleni alors qu'elle s'éloignait en compagnie d'Emma en direction de la Seine toute proche.

10

Quais de Seine, 22 heures

Eleni et Emma longeaient les quais de la Seine, périodiquement éclairés par les faisceaux lumineux des bateaux-mouches. Elles avançaient en silence, songeant à tout ce qui venait d'être dit durant la soirée.

— Je te remercie de m'avoir soutenue tout à l'heure, Emma. C'était courageux de ta part. Martha a une sacrée personnalité et il n'est pas facile de lui tenir tête. Yasmina, elle, s'est dégonflée.

Emma acquiesça vaguement, le regard dirigé vers le sol. Eleni pouvait sentir sa camarade frissonner malgré la tiédeur de la soirée.

— Ça va, Emma ?

Celle-ci opina d'un bref mouvement de tête, mais son menton tressaillait et ses lèvres restaient serrées. Soudain, elle éclata en pleurs et se jeta dans les bras d'Eleni.

— Je ne veux pas mourir ! J'ai si peur !

La jeune policière se sentit désarçonnée par cette réaction. Emma lui avait toujours donné l'impression d'être une femme stable et équilibrée, qui ne s'en laissait pas compter facilement. Et voilà qu'elle se laissait aller comme une petite fille. Elle l'étreignit un instant, attendant que ses pleurs se tarissent.

— De quoi as-tu peur, Emma ? Martha nous a dit de ne pas nous inquiéter...

— Tu ne comprends pas ? Je suis sûr que c'est lui qui revient me harceler !

Eleni songea qu'elle faisait allusion à ce compagnon violent dont elle parlait souvent lors des réunions. Cela faisait pourtant des années qu'il était parti de chez elle et qu'elle n'avait plus de nouvelles de lui. Apparemment, son ombre pesait toujours sur elle comme un fantôme effrayant. Elle tenta de la raisonner.

— Mais c'est Peggy qui a été assassinée. Cela n'a aucun rapport avec toi.

À présent, Emma tremblait de tous ses membres. Elle se recula légèrement et Eleni put voir son visage défait par la peur et les larmes. Elle semblait avoir vieilli de dix ans en quelques minutes.

— Si, justement, il y a un rapport ! Comme moi, Peggy faisait partie du groupe de soutien ! « Il » s'en est pris à elle, mais c'est moi qu'il vise ! Son meurtre est un avertissement lancé à mon attention. Une façon de me dire : « Ma petite, je t'ai à l'œil, tu es la prochaine sur ma liste ! »

Eleni était stupéfaite. Emma tenait exactement le raisonnement qu'elle s'était appropriée. Pourtant, il ne pouvait pas y avoir deux prédateurs. Et Eleni était certaine que c'était elle qui était menacée et non Emma.

La réplique de la statue d'Athéna Parthénos en était une preuve suffisante. Du moins, c'est ce qu'elle avait pensé jusqu'à présent.

— Explique-moi, Emma. Comment peux-tu affirmer qu'il s'agit de…

— Mais tout concorde ! Je n'ai pas tout dit durant les réunions. Il y a des éléments que personne ne connaît. Sauf lui !

Emma était terrorisée. Eleni ne pouvait pas la laisser dans cet état. Elle jeta un bref coup d'œil à sa montre. Elle avait encore un peu de temps avant de rejoindre sa permanence à Police-Secours. La préfecture était à deux pas, sur l'île de la Cité.

— Allons boire un verre, tu vas me raconter ça posément.

Elles s'engouffrèrent dans un café du quai de l'Hôtel-de-Ville et s'installèrent à une table à l'écart. Emma commanda un chocolat chaud et Eleni un café frappé. Une nuit blanche l'attendait au 17 et elle devait lutter contre le sommeil qui la gagnait par à-coup. Lorsque le serveur les eût servies, à la parisienne, c'est-à-dire sans prononcer un mot, Emma commença son récit après s'être frotté les mains comme pour se donner de l'assurance.

— Mon ex-compagnon n'est pas n'importe qui. C'est un artiste renommé. Un sculpteur, plus précisément. Et l'une de ses dernières sources d'inspiration était… Tu ne devineras jamais.

— Dis-moi !

— La statuaire de la Grèce antique.

Eleni sentit un coup au cœur. Ce n'était pas possible. Cette femme qu'elle ne connaissait que par les réunions du lundi soir se trouvait exactement dans la même situation qu'elle. Toutes deux avaient des raisons de penser que l'assassin leur en voulait à elles précisément et qu'il n'avait éliminé Peggy que pour les effrayer. Il s'agissait là d'une incroyable coïncidence. Il devait y avoir une explication, mais laquelle ? Eleni tenta de raisonner calmement, malgré les battements de son cœur qui jouaient du tambour dans sa poitrine. Jusqu'à présent, elle avait suspecté son bourreau d'Athènes d'être l'instigateur du meurtre de Peggy. Or Emma avait elle-même des motifs de penser qu'il s'agissait de son ex-compagnon. Mais elles ne s'étaient jamais rencontrées en dehors d'Alma-Mater et elles avaient des âges et des modes de vies différents. Si l'une des deux était dans le vrai, c'est que l'autre faisait erreur. Alors comment démêler le vrai du faux ? Il s'agissait là d'un rébus dont la solution lui semblait hors de portée.

Un instant, Eleni fut prise d'un espoir fugace. Si c'était Emma qui était visée et non elle, elle n'avait plus à s'inquiéter pour sa propre vie. Elle eut aussitôt honte de cette pensée égoïste, d'autant plus que cela ne résolvait rien. Peggy Rivière n'était pas concernée non plus et pourtant elle était morte. Si l'assassin en avait après Emma, il pourrait parfaitement éliminer Eleni au préalable pour renforcer sa menace. Et s'il voulait s'en prendre à Eleni, il pouvait agir de même avec Emma. En vérité, leur sort à toutes deux était intimement lié. La policière résolut d'en savoir davantage.

— Parle-moi de lui, Emma. C'est le moment ou jamais. Si tu es en danger, tu ne peux pas garder ces secrets pour toi...

Emma rassembla à nouveau ses poings et les serra l'un contre l'autre, puis elle but une gorgée de son chocolat avant de poursuivre.

— Tu as raison, je dois en parler à quelqu'un. Mais je suis si isolée... Je n'ai personne pour prendre soin de moi.

— Il y a le groupe de soutien. Tu y es venue pour ça, non ?

Emma hocha la tête.

— Oui, bien sûr... Mais je suis d'un tempérament plutôt réservé. Timide, même. Il y a des choses que je n'ose pas dire en public. J'ai trop peur d'être jugée. C'est pour ça aussi que j'ai décliné l'invitation de Giovanna tout à l'heure. Quand je me trouve au milieu des gens, j'ai toujours le sentiment qu'ils m'observent et qu'ils se moquent de moi. Je n'étais pas comme ça avant. C'est Pablo qui m'a rendue ainsi, à force d'humiliations.

— Pablo ?

— Oui, c'est son prénom. Je peux bien te le dire à toi.

— Pourquoi me fais-tu confiance ?

Emma haussa les épaules avec un petit sourire. Elle avait encore les yeux rouges mais elle avait cessé de pleurer.

— Question de feeling, je pense. On sent que tu sais écouter les gens, les aider. Giovanna a dit que tu travaillais dans un hôpital. Tu dois être infirmière, ou quelque chose comme ça, n'est-ce pas ?

Eleni éluda la question d'un geste.

— Dis m'en un peu plus sur Pablo. Tu m'as révélé qu'il était sculpteur et s'intéressait à l'Antiquité grecque. Tu penses sérieusement qu'il serait capable d'avoir enlevé Peggy pour la transformer en statue ? C'est un peu tordu comme idée, non ? Surtout s'il s'agit d'un artiste reconnu.

Le visage d'Emma se figea de nouveau. Dès qu'on évoquait l'existence de son ex-compagnon, elle retombait dans ses peurs irrationnelles.

— Tu ne le connais pas. Il est capable de tout ! Il a du génie, c'est vrai, mais il est fou à lier ! Si tu savais ce qu'il a pu inventer durant sa carrière pour se faire connaître... Des expositions, des happenings sur des sujets scandaleux, choquants... Rien que d'y penser, ça me donne envie de vomir. Il appelait ça de l'« art conceptuel », une façon pour lui de provoquer la morale petite-bourgeoise en transgressant les tabous.

— Mais de là à tuer une femme, la couper en deux et la transformer en statue de chair...

— Tu sais quelle a été sa première expo ? Il l'avait intitulée *Abattoir*. Il s'agissait de carcasses de bétail de boucherie, de gibier de chasse, de chats, de chiens et de rats qu'il avait embaumés dans des poses suppliciées avant de les arroser de sang animal ! Cela avait fait scandale ! Un groupe de militants vegans était venu manifester en hurlant qu'il s'agissait d'une atteinte à la cause animale. Finalement, l'expo a été interdite au bout de deux jours. Mais Pablo était lancé. Depuis, sa côte a grimpé en flèche.

Eleni éprouva un haut-le-cœur. Si ce qu'Emma lui racontait était vrai, cet homme était en effet capable du pire. Serait-ce lui l'assassin de Peggy, et non le riche Argentin en fauteuil roulant qui avait mis en scène le viol qu'elle avait subi dans l'enceinte du Parthénon ?

— Je n'ai jamais entendu parler de cette histoire. Cela a dû se passer avant que je rentre en France.

— Pourtant, ça a fait du bruit. Évidemment, il a continué sur sa lancée. Sa seconde série, *MST*, avait pour sujet les malades infectés par le sang contaminé. Cette fois, il avait réalisé des toiles, des sanguines plus exactement. Les sujets étaient représentés à l'agonie, peints avec du sang obtenu de façon frauduleuse dans les hôpitaux. Là encore, l'exposition a été interdite.

— C'est ignoble…

— Je ne te le fais pas dire.

— Les gens sont fous.

— Lui, surtout ! Il est devenu très riche et cela lui est monté au cerveau. Il s'est cru le roi du monde. Tu comprends à présent pourquoi je redoute tant qu'il s'en prenne à moi, à nous toutes ? Et puis je le connais, il ne s'arrêtera pas avant d'avoir terminé son œuvre…

Elle fit une pause, avant de conclure d'une voix sombre :

— Il nous tuera toutes. Une par une.

MARDI

11

Jardin du Luxembourg, 7 heures

Comme chaque matin, Jérôme Patin était arrivé à 7 heures au Jardin du Luxembourg. Il prit le temps de se changer, de revêtir son pantalon et son maillot bleu, de vérifier que son talkie-walkie était correctement chargé et de le disposer dans l'étui de sa ceinture en cuir, de glisser son sifflet à roulettes autour du cou et de boire un café avec ses collègues, avant de commencer son service. Jérôme Patin était l'un des surveillants du Jardin du Luxembourg appointé par le Sénat et agréé par le procureur de la République avec le grade d'officier de police judiciaire adjoint. Sa ronde commençait à 7 h 30, heure d'ouverture du jardin en été. La nuit, c'étaient les gardes républicains qui veillaient sur la sécurité des lieux. Jérôme aimait bien travailler tôt le matin, avant que la grosse chaleur s'installe. En fin de matinée, avec la canicule du mois d'août, c'était un four. En plus, l'administration avait privé les gardiens de leur traditionnel képi en raison du plan Vigipirate. On se demandait bien quel rapport il pouvait y avoir. Comme s'ils allaient planquer des armes sous leurs chapeaux ! Il y avait bien les frondaisons des arbres pour les protéger des rayons du soleil, mais lorsqu'ils étaient à découvert, c'était comme si du plomb fondu leur tombait sur la tête. Une aberration. De plus, des surveillants sans képi perdaient notoirement de leur autorité ; c'était à peine si on les distinguait des simples promeneurs. Un peu comme des curés sans soutanes ou des militaires sans uniforme. Quoiqu'en dise le proverbe, l'habit fait le moine.

On avait déjà supprimé voici bien des années les chaisières qui alignaient bien proprement les chaises en fer peintes en vert disposées autour du bassin et veillaient à la bonne tenue de ceux qui les occupaient tout en prélevant leur dîme au passage. Désormais, les bandes de jeunes s'avachissaient sur les pauvres sièges que le soleil et la pluie avaient décolorés, posaient leurs pieds dessus, s'y balançaient au risque d'en tordre les tubulures, puis les abandonnaient n'importe où dans un désordre indescriptible, tête-bêche ou carrément renversés. On avait supprimé ces petits métiers d'antan pour faire des économies, privant les employés de leur gagne-pain. Bientôt, on remplacerait les dames-pipi des toilettes publiques par des portiques comme on l'avait fait dans le métro au détriment des anciens contrôleurs ! Décidément, Paris ressemblait de moins en moins à Paris, se disait chaque jour Jérôme Patin. Heureusement, il était à deux ans de la retraite. Il quitterait sans regrets cette capitale qu'il avait tant aimée, mais qui aujourd'hui le décevait à proportion de sa passion d'antan. Il irait tranquillement planter ses choux là-bas, pas loin de Saint-Cucufa.

Les gardes quittèrent la salle des surveillants située à côté du jardin d'enfants et essaimèrent à travers les lieux avant que les grilles s'ouvrent. Il leur fallait se placer aux points stratégiques afin d'avoir une bonne vue d'ensemble. Même à 7 h 30 du matin, c'était fou ce qu'il pouvait y avoir comme monde. Des joggers essentiellement, qui trottinaient dans les allées en suant sang et eau avant de commencer leur journée de travail. De vrais masos. Ce n'était pas Jérôme Patin qui aurait eu l'idée d'aller courir de bon matin en culottes courtes et marcel sans manches, des écouteurs dans les oreilles. Il faut dire qu'il avait de l'arthrite. Arpenter le jardin de long en large toute la journée lui suffisait bien.

Il prit la direction habituelle, suivant l'allée en surplomb située à gauche du palais du Sénat. Au passage, il tira sa révérence aux belles dames du temps jadis, Laure de Noves, dame provençale, Marie de Médicis, femme d'Henri IV, Marguerite de Valois, sœur de François Ier, Valentine de Milan, épouse du duc d'Orléans. Elles incarnaient la grâce physique, mais aussi l'élégance, figées dans leurs drapés et leurs pauses intemporelles. L'une croisait chastement les mains devant son giron, l'autre toisait les passants d'un air hautain, un sceptre dans sa main gauche, la troisième observait les lointains d'un air rêveur, une main effleurant son menton, et la dernière, la tête couronnée, tenait un livre sous le bras gauche tandis que l'autre relevait négligemment le haut de sa robe. Ces statues faisaient partie des cent six disséminées au gré des allées et des pelouses du jardin, pareilles à des vigiles de pierre. Jérôme Patin aimait les statues, il les connaissait toutes par leur nom, depuis le temps. Il les saluait au passage d'un geste à hauteur de la tempe, comme un général passant ses troupes en revue. Un petit rituel quotidien. Ça ne dérangeait personne et ça lui faisait du bien. Au détour des chemins surgissaient aussi des animaux en bronze verdi par les ans, une harde de cerfs, un sanglier, des lions. Toute une ménagerie et un panthéon antique.

Jérôme Patin s'approcha de la balustrade pour contempler le palais du Sénat devant lequel s'étalait le bassin où les enfants louaient des voiliers miniatures, puis la vaste pelouse au centre de laquelle trônait sa déesse préférée. Diane chasseresse. Artémis pour les Grecs. Simplement vêtue d'une courte tunique serrée à la taille par une épaisse ceinture, elle extirpait une flèche du carquois accroché à son dos avec une grâce admirable, tandis que de son autre main elle maintenait fermement une jeune biche. La femme parfaite, à la fois féminine et sauvage. Chaque matin, Jérôme Patin la contemplait avec un mélange de désir et d'admiration. Puis, après un soupir, il continuait sa ronde.

Mais pas ce jour-là. Son regard fut attiré par une masse adossée aux trois blocs de pierre sur lesquels était juchée la déesse des bois. Qu'est-ce que cela pouvait bien être ? Qui avait osé abandonner un colis en plein milieu de cette pelouse savamment entretenue et interdite d'accès aux visiteurs ? D'autant plus que le jardin n'avait pas encore ouvert ses grilles au public. Il y avait là une incohérence qui exigeait un examen plus approfondi.

Jérôme Patin dévala les marches de l'escalier, enjamba le rebord métallique qui encerclait l'enceinte de la pelouse, osant fouler l'herbe tendre afin de rejoindre la chasseresse dont une main inconnue avait troublé le repos et la solitude. Au fur et à mesure de son avancée, il fut successivement saisi d'un sentiment de curiosité, de stupeur, puis d'horreur. Car ce qui gisait en-dessous des pieds fermes et cambrés de la déesse n'était pas un colis ordinaire.

Il s'agissait d'un buste de femme nue, à la tête inclinée et la chevelure tirée en arrière, reproduisant à l'identique l'attitude de la déesse qui la surplombait.

12

Jardin du Luxembourg, 10 heures

— Je ne pensais pas vous revoir aussi rapidement, docteur, grommela le commandant Antoine Peretti qui en était à sa deuxième femme-tronc en vingt-quatre heures.

— Moi non plus, commandant. On dit que Paris est mort au mois d'août. Je ne pensais pas que cette expression puisse être prise au pied de la lettre.

Peretti lorgna le légiste. Toujours ce même humour noir et pince-sans-rire qui devait en irriter plus d'un.

— Qu'est-ce que vous pouvez me dire ? Des rapprochements avec le cas d'hier ?

— Même mise en scène, même mode opératoire, même exhibition dans un site public. La victime est plus jeune. Moins de 20 ans. Elle a été vidée de son sang. On l'a aussi assommée avec un pistolet de boucher et elle porte cette même marque étrange sur le front : une double hache. Celle que la jeune femme d'hier a appelé « labrys », je crois.

Peretti fit la moue. Pourquoi le légiste lui rappelait-il l'existence de cette péronnelle qui s'évertuait à s'infiltrer dans son enquête malgré ses mises en garde ? Hier soir, lorsqu'il avait réuni son équipe, Léo et Irma lui avaient rapporté qu'une prétendue policière les avait devancées chez le gynécologue et le chirurgien esthétique de Peggy Rivière. À la description qu'elles en avaient fait, il n'avait eu aucun mal à reconnaître cette Eleni Kokino. Elle n'avait pas son diplôme en poche et se prenait déjà pour Sherlock Holmes, sans même se rendre compte des dangers qu'elle encourrait en la jouant solo. Il comptait bien signaler son comportement à sa hiérarchie, mais avec ce second meurtre sur les bras il avait d'autres priorités.

— D'autres éléments ? enchaîna-t-il. Elle portait un bébé éprouvette, elle aussi ?

Le docteur Borrel ôta ses gants en latex en les faisant claquer. Sa pipe était restée fichée entre ses dents durant l'examen superficiel qu'il venait de réaliser sur le corps de la victime.

— Apparemment non. Bien sûr, il faudra procéder à un examen plus approfondi au centre médico-légal. Vérifier s'il n'y a pas de lésions internes qui pourraient laisser penser à un viol ou à quelque chose dans le genre.

Peretti demeura pensif quelques secondes. Son intuition lui soufflait que les motivations du criminel n'avaient rien de sexuel. Les violeurs agissent généralement dans l'instant, soumis à leurs pulsions. Une fois leur désir assouvi, le corps dont ils ont abusé n'a plus d'intérêt pour eux. Ils l'abandonnent n'importe où, s'en débarrassent comme d'un colis encombrant en le jetant dans les bois ou dans une décharge publique. Ils ne s'amusent pas à le sculpter sous la forme d'une déesse grecque. Celui qui avait commis ces actes immondes était certainement un monstre, mais pas un sauvage. Dans son genre, sûrement se considérait-il comme un artiste.

— En tout cas, on n'est plus face à un crime isolé, mais à une série, poursuivit-il à haute voix.

— Ça m'en a tout l'air, confirma le médecin. Le travail a été accompli avec la même minutie et dextérité qu'hier. Nous avons affaire à un expert.

— Même incertitude sur l'heure de la mort ?

Le légiste se gratta la barbe avec le tuyau de sa bouffarde.

— Pas cette fois-ci. Les points de suture sont très récents ; je dirais quelques heures, pas plus. Et même si le sujet a été exsanguiné, il demeure quelques traces d'hémoglobine. Elles sont à peine sèches, c'est une morte toute fraîche, si je peux m'exprimer ainsi. Sans être bâclées, les incisions sont cependant légèrement moins soignées que celles d'hier. On sent l'opération réalisée à la hâte, comme s'il y avait un délai à respecter, un rendez-vous à honorer.

— Un crime par jour, compléta le policier. Une livraison quotidienne de statue de chair.

— Quelque chose dans le genre, oui. Vous pensez à un *serial killer* ?

Un léger rictus se dessina sur les lèvres du commandant.

— Je n'apprécie pas trop ces américanismes dont les séries télévisées nous rebattent les oreilles. Un tueur en série, oui, j'en ai bien peur. Quand on dépèce ses proies avec un tel acharnement, qu'on n'hésite pas à prendre le risque de se faire prendre en les exposant dans des endroits publics et étroitement surveillés, c'est qu'on n'a pas l'intention de s'arrêter en si bon chemin.

— Demain ce sera où ? Le Louvre ? La tour Eiffel ?

— Un jour à la fois, docteur.

Le Jardin du Luxembourg était entièrement bouclé. On avait fermé les grilles des différents accès, sauf celui du Sénat, protégé par un important dispositif de police. Les journalistes étaient massés tout autour dans l'espoir de capter quelques images, mais les ordres étaient clairs : pas question qu'une photo de la dépouille de la victime se retrouve sur YouTube, comme pour la précédente. Borrel était déjà intervenu tout à l'heure pour faire expulser deux badauds qui avaient réussi à forcer les barrages. Or, il fallait à tout prix préserver le secret de l'enquête. Peretti tentait de se rassurer, mais si ça se trouve, le mal était fait.

En attendant, il se demanda quel sens il pouvait y avoir à prendre pour modèles des divinités grecques. Athéna, et à présent Artémis. Qu'y avait-il de commun entre ces deux figures du panthéon hellénique ? Il n'en savait fichtre rien. La jeune Kokino aurait pu éclairer sa lanterne. Elle avait été guide touristique, après tout. Mais il aurait préféré se couper la langue, la faire bouillir au court-bouillon puis la bouffer à la croque-au-sel plutôt que de quémander son aide à cette petite fouineuse qui mettait son nez là où il ne fallait pas. Et puis cela l'avancerait à quoi ? Les crimes avaient eu lieu de nos jours et non pas aux temps de l'Antiquité grecque ou de l'Égypte antique. Il y avait un fou en liberté qui s'amusait à assommer des femmes comme des bêtes à l'abattoir, à les vider de leur sang, leur couper les jambes et les bras et les transformer en statues de déesses. Il fallait à tout prix le coincer avant que cette mascarade tourne à l'affaire d'État. C'est qu'il avait des comptes à rendre, Peretti. Au commissaire Wens en premier lieu, mais ce genre d'affaire allait très vite monter plus haut. Le procureur était déjà sur les dents. Le préfet de police aussi. D'ici à ce que le ministère de l'Intérieur réclame des têtes, il n'y avait qu'un pas. La France avait supprimé la guillotine, mais il y avait bien d'autres manières de trancher les cous, notamment ceux des fonctionnaires de police qui ne parvenaient pas à arrêter suffisamment vite les coupables. Ils étaient des boucs émissaires tout désignés. Pas besoin d'échafauds, de piques et de bonnets phrygiens entonnant « Ça ira » sur l'air des lampions. Peretti n'avait aucune envie de se voir prématurément raccourci. Il avait peut-être une sale gueule à cause de ses nuits blanches, de ses excès de boisson et de ses coups de cafard, mais il y tenait. S'il voulait continuer à exercer son métier de flic, le seul pour lequel il était fait, il avait intérêt à résoudre cette affaire sans perdre de temps, c'est à dire le plus rapidement possible.

Tout à ses réflexions, Peretti avait longé la fontaine Médicis, située près de l'entrée du jardin, côté Sénat. Il s'agissait d'un endroit calme, agrémenté d'un joli point d'eau et d'une cascade dont le bruissement avait quelque chose d'apaisant. Il se surprit à goûter un instant cette fraîcheur et ce calme, histoire de prendre un peu de recul par rapport à l'horreur des situations auxquelles il était confronté. La moisson réunie par ses enquêteurs la veille était mince. Pas le plus petit commencement de piste sérieuse. Peggy Rivière avait certes mené une vie un peu agitée malgré sa grossesse avancée, mais en fouillant un peu, il n'y avait rien d'exceptionnel. Elle travaillait, elle faisait du sport, elle sortait la nuit, rien de louche derrière ces excès. Pas de consommation de drogue ni de fréquentation de clubs libertins, ni même d'inscription sur des sites de rencontre. Il s'agissait en réalité d'une fille assez saine et que rien ne prédisposait à terminer en effigie de cire perchée sur une colonne de Buren. Tout portait à croire qu'elle avait été choisie au hasard par son prédateur. Qu'elle n'était qu'un objet destiné à concrétiser ses fantasmes. Auquel cas, il serait très difficile de retrouver sa trace. La seule issue résidait dans le fait de pouvoir établir un lien entre les deux victimes. Encore fallait-il connaître l'identité de la dernière ! Pour l'instant, elle n'était qu'une inconnue. Ses empreintes ne se trouvaient pas inscrite au FAED[1] et personne n'avait signalé sa disparition.

Une rumeur provenant de l'entrée du jardin interrompit sa méditation. Les gardiens de la paix étaient visiblement aux prises avec une personne qui insistait pour franchir le cordon malgré l'interdiction. Peretti s'approcha pour tenter de régler le problème.

— Laissez-moi passer ! Je vous dis que c'est important !

Peretti poussa un juron. Il venait de reconnaître Eleni Kokino. Cette sangsue venait encore l'importuner et entraver son enquête ! Son comportement dépassait l'insubordination. Il frisait l'acharnement, voire le harcèlement. Comment une fille aussi timbrée avait-elle pu être

1. Fichier automatisé des empreintes digitales, créé en 1987.

recrutée par l'École de police ? Il fallait la mettre hors d'état de nuire.

— Qu'est-ce que vous foutez encore là ? lança-t-il, furibond. Je vais vous faire coffrer si vous continuez ! Je vous ai déjà prévenue…

— Commandant, écoutez-moi ! J'ai des révélations à vous faire au sujet de la victime. Sur celle d'hier aussi.

Peretti ne put s'empêcher de ricaner.

— Mais bien entendu ! Et sur celle de demain aussi, je présume ?

— Oui ! Du moins je peux vous aider à anticiper le prochain crime. Car il y en aura un autre ! Et même plusieurs ! Et je connais le coupable !

— Et d'où vous viennent vos sources d'information ? De votre boule de cristal ? Vous vous prenez pour la Pythie de Delphes ? Les antiquités grecques vous ont monté à la tête, mademoiselle ! Allez, débarrassez-moi d'elle avant que je m'énerve, ajouta-t-il à l'attention des gardiens de la paix. Je ne veux plus la voir !

Il tourna les talons, furieux. Et mal à l'aise. L'apparition d'Eleni Kokino avait fait resurgir le souvenir de sa coéquipière disparue, Sandra Lutétia. Ils s'étaient engueulés eux aussi. Un soir qui resterait à jamais gravé dans sa mémoire. Dix ans déjà, mais le temps ne faisait rien à l'affaire. Il se rappelait de chaque détail comme si c'était hier.

Ils patrouillaient tous les deux dans une voiture de fonction lorsqu'ils avaient reçu un appel du 17. Un voisin avait signalé une rixe dans le quartier de la Chapelle. Il avait entendu des cris de femmes, mais n'avait pas pu donner de signalement des éventuels agresseurs. Peretti était au volant. Il avait actionné le gyrophare et la sirène puis foncé vers le nord de Paris. À ses côtés, Sandra fulminait. Plus jeune que lui, elle était une vraie tête brûlée et avait tendance à foncer dans le tas avant de réfléchir. Un vrai garçon manqué. Un mec dans un corps de femme. Peretti trouvait qu'elle en faisait trop. Elle s'était déjà pris des gnons, mais ça ne lui avait pas suffit. C'était comme si elle en redemandait. Peretti était son supérieur en grade et lui avait plusieurs fois reproché sa témérité. Elle prenait trop souvent des risques inutiles. Un jour, ça tournerait mal. Il n'avait pas cru si bien dire.

Arrivés boulevard de la Chapelle, ils avaient aussitôt identifié le lieu où se déroulait la rixe en question. Renversée sur un capot de voiture, une femme se débattait en hurlant tandis que trois hommes s'acharnaient sur elle en lui donnant des coups de poings et de pieds. Une dizaine d'autres assistaient à la scène en rigolant. Le visage de la femme pissait le sang.

— Les salauds ! avait grondé Sandra en portant instinctivement sa main à son arme de service. Putain, j'ai bien envie de les dézinguer.

— Je t'interdis de t'en mêler ! lui avait intimé Peretti. Ils sont trop nombreux. Je vais appeler des renforts. En attendant, on les somme d'arrêter de frapper cette femme.

— Et puis quoi encore ? s'était énervée Sandra. On va le leur demander poliment, c'est ça ? Une gonzesse se fait tabasser en pleine rue et toi tu veux attendre que la cavalerie rapplique ? T'as pas les couilles d'agir tout de suite ?

— C'est une question de sécurité, Sandra ! Mes couilles n'ont rien à faire là-dedans. Et puis d'abord, c'est un ordre ! Tu m'obéis, et basta !

— Tes ordres, tu sais où je me les mets ? avait éructé la policière. Je m'en fous, t'as qu'à rester le cul sur ton siège, moi, j'interviens !

— Sandra ! Tu fais chier !

Elle avait débloqué la poignée de la portière et sauté hors de la voiture, les deux mains brandies sur la crosse de son arme, avançant résolument vers l'attroupement. Peretti était tétanisé. Son devoir de flic lui commandait d'appeler des renforts. Ne pas risquer inutilement sa vie. Mais son devoir d'homme était de rejoindre Sandra pour ne pas la laisser seule en face de ce groupe d'hommes violents. Paniqué, il ne parvenait pas à choisir. Sandra avançait encore, hurlant aux agresseurs de lever les mains en l'air. Elle fut accueillie par des rires gras et des quolibets. De quoi elle se mêlait, cette fliquette ? Elle voulait en prendre plein les dents elle aussi ? Il n'y avait qu'à demander. On allait bien s'occuper d'elle.

Peretti avait actionné l'émetteur-récepteur pour joindre d'urgence une patrouille. Il avait expliqué les faits en bafouillant, précisé qu'il y avait un lieutenant en danger. Et, soudain, tout s'était accéléré. Délaissant la femme à demi exsangue qu'ils venaient de tabasser, les agresseurs s'étaient tournés vers Sandra puis déployés en arc de cercle. Elle était trop près d'eux pour les tenir tous en joue. Deux d'entre eux en ont profité pour la saisir par la taille tandis qu'un troisième la désarmait en lui assenant un coup du tranchant de la main. Le revolver est tombé à terre en ricochant.

Peretti était enfin sorti de la voiture pour prêter assistance à sa collègue. Mais il était trop tard. L'un des voyous avait ramassé l'arme et la pointait sur la tempe de Sandra.

— Si tu bouges, on descend ta petite amie. Allez, casse-toi, flicaille !

Peretti avait alors saisi son arme de sa ceinture et l'avait brandie devant lui. Mais il n'avait pas le droit de tirer le premier, il le savait. Pendant ce temps, Sandra se débattait comme une tigresse en insultant ceux qui l'avaient ceinturée. Au loin, il avait entendu une sirène de police retentir. Les renforts. Enfin. Peretti avait commencé à reprendre espoir. Pris de panique, les voyous s'étaient dispersés, mais dans la cohue, un coup de feu était parti. Sandra s'était effondrée sur le sol la tête éclatée.

Sandra Lutétia était morte. Morte par la faute d'Antoine Peretti. Elle avait à peine 30 ans.

13

Jardin du Luxembourg, 11 h 30

Eleni fut refoulée par les agents avec une telle vigueur qu'elle perdit l'équilibre et faillit tomber à la renverse. Dans la bousculade, elle avait lâché le guidon de son vélo qui gisait à terre, une roue tournant dans le vide. Peretti avait disparu sans plus se préoccuper d'elle. Déjà qu'elle n'était pas en odeur de sainteté avec lui, elle se l'était mis carrément à dos. Pourtant, elle était sûre de détenir la clé de l'énigme. En découvrant ce matin le visage de Charlotte sur Twitter, prise à la volée par un témoin anonyme, elle avait eu confirmation de ses craintes, corroborées par celles que lui avait livrées Emma la veille au soir : le tueur s'en prenait aux femmes du groupe de soutien Alma-Mater et il s'apprêtait sans doute à tuer encore pour assouvir on ne savait quel délire. Ceci dit, comment avait-il pu accéder à la cour d'honneur du Palais-Royal et au Jardin du Luxembourg en-dehors des heures d'ouverture ? Ce type n'avait pas pu agir seul, c'est sûr, et il devait avoir des relations très haut placées pour bénéficier de tels passe-droits. Intouchable, donc, ce qui le rendait encore plus dangereux. Comment expliquer tout ça à Peretti, un type obtus qui montait sur ses grands chevaux dès qu'il avait l'impression qu'on lui marchait sur les pieds ? Un flic à l'ancienne mode, macho et arrogant. En attendant, elle ne pouvait pas compter sur lui alors que d'autres femmes étaient en danger. Dont elle. Il ne lui restait plus qu'une solution : se rendre au commissariat de police le plus proche et expliquer posément ce que Peretti avait refusé d'entendre. L'information prendrait un peu plus de temps pour remonter jusqu'en haut de la hiérarchie, mais au moins, elle aurait fait le maximum.

Eleni sauta sur son vélo après s'être assurée que la roue n'avait pas été voilée dans sa chute. Elle contourna le Jardin du Luxembourg par la rue de Vaugirard et roula jusqu'au commissariat du VIe arrondissement, rue Bonaparte. Elle gara son vélo entre deux voitures en stationnement et entra résolument dans le bureau de police. À l'accueil, une jeune femme en uniforme la gratifia d'un regard blasé à travers la paroi vitrée. À force de voir défiler des gens à problèmes toute la journée elle avait perdu sa faculté de sourire, si tant est qu'elle en ait eu une un jour.

— Carte d'identité, s'il vous plaît. Vous venez pour quoi ?

— Lieutenant de police stagiaire Kokino, clama Eleni en présentant sa carte. Je viens apporter des éléments d'information concernant une enquête en cours. Les meurtres du Palais-Royal et du Luxembourg.

La policière en faction l'observa à nouveau, plus longuement cette fois, mais le visage toujours fermé, puis elle prit tout son temps pour lire les mentions portées sur le document qu'elle tenait entre les mains.

— C'est pour un dépôt de plainte ou une main courante ? articula-t-elle enfin d'un ton peu convaincu.

— Je viens de vous le dire : j'ai des informations de première importance à livrer. Le temps presse ! Je dois absolument voir quelqu'un, et le plus vite possible...

La policière la scruta à nouveau, comme si elle hésitait sur la conduite à tenir, puis lâcha :

— Attendez-moi un moment.

Elle quitta son bureau en emportant la carte d'Eleni avec elle. Celle-ci en profita pour observer les lieux. La salle d'attente était bourrée de monde. Des gens de toutes origines. Des femmes élégamment vêtues et des jeunes gens en jeans troués. Ils n'en menaient pas large. Le simple fait de se trouver dans un commissariat les rendait suspects, y compris à leurs propres yeux. Ils se lançaient des regards louches comme si leurs voisins d'infortune étaient responsables de leur présence ici. Évidemment, personne ne pipait mot. La police, c'était comme à l'hôpital ou chez le médecin. On y allait parce qu'on y était obligé et on redoutait toujours ce qu'on allait vous dire ou vous faire. Alors on se taisait.

La jeune policière revint enfin s'asseoir et rendit sa carte à Eleni.

— Un agent va vous recevoir. Patientez en salle d'attente.

— Ça risque d'être long, non ? Il y a urgence, je vous ai dit.

— Attendez votre tour. Personne suivante !

Eleni savait qu'il était inutile d'insister. Elle se jucha sur l'une des chaises encore libres et prit son mal en patience tout en s'évertuant à récapituler mentalement les faits. Deux femmes fréquentant le même groupe de soutien qu'elle avait été tuées à deux jours d'intervalle et probablement dans les mêmes circonstances. Elle n'avait pu avoir accès à la deuxième scène de crime et ne pouvait pas encore le confirmer, mais c'était fort probable. Elle avait pensé dans un premier temps que l'assassin était ce fou en chaise roulante qui l'avait livrée en pâture à ses deux gardes du corps à Athènes, à cause de la référence à la statue d'Athéna Parthénos. De son côté, Emma avait incriminé son ancien compagnon, Pablo, artiste provocateur et torturé, fasciné par les sujets morbides, le sang et la statuaire grecque. Mais au fond, Emma ou elle n'étaient sûres de rien. Le criminel aurait tout aussi bien pu en vouloir à l'une ou l'autre des adhérentes d'Alma-Mater, et pour une toute autre raison. Et puis comment affirmer que le meurtrier de Charlotte était le même que celui de Peggy ? Il s'agissait peut-être de deux affaires différentes, même si la coïncidence semblait peu probable. Peu importe sous quel angle on l'abordait, cette énigme ressemblait à un véritable casse-tête chinois. Pour y voir clair, il aurait fallu creuser dans la vie privée de chacune des femmes du groupe de soutien, chercher qui pouvait avoir intérêt à attenter à leur vie, surtout avec des mises en scène aussi spectaculaires que macabres.

Un agent de police vint enfin chercher Eleni et la conduisit dans un petit bureau sans fenêtre dans lequel le mobilier était réduit à sa plus simple expression. On était dans le VIe arrondissement, le plus cher de Paris, mais les moyens matériels mis à la disposition de la police n'étaient pas plus généreux pour autant. L'agent s'installa derrière son PC et désigna un siège à Eleni. Il avait tout du bon père de famille, légèrement bedonnant, les cheveux grisonnants, des poches sous les yeux qui le faisaient ressembler à un chien triste et surtout d'un accueil plus sympathique que sa collègue de l'accueil. Il se fendit même d'une amorce de sourire.

— Alors comme ça, vous êtes élève officier ? J'espère pour vous que vous avez fait le bon choix. Les vocations commencent à se faire rares dans la maison... On comprend pourquoi quand on voit dans quelles conditions on travaille. Et encore, ici, on a la chance d'être dans les beaux quartiers. Allez faire un tour dans le nord, le XVIIIe, par exemple, ou à Saint-Denis, vous m'en direz des nouvelles ! Déjà qu'il vous faut un interprète pour comprendre ce que les gars baragouinent. Et puis les affaires de drogue ou de prostitution, c'est tous les jours. Comme les feuilletons à la télé. Bref, faut avoir le moral bien accroché pour tenir. Moi, ce que j'en dis... Bon, c'est quoi votre affaire ?

Eleni expliqua tout en détail. Ses craintes, ses soupçons, le lien entre les deux victimes et le groupe de soutien. L'agent l'écouta patiemment tout en triturant un stylo qui traînait sur son bureau. Il avait l'âge d'être son père, ce qui le prédisposait sans doute à une certaine mansuétude. Cependant, Eleni remarqua qu'il ne prenait aucune note. Quand elle eût fini son discours, il lui lança son regard de chien triste.

— Des témoignages comme le vôtre, on n'arrête pas d'en recevoir depuis l'histoire d'hier. Et avec la publication sur les réseaux sociaux de la photo de la victime de cette nuit, c'est devenu du délire. C'est fou ce qu'elle en connaissait du monde, la petite du Jardin du Luxembourg. Depuis ce matin, vous êtes au moins la dixième à affirmer l'avoir identifiée. Vous avez son nom et son adresse, au moins ?

— Elle se prénommait Charlotte... C'est tout ce que je sais. Le groupe de soutien est soumis à la règle de l'anonymat, vous comprenez ? Mais il suffit de contacter la thérapeute. Elle pourra certainement vous fournir toutes ces informations. Il faut agir vite, avant qu'un nouveau meurtre se produise !

L'agent poussa un profond soupir et désigna du menton une liasse de documents empilés.

— Vous voyez ce tas de paperasses ? Ce sont les mains courantes que j'ai dû me taper depuis ce matin pour la même histoire. Je veux bien prendre en compte la vôtre, mais elle ira rejoindre la pile. Et vous savez ce que ça veut dire ? Qu'elle sera archivée et qu'on n'en entendra plus jamais parler. Comme les autres. Cela ne devrait pas vous étonner, vous qui venez de rejoindre la maison. Nous, on fait notre boulot, mais il faudrait qu'on soit dix fois plus nombreux pour traiter toutes les plaintes qui atterrissent ici. Sans compter les mythomanes et les paranos qui s'imaginent être poursuivis par Jack l'Éventreur. Et puis on n'est pas des psys. Bon, et contre qui je la dresse, votre main courante ? Vous m'avez parlé d'un certain Pablo. Quel est son nom de famille ? Son adresse...

Eleni se mordit les lèvres de rage. Elle n'avait pas eu l'idée de poser la question à Emma. Elle était vraiment nulle quand elle s'y mettait. Elle avait l'air de quoi à présent, face à ce flic aux yeux tristes qui l'écoutait avec gentillesse, mais ne la prenait visiblement pas au sérieux. Elle devait admettre que sa démarche n'avait servi à rien. Elle avait juste gâché deux heures précieuses, c'est tout. Il était inutile d'insister. Elle se leva, dépitée.

— Excusez-moi si je vous ai fait perdre votre temps. Je crois que je me suis un peu emballée. Je reviendrai lorsque j'aurais plus d'éléments à vous fournir.

L'agent parut soulagé par son revirement. Cela lui ferait un peu moins de paperasse à taper et à classer.

— Comme vous voudrez. M'en veuillez pas de vous parler comme ça. Je fais juste mon boulot, vous comprenez ? Même si ça ne sert à rien. Je vous raccompagne...

Une fois dehors, Eleni sortit son téléphone portable et rédigea un texto à l'attention d'Emma pour la prévenir de son arrivée. La veille au soir, avant de se séparer, les deux femmes avaient échangé leurs coordonnées en se promettant de se joindre si d'autres événements survenaient. Ces derniers s'étaient accélérés avec la mort de Charlotte, leur plus jeune « sœur », 19 ans à peine. Quel que soit celui qui l'avait sacrifiée, il s'agissait d'un véritable monstre. Avec les appuis dont il devait disposer pour passer entre les mailles du filet, il ne serait pas facile de le confondre, surtout si la police n'y mettait pas du sien. Eleni ne pourrait pas y parvenir seule. Avec l'aide d'Emma, elle avait peut-être une chance. Faible, mais qui valait la peine d'être tentée. Si elles ne faisaient rien, elles allaient à leur tour se retrouver coupées en deux, transformées en statues et exposées en plein centre de Paris.

14

Rue des Thermopyles, 14 h 30

Eleni prit la direction de Montparnasse, longea le cimetière avant d'emprunter la rue de l'Ouest en direction du métro Pernety, le quartier où demeurait Emma. Plus précisément rue des Thermopyles, une ancienne voie privée bordée d'ateliers et de maisons particulières. La campagne en plein Paris. Un luxe réservé à de rares privilégiés. En tout cas, c'était plus original que Neuilly et nettement plus poétique.

La policière repéra le numéro de la rue que lui avait indiqué sa camarade d'infortune. Une ravissante petite demeure à deux étages, au crépi rose et aux volets bleus. Eleni plaça son vélo sur sa béquille, réarma le GPS à l'aide de sa clé électronique et actionna la sonnette de la porte d'entrée, au-dessus d'une plaque de cuivre sur laquelle était sobrement indiqué le nom de l'occupante des lieux : Emma Bell.

Elle patienta une minute. Comme personne ne répondait, elle sonna à nouveau en espérant qu'il ne soit rien arrivé de grave. On était en plein jour, ce qui, selon Eleni, n'était pas une raison suffisante pour gêner un criminel, d'autant que la rue était d'un calme absolu. Seuls quelques chats apportaient une touche de vie dans ce lieu hors du temps, avec les pigeons qui roucoulaient sur les toits.

La porte finit par s'entrebâiller, retenue par une chaîne d'intérieur. Le visage apeuré d'Emma se profila entre l'huis et le châssis.

— Ah, c'est toi... Attends, je t'ouvre.

Elle referma la porte, ôta la chaîne et ouvrit le battant. Elle jeta un regard rapide de part et d'autre de la rue pour s'assurer qu'il n'y avait personne.

— Entre vite. Depuis hier soir, je suis morte d'inquiétude et je me barricade. Je n'ose même plus sortir de chez moi.

Eleni se glissa à l'intérieur. Emma referma aussitôt l'entrée à double tour puis désigna l'escalier.

— Viens, le salon est au premier. C'est la pièce la plus agréable de la maison.

Les deux femmes grimpèrent la volée de marches pour se retrouver dans une vaste pièce ouvrant d'un côté sur l'impasse, de l'autre sur une terrasse intérieure surmontée d'une verrière. Le salon était rempli de sculptures en terre cuite et en bronze exposées dans des vitrines tandis que des croquis dessinés au crayon sanguine étaient accrochés sur les rares pans de mur laissés libres. Un véritable musée d'art contemporain.

— Ce sont quelques œuvres de Pablo. Celles qu'il a bien voulu me laisser et dont je peux encore supporter la vue. Je ne sais pas pourquoi je les conserve… Cela me fait un pincement au cœur quand je les contemple. Un mélange de douleur et de nostalgie. Comme si une partie de moi regrettait ce qui pourtant m'a presque détruite. Ça m'est difficile d'expliquer ça…

Emma se frottait les mains tout en parlant, sans doute pour endiguer le tremblement qui ne semblait pas la quitter. Eleni ressentit de la compassion à son égard, même si elle-même était tout autant menacée. Mais contrairement à Emma elle ne cédait pas à la panique. Peut-être parce qu'elle était flic. Enfin, presque… Officier de police stagiaire. À condition qu'elle ne se fasse pas radier d'ici là à cause d'un mauvais coucheur comme Peretti. En attendant, elle devait s'efforcer de calmer son amie. Elle ne lui serait d'aucun soutien si elle ne sortait pas de cet état d'affolement.

— En Grèce, il y a un terme pour évoquer cette forme de souffrance : le *kaïmos*. L'équivalent de la *saudade* portugaise et brésilienne. Une forme de mélancolie. Tous les peuples confrontés à l'exil connaissent ce sentiment diffus de regrets et de complaisance à l'égard de la tristesse. C'est très humain, au fond.

Emma avait le regard dans le vague et Eleni n'était pas sûre qu'elle l'ait écoutée. Elle n'insista pas et revint au sujet essentiel qui les réunissait.

— Je suis passée au Luco[1], mais impossible d'y pénétrer. Toutes les entrées étaient gardées. J'ai cependant pu reconnaître Charlotte grâce à une photo qui a circulé sur

1. Diminutif familier pour désigner le Jardin du Luxembourg.

Twitter. Je suis allée au commissariat où je me suis fait poliment éconduire. Cela dit, bien qu'on ne voyait que la tête sur le cliché, j'ai pu me faire une idée de la position du corps.

Emma devint à nouveau attentive.

— Comment tu as fait ?

— Sur le cliché, Charlotte avait une coiffure très particulière, avec les cheveux tirés en arrière. Ça m'a rappelé une statue de déesse grecque dont une reproduction se trouve juste en face du Sénat. Artémis, la déesse de la chasse.

Les yeux d'Emma s'agrandirent démesurément et son tremblement reprit de plus belle. Elle attrapa son amie par la manche et la conduisit jusqu'à une gravure suspendue à la cloison. Eleni n'en crut pas ses yeux. Il s'agissait d'une sanguine représentant justement la statue d'Artémis, avec son carquois et une biche à ses côtés. Le plus frappant était le décor à l'arrière-plan, un bâtiment brossé à grands traits, mais aisément reconnaissable : le palais du Sénat. La sanguine avait-elle été composée au Jardin du Luxembourg ? Tout portait à penser que la nouvelle victime avait été retrouvée près de cette statue.

— De quand date ce dessin ?

Emma avait du mal à retrouver sa voix.

— C'était au retour d'un voyage en Grèce. Pablo a réalisé toute une série de croquis représentant des statues antiques. Uniquement des sanguines. Il justifiait son choix en affirmant que les divinités anciennes voulaient qu'on leur rende hommage en faisant couler le sang. Du sang humain. Il fallait donc qu'elles soient rouges.

Il utilisait exclusivement des crayons à mine de plomb mélangés à des pigments d'hématite. Bien sûr, je ne l'ai pas pris au sérieux. Je mettais ça sur le compte de ses divagations habituelles. Si j'avais pu soupçonner qu'un jour...

— ...il ferait vraiment couler le sang. Mais comment aurais-tu pu t'en douter ? Tu n'as rien à te reprocher, Emma. Tu es une victime. Comme Peggy et Charlotte. Enfin, je veux dire...

Eleni s'en voulait d'avoir établi cette comparaison qui laissait supposer qu'Emma allait subir le même sort que les deux malheureuses. Elle était suffisamment effrayée comme cela, inutile d'en rajouter. Elle se reprit très vite :

— Sais-tu où se trouvent les autres sanguines ? S'il y en a d'autres du même genre, nous pourrions anticiper les lieux de ses prochains forfaits.

— Attends, Pablo a laissé un carton à dessins quand il est parti. Il faut juste que je le retrouve. Là, j'ai la tête vide. Je ne me sens pas dans mon état normal, tu comprends ?

— Il n'y a rien d'étonnant à cela, Emma. Mais c'est important. Ces sanguines nous donneront peut-être des informations qui pourraient aider à sauver des vies.

— ... surtout à sauver la nôtre.

Pendant qu'Emma fouillait dans ses archives, Eleni observait les statues qui égrenaient le salon. Uniquement des corps de femmes saisies dans des poses esthétiques et parfois suggestives. Elle songea à Camille Claudel, la compagne de Rodin, son maître, qui s'était longtemps attribué le mérite de ses œuvres. Ces sculptures ne ressemblaient guère aux concepts transgressifs dont Emma lui avait parlé la veille. Sans doute s'agissait-il d'une période différente dans la carrière de l'artiste. Picasso avait bien eu une période rose et une période bleue avant de s'abandonner au cubisme.

— Tiens, je l'ai retrouvé, ce fichu carton...

Emma exhiba un cartonnage à motifs verts et noirs dont elle dénoua le ruban qui le maintenait clos. À l'intérieur, des feuilles de papier Canson, toutes des sanguines.

— Fais voir...

Les deux femmes étaient à la fois curieuses et anxieuses de leur découverte. Elles disposèrent les dessins sur le sol afin de mieux les détailler. Il ne s'agissait que de statues situées dans l'environnement où elles avaient été observées. Aphrodite, Déméter, Héra. La plupart des déesses du panthéon grec étaient représentées. Aucun dieu.

— Pourquoi cette obsession des femmes ? s'interrogea Eleni. Il n'y a pas un seul homme...

— Pablo était très porté sur... Enfin, il aimait beaucoup les femmes, et pas uniquement en bronze ou en pierre.

— Au fait, il s'appelle Pablo comment, ton artiste ? Je n'ai même pas su citer son nom au commissariat.

— Pablo Zaragoza. Sculpteur et peintre argentin. Il a choisi de vivre à Paris il y a longtemps.

Eleni sentit sa gorge se nouer. Non, ce n'était pas possible. Ce qu'elle entrevoyait défiait toute raison. Pourtant, il fallait qu'elle en ait le cœur net.

— Un Argentin ? Quel âge ?

Emma hocha la tête.

— Il a vingt ans de plus que moi. Pourquoi ?

— Il n'aurait pas eu un accident il y a quelques années ? Un accident qui lui aurait laissé des séquelles physiques ?

Emma l'observa attentivement avant de répondre :

— Je croyais que tu ne le connaissais pas. Pablo a en effet été victime d'un accident de la circulation qui l'a privé de l'usage de ses membres inférieurs. Il se déplace en chaise roulante. Tiens ! Regarde ce que j'ai trouvé !

Emma agita une sanguine dont Eleni reconnut aussitôt le motif. Il s'agissait d'Athéna Parthénos avec son casque, sa lance et son bouclier, plantée là où elle avait dû se trouver plusieurs siècles plus tôt, dans le Parthénon de l'Acropole, à l'endroit même où Eleni avait été violée.

La jeune femme étouffa un cri d'horreur. Pablo Zaragoza n'était pas seulement l'artiste provocateur qui embaumait du bétail à Paris, il était aussi l'amateur d'Antiquité grecque qui avait organisé son agression sexuelle à Athènes.

Emma et elle étaient poursuivies par le même homme. Il n'y avait plus de doute maintenant : elles figuraient toutes les deux sur la liste des prochaines victimes.

— Je dois y aller, fit Eleni. Je te tiens au courant. Ne sors surtout pas d'ici. Et n'ouvre à personne.

En sortant de la maison, Eleni remarqua sur le mur d'en face une glycine agitant ses branches fleuries de mauve.

À défaut de voir, tu as tout entendu. La petite s'est enfuie comme si elle avait le diable à ses trousses. J'ai bien tenu mon rôle, tu ne trouves pas ? N'ai-je pas été crédible dans la posture de la femme menacée, terrorisée par son compagnon violent ? La pauvre idiote m'a même prise en pitié, tu te rends compte ? Si elle savait... Personne ne sait. Sauf toi, bien entendu. Mais tu ne répéteras rien et pour cause : tu ne peux ni parler ni crier. Juste subir en silence l'humiliation de ton état grabataire et écouter mes jérémiades à longueur de journées. Sauf quand je t'enferme dans le cagibi au sous-sol pour ne plus voir ta sale gueule, ou bien quand j'ai de la visite, comme aujourd'hui. Pas un mot, pas un bruit. Tu pourrais avoir ta place au musée Grévin. Pablo Zaragoza, l'artiste scandaleux réduit à l'état de légume, coincé dans son fauteuil roulant ! Quelle farce ! Les gens seraient capables de payer pour voir ça. Pour assister à ton avilissement, toi qui étais si sûr de toi ! Mais je préfère te garder pour moi, avec moi. Bien caché dans cette maison que tu as eu la bonne idée de mettre à mon nom, même si c'est toi qui l'as intégralement payée avec le produit de tes « œuvres », à défaut de leur donner un nom plus adapté à leur laideur. Quoi ? La petite Grecque a trouvé du charme aux sculptures qui ornent ce salon et aux sanguines accrochées aux murs ? Parce que c'est moi qui en suis l'auteur, pas toi ! Eh oui, tes cours particuliers ont porté leurs fruits. Tu m'as certes enseigné la technique, mais c'est moi, et moi seule qui ai donné naissance à ces femmes de bronze, d'argile ou de papier. Et c'est moi aussi qui immortalise ces femmes en sculptant leur chair et en les rendant incorruptibles. Elles seront pour l'éternité un témoignage de la beauté féminine, de sa divinité.

Nous étions si complémentaires, jadis. J'étais chirurgienne esthétique et toi sculpteur et peintre. Ce n'est pas si différent, au fond. Mais la chirurgie plastique est un métier d'homme et une femme comme moi avait peu de chances de s'y faire une place, surtout après mon initiative chez le docteur Salamane. Alors tu m'as enseigné à maîtriser l'argile et la pierre, à utiliser le maillet et l'embossoir, à dessiner dans l'espace des silhouettes parfaites, à qui il ne manquait que la vie. La chirurgie esthétique est un art ; or, la sculpture n'est-elle pas une forme de chirurgie ? J'excellais dans ces deux pratiques. De mes mains jaillissaient des golems d'argile ou des chairs sculptées. Mais c'est toi qui as bénéficié de la lumière qui naissait de mon talent.

Tu étais un bon maître pour enseigner les techniques, mais tu étais un piètre artiste et tu en avais conscience. Tes coups d'éclats par lesquels tu avais forgé ta réputation sulfureuse n'étaient fondés que sur des provocations. Moi, au contraire, je sculptais la beauté pure. Les corps féminins dont j'étais la créatrice n'étaient qu'harmonie, grâce et sensualité. Toi, tu les trouvais trop sages. Tu aurais souhaité plus d'audace, plus de violence, plus de transgression. Je n'étais pas comme toi. Je ne partageais pas tes goûts pour la chair étalée, la viande sanglante, les immondices. Je refusais de céder à tes conseils insidieux dans lesquels je sentais percer l'amertume. À défaut de produire des œuvres aussi parfaites que les miennes, tu aurais préféré que de moi-même je les abîme pour mieux correspondre à ta conception de l'art. J'ai refusé tout net, mais tu as trouvé le moyen de contourner ma volonté pour t'arroger mon travail.

Tu préparais une nouvelle exposition sur laquelle tu gardais le secret. Tu m'avais proposé d'en profiter pour exposer également mes œuvres dans la galerie où devait se tenir le vernissage. Tu savais, bien sûr, que je préférais demeurer dans l'ombre, à cause de ma dysmorphobie qui me faisait craindre d'être dévisagée et moquée dans les endroits publics comme un monstre de foire. Tu m'as habilement expliqué que ma présence n'était pas indispensable, que tu te chargerais de faire la promotion de mon œuvre, si différente de la tienne, ou plus exactement complémentaire. Une vision dionysiaque, excessive et violente, la tienne, confrontée à une vision apollinienne, harmonieuse et douce, la mienne. Le Chaos et la Création. Le succès serait selon toi assuré. J'ai eu la faiblesse d'y croire, la naïveté de te faire confiance.

J'ai compris au lendemain du vernissage à quel point tu m'avais non seulement manipulée et menti, mais également volée et trahie. Cette troisième exposition, tu l'avais baptisée Crash, *en hommage au roman de J.G. Ballard, dont le thème réside dans une fascination fétichiste, érotique et morbide pour les accidents de la route. Pour cela, tu t'étais procuré dans des casses des carcasses de voitures à demi désossées, aux carrosseries déchiquetées, aux pare-brises en mille morceaux, aux phares énucléés, aux sièges éclatés, laissant jaillir leurs viscères de cuir et de mousse. Pour figurer les corps des victimes enchevêtrés dans cet amas de ferraille, tu n'as pas hésité à accaparer mes sculptures après les avoir brisées, amputées, puis souillées du sang provenant de véritables accidentés de la route. Le scandale a été encore plus retentissant que lors de tes deux premiers happenings et l'exposition a été une fois de plus interdite, mais ta cote a encore monté et les collectionneurs ont acheté tes œuvres un prix fou. Quant à moi, mon travail était en miettes, au propre comme au figuré. C'est à partir de ce moment-là que j'ai commencé à te haïr. Et que la conception de mon grand œuvre a commencé à prendre forme.*

15

Quartier de la Goutte d'Or, 15 h 30

Eleni abandonna Emma à ses recherches ; de toute manière, celle-ci était trop terrorisée pour agir et refusait de quitter sa demeure où elle se croyait en sécurité. La policière n'avait pas insisté malgré les réserves qu'elle aurait pu émettre. Pablo Zaragoza connaissait forcément l'adresse de son ancienne compagne et il n'aurait eu aucune difficulté à en forcer l'accès. La rue était suffisamment tranquille pour ne pas attirer l'attention des voisins, mais cet homme avait certainement conçu des plans infiniment plus machiavéliques. Il lui fallait du sensationnel, de la mise en scène spectaculaire ; il ne se contenterait pas d'un banal homicide dans une maison particulière, cachée dans un quartier résidentiel où personne n'aurait l'idée de se rendre. En vérité, Emma, tout comme Eleni, n'était en sécurité nulle part. La première avait opté pour l'isolement, la seconde pour la fuite en avant.

À défaut d'avoir les moyens d'atteindre le prédateur, Eleni pouvait au moins prévenir ses victimes potentielles puisque il semblait confirmé que Zaragoza ne s'en prenait qu'aux femmes fréquentant le groupe de soutien Alma-Mater. La difficulté résidait dans le fait que les réunions n'avaient lieu que le lundi soir et que les participantes étaient protégées par l'anonymat. La seule qui était en mesure de les contacter était Martha Apfelbaum. C'est par elle qu'Eleni pouvait tenter d'empêcher un nouveau meurtre.

La psychologue tenait son cabinet de consultation dans le quartier de la Goutte d'Or, cette enclave bigarrée et cosmopolite du XVIIIe arrondissement parisien qui résiste encore à l'invasion des bobos, où, sur les trottoirs engorgés de monde, les vendeurs à la sauvette brandissent des cartes téléphoniques pour appeler les pays du Maghreb à moindre coût, des coques de Smartphone à l'effigie de joueurs de football ou des paquets de cigarettes de contrebande et de faux sacs Vuitton en plastique. Toute une faune qui déblatère et s'interpelle en divers dialectes issus d'Afrique et du pourtour méditerranéen. Eleni gara son vélo près d'un étal de maraîcher. Elle savait qu'il y avait beaucoup moins de risque qu'on le lui vole dans ce quartier populaire que dans une avenue huppée du XVIe arrondissement.

Le cabinet de Martha Apfelbaum se situait au premier étage sur cour d'un immeuble dont la façade lépreuse n'avait pas dû connaître de ravalement depuis quelques décennies. Le digicode était hors service et bien entendu il n'y avait pas de loge de concierge, confrérie en voie d'extinction dans la capitale par mesure d'économie. Le Paris de Georges Simenon était définitivement révolu.

L'intérieur de l'immeuble était à l'avenant. Boîtes aux lettres désossées, fils électriques sans protection rampant sur les murs tels des lézards à l'affût, couloir sombre ouvrant sur une courette mal pavée où s'alignaient des pots de fleurs et des containeurs à poubelles. Un second bâtiment surplombait cette cour, bénéficiant du calme relatif que lui conférait l'éloignement de la rue et de ses rumeurs entremêlées. C'est là que se situait le local de Martha, au sommet d'une volée de marches usées. Il n'y avait pas de sonnette à la porte, aussi Eleni l'ouvrit-elle pour déboucher sur une antichambre faisant office de salle d'attente où patientait une clientèle exclusivement composée de femmes, dont plusieurs étaient enceintes. Certaines enveloppées d'un boubou, d'autres portant le voile, d'autres encore vêtues à l'Européenne. Des jeunes filles, des mères avec leur enfant en bas-âge braillant dans leurs bras, quelques matrones dont les postérieurs généreux débordaient largement des chaises. La psychologue s'était visiblement spécialisée dans l'accompagnement psychologique et la défense des femmes. Le groupe de soutien Alma-Mater représentait l'émanation naturelle de sa pratique professionnelle.

La salle était bondée et Eleni se demanda si cela valait la peine d'attendre. Elle ignorait l'accueil que lui réserverait la psychologue. Après tout, son histoire – qu'elle partageait avec Emma Bell – pouvait par bien des côtés relever de la paranoïa la plus exacerbée. Accuser un artiste réputé sur la base de dessins à la sanguine représentant des statues du Jardin du Luxembourg ou de l'Acropole pouvait sembler excessif. Eleni se dit qu'elle s'était peut-être laissée convaincre trop vite par la terreur éprouvée par Emma. Peut-être faisaient-elles fausse route ? Il n'en demeurait pas moins que les deux victimes sacrifiées fréquentaient le groupe de soutien. Il fallait prévenir et protéger les autres membres d'Alma-Mater.

La policière s'installa sur l'une des chaises encore disponibles, entre une *mamma* africaine coiffée d'un turban coloré et une jeune punk aux cheveux rasés, les bras entièrement tatoués et le visage constellé de piercings, affichant un ventre proéminent qui attestait une grossesse avancée. Ni l'une ni l'autre ne lui accordèrent la moindre attention, plongées dans la contemplation hypnotique de leurs Smartphones.

La porte du cabinet de consultation s'ouvrit sur ces entrefaites. La psychologue reconnut aussitôt Eleni. Surprise, elle prit rapidement congé de sa cliente et lui fit signe de la rejoindre. Les patientes ne manifestèrent aucun mouvement d'humeur. Elles devaient être habituées à attendre, sans doute des heures entières, et ne se formalisaient pas d'avoir à céder leur place à la dernière arrivée.

L'intérieur du cabinet où se déroulaient les entretiens était aussi spartiate que la salle d'attente. Pas de confortable fauteuil en cuir, encore moins de divan de psychanalyste, mais de simples chaises, plutôt inconfortables. D'un geste bref, Martha désigna l'une d'elles à Eleni et prit place sur celle qu'elle s'était allouée en vis-à-vis. Leurs genoux se touchaient presque. La pratique thérapeutique de Martha Apfelbaum était fondée sur la proximité. Elle pouvait tour à tour saisir les mains de son interlocutrice ou bien poser sa paume sur ses genoux, voire effleurer son visage. Les gestes faisaient partie des soins, à l'instar de la parole.

— Tu te trouves dans un centre d'ethnopsychiatrie, expliqua Martha en préambule. Une discipline inventée par Tobie Nathan, un psychologue et anthropologue qui ne croit pas aux vertus curatives de la psychanalyse. Selon lui, les soins psychiques des sociétés traditionnelles pratiqués par les chamans et les guérisseurs sont beaucoup plus efficaces. Parler d'esprits, de démons, de possession dans certaines cultures est beaucoup plus explicite que l'usage de concepts tels que l'inconscient, le « ça » ou le « surmoi ». Je simplifie, bien sûr. Je mets en pratique son enseignement en l'adaptant pour les femmes d'origine étrangère qui ne savent pas à qui confier les troubles entravant dans leur vie quotidienne. Mais je suppose que ce n'est pas pour me consulter que tu es là, ni pour faire une thèse sur les thérapies des sociétés traditionnelles. Il y a du nouveau depuis hier ?

Eleni l'observa un instant. Visiblement, la psychologue n'était pas au courant des événements survenus dans la matinée.

— Il y a eu une seconde victime. Cette fois-ci, il s'agit de Charlotte.

Martha ouvrit tout grands les yeux.

— *Notre* Charlotte ? Et dans quelles circonstances ?

— Les mêmes que celles de Peggy. En tout cas, tout porte à le croire. Le corps a été découvert dans le Jardin du Luxembourg, juste en face du Sénat. Une photo de son visage a circulé sur Twitter toute la matinée. J'ai tout de suite reconnu Charlotte, évidemment.

Martha était atterrée par ces révélations.

— Deux femmes du groupe de soutien sacrifiées coup sur coup ? Mais pourquoi ?

Saisie par l'émotion, elle avait retrouvé les intonations dures et gutturales de sa langue maternelle.

— Deux femmes, oui, et il risque d'y en avoir d'autres, enchaîna Eleni. Nous sommes toutes en danger. Il faut prévenir les autres sœurs, leur demander de se mettre à l'abri. Dès aujourd'hui. Il faut à tout prix empêcher que demain matin...

Eleni n'eut pas besoin de terminer sa phrase. Martha avait parfaitement compris le danger qui planait sur les femmes d'Alma-Mater.

— J'aurais dû écouter Yasmina. Cela va trop loin ; il faut prévenir la police.

La jeune femme sentit qu'il était temps de se dévoiler.

— C'est que... Je fais justement partie de la police. Enfin, je ne suis encore qu'élève officier en stage à Police-Secours. C'est moi qui ai alerté la patrouille qui a retrouvé le corps de Peggy au Palais-Royal.

Les yeux de la psychologue s'agrandirent encore.

— Mais alors... tu as la possibilité d'intervenir ? De prévenir tes collègues ?

— Ce n'est pas si simple, observa Eleni avec gêne. Disons que je suis partie sur de mauvaises bases avec l'inspecteur chargé de l'enquête. Il semble que je sois devenue *persona non grata*. Je me suis rendue au commissariat du VIe ce matin, mais le service croule sous les témoignages, tous plus ou moins fantaisistes. Et puis, même si l'information ne vient pas de moi, le temps que la police prenne au sérieux un quelconque témoignage et que la sécurité des femmes menacées soit assurée, il risque d'y avoir de nouvelles victimes. Il faut agir tout de suite. Tu peux me donner la liste des membres d'Alma-Mater avec leurs noms et leurs coordonnées ?

Le visage de Martha se ferma.

— C'est que… Non, hélas, puisque vous participez au groupe de soutien sous couvert d'anonymat. Je ne connais que les prénoms. J'ignore les noms de famille, les adresses et les professions de chacune d'entre vous. La preuve, je ne savais pas que tu travaillais dans la police. Je ne possède même pas vos numéros de téléphone… Tu sais bien que nous ne communiquons que par le Net *via* Doodle. C'est comme ça que tu confirmes ta présence aux réunions du lundi, non ?

Eleni n'était pas férue en informatique, mais elle savait qu'il suffisait de se connecter à la toile pour laisser des traces de son passage, notamment par le biais de l'adresse IP. En analysant chaque inscription faite par le biais de cette application, il serait possible de remonter jusqu'à l'ordinateur, la tablette ou le Smartphone des sœurs, et donc de les identifier. Mais cela exigeait des moyens techniques qu'Eleni ne possédait pas, et qu'elle maîtrisait encore moins. La police, en revanche, était parfaitement outillée pour mener à bien ce genre d'opération. La jeune femme sentit qu'elle allait une fois de plus transgresser les règles. Quitte à être définitivement radiée du corps, elle préférait prendre ce risque plutôt que d'avoir une nouvelle mort sur la conscience. Y compris la sienne.

16

Quartier des Batignolles, 16 heures

— Bon, on a du nouveau, les filles, annonça le commandant Peretti, assis sur un coin du billard du bistrot de Gus. Léo, je te laisse la parole.

— Plusieurs centaines de témoignages ont été fournis depuis ce matin à propos du crime de cette nuit. La plupart étaient des *fakes*, mais on en a relevé plusieurs qui étaient concordants, grâce auxquels on a pu identifier la victime : Charlotte Balmoral, 19 ans, étudiante en Histoire de l'art à la Sorbonne. Célibataire.

— Des parents ?

— Ils demeurent à l'étranger. On les a prévenus. En fait, ce sont des collègues étudiants et certains professeurs qui nous ont alertés.

— Profil ?

— Une fille sans histoire ni casier. L'étudiante lambda. Il faudra creuser, bien sûr, mais *a priori*, elle n'avait rien à craindre ni à se reprocher. Autant Peggy Rivière semblait un peu écervelée, autant Charlotte Balmoral était sage comme une image. Élève studieuse et appliquée. Elle logeait dans une résidence étudiante.

— Pas de petit copain ?

— Pas régulier, en tout cas. D'après les premiers témoignages, ce n'était pas le genre à se taper des coups d'un soir.

— Il faut se méfier de ce genre de minettes, releva René Chafouin. Ce sont souvent les plus coquines. Si elles ne vont pas avec les jeunes de leur âge, c'est qu'elles se font entretenir par des hommes âgés qui leur payent de bons restaus et des week-ends à Deauville. Il y a même des sites spécialisés pour ça, comme *SugarDaddy*.

— Tu as l'air bien au courant, ricana Irma Valence. Je commence à comprendre où passe ta solde...

— Oh ! moi, ce que j'en disais..., se défendit Chafouin en détournant le regard.

— Charlotte ne correspond pas au profil de la Lolita ou de la collégienne en jupe courte écossaise, compléta Éléonore Mancel. Tout comme il ne semble y avoir aucun lien entre elle et Peggy Rivière.

— À part celui d'avoir été coupée en deux et exposée en plein Paris, poursuivit Peretti. D'après le légiste, elle n'était pas enceinte, contrairement à la femme d'hier. Nous attendons les analyses complètes, mais si cela se confirme, la grossesse ne semble pas entrer dans le schéma de victimologie du tueur. Pour l'instant, le seul élément qui relie ces deux victimes...

— ... c'est que ce sont des femmes, le coupa Irma. Nous enquêtons sur des féminicides caractérisés.

— Espérons que tu te trompes, intervint Gaëtan Maure. S'il s'en prend à toutes les femmes qu'il rencontre, le salopard a du pain sur la planche. Son vivier ne contient jamais que la moitié de l'humanité.

— On s'égare, là, le reprit Peretti. Bon, vous lancez les procédures d'enquête traditionnelles comme pour Peggy Rivière, en insistant sur le milieu de l'art, les peintres, les galeries d'expo, les ateliers...

— Ça représente un boulot énorme, se plaignit Maurice Cavalier.

— Tant qu'on n'a pas le commencement du début de la queue d'un indice, on n'a pas d'autre choix que de pécher à la nasse, en espérant qu'un poisson s'y trouve. Je compte sur vous, le proc' commence à s'énerver sérieusement.

— Moi, je n'y connais rien à l'art, concéda Blaise Pasqual. La BD, à la rigueur...

Peretti prit une boule et la fit ricocher sur les bandes du billard. Il avait bien une idée, mais il avait du mal à la formuler. C'était la remarque d'Eleni Kokino sur le symbole du labrys qui lui avait mis la puce à l'oreille. Mais comme cela venait d'elle, il n'avait pas voulu y prêter attention. Ç'aurait été lui accorder une capacité de jugement qu'il ne voulait pas lui reconnaître. Pourtant, le médecin légiste n'avait pas tort : les remarques qu'elle avait faites au Palais-Royal devant le corps de Peggy Rivière étaient loin d'être dépourvues de sens et semblait corroborer la seconde mise en scène au Jardin du Luxembourg.

— Il y a bien quelque chose, finit-il par avouer. Un élément ténu, mais au point où nous en sommes...

Les membres du groupe d'enquête avaient les yeux fixés sur leur chef, attendant la suite.

— Les deux victimes ont été transformées en statues évoquant des déesses grecques : Athéna et Artémis. Et elles avaient toutes les deux le même symbole imprimé sur le front : un labrys, une arme liée aux Amazones dans la mythologie grecque. Ça ne nous conduira peut-être à rien, mais j'aimerais qu'on fouille un peu dans cette direction. Qui veut s'en charger ?

— Athéna, Artémis, Amazones. Que des A ! remarqua Maurice Cavalier. La prochaine sera peut-être Aphrodite ?

Les autres se fendirent d'un sourire pour la forme, mais comme leur chef faisait la gueule, ils retrouvèrent aussi vite leur sérieux.

— Les Amazones, c'était bien ces nanas qui vivaient uniquement entre elles, c'est ça ? releva Chafouin.

— Elles se coupaient un sein pour mieux tirer à l'arc, compléta Nicolas Béthune.

— Quel rapport avec Artémis, la déesse de la chasse ? s'interrogea Irma Valence. La guerre, la chasse…

— Athéna était la protectrice d'Athènes, si mes souvenirs sont bons, ajouta Éléonore. La lance, le bouclier… Oui, on peut avoir le début d'un profil. Le criminel s'en prendrait à des femmes guerrières, comme les déesses et les héroïnes de l'Antiquité.

— On est en plein dans l'univers de DC Comics ! s'exclama Gaëtan Maure. *Wonder Woman*, *Cat Woman* et compagnie !

Le téléphone portable du commandant Peretti se mit à vibrer dans sa poche. Il fit signe à Maure de se taire et porta l'appareil à son oreille. Il échangea quelques mots avec son correspondant avant de raccrocher.

— Le légiste a fini ses analyses sur le corps de Charlotte Balmoral. Malgré les apparences, la petite était enceinte elle aussi. De cinq mois. Ça ne se voyait pas car elle se comprimait le ventre avec un corset.

— Déni de grossesse, lâcha Éléonore Mancel.

— En tout cas, ça nous éclaire sur la victimologie, commenta Irma Valence. Des femmes enceintes...

— ... sculptées en super-héroïnes guerrières, ajouta Maure.

— Et en déesses de l'Antiquité grecque, conclut Mancel.

— Bon, Léo, tu creuses ça. Et tu essayes d'identifier le gynéco qui la suivait.

— Si elle se faisait suivre... Je ne pense pas qu'un gynécologue digne de se nom l'aurait laissée se comprimer le ventre. Quant aux déesses antiques, ce n'est pas vraiment mon rayon. Mais je vais voir ce que je peux faire.

Le commandant Peretti songea à nouveau à Eleni Kikino. Cette petite fouineuse aurait pu leur donner un sacré coup de main. Une guide touristique spécialisée dans la mythologie grecque, c'était exactement ce qu'il leur fallait. Mais il n'était pas question qu'il la contacte. Surtout après la façon dont il l'avait traitée. Sa fierté masculine et de chef le lui interdisait. Et puis il préférait la laisser en-dehors de tout ça. Hors de question de la mettre en danger. Il ne voulait pas que se renouvelle le drame « Sandra Lutétia ».

17

Préfecture de police, 16 h 30

Eleni commençait à accuser le coup. Malgré les cafés ingurgités par litres, elle avait du mal à maintenir sa concentration et à lutter contre l'endormissement. Ses yeux se fermaient tout seuls et elle devait les écarquiller pour ne pas sombrer dans le sommeil.

Juchée sur son vélo, elle faillit plusieurs fois emboutir la voiture devant elle ou percuter le trottoir. Ce n'était pourtant pas le moment de lâcher l'affaire. Après ses deux permanences de nuit à la suite à Police-Secours, elle avait droit à un jour de repos. Ce soir, elle tâcherait de regagner son lit et de rattraper toutes ces heures de veille. Mais avant cela, elle devait retrouver et prévenir les femmes du groupe de soutien. Elle déposa son vélo dans la cour de la Préfecture de police et s'engouffra dans le deuxième sous-sol, qui abritait la salle d'information et de commandement. Le chef l'accueillit avec surprise.

— Qu'est-ce que vous faites là, Kokino ? Vous n'êtes pas de faction aujourd'hui. Et vous avez une sale gueule, si je peux me permettre.

Eleni avait l'habitude de ce genre de remarques. Les femmes étaient de plus en plus nombreuses à être recrutées dans les services de police et elles étaient traitées comme des mecs. Pas de favoritisme ou de galanterie, deux attitudes qui auraient pu être interprétées comme des manifestations de harcèlement sexuel. *#MeToo* était passé par là, transformant la drague en déclaration de guerre. Eleni s'en fichait, et même, elle préférait cela. Depuis ce qu'elle avait subi en Grèce, elle ne supportait plus les regards équivoques que les hommes pouvaient porter sur elle. Et elle portait des gants pour éviter tout contact charnel.

— Je sais, commandant, mais je m'intéresse à la cybersécurité. Je compte en effet me spécialiser dans ce domaine à ma sortie de l'ENSP. Je me disais que passer quelques heures dans le service me permettrait de me familiariser avec les techniques.

Le chef de salle la regarda d'un drôle d'air. Il se méfiait des bleus qui faisaient du zèle et voulaient tout savoir tout de suite. Il s'agissait en général d'emmerdeurs-nés dont on ne parvenait pas à se débarrasser. Des sangsues qui se nourrissaient du sang des flics en poste en leur soutirant des infos et en les empêchant de faire leur travail.

— La cybercriminalité concerne des dossiers sensibles et confidentiels, Kokino. Ce n'est pas ici que ça se passe, c'est du ressort de la DRPP[1] et des équipes de la BEFTI[2], dans les nouveaux locaux du 36, rue du Bastion. De toute

1. Direction du renseignement de la préfecture de police de Paris.

2. Brigade d'enquêtes sur les fraudes aux technologies de l'information.

manière, un élève officier ne peut pas avoir accès au service. Pour l'instant, contentez-vous de répondre aux appels d'urgence du 17. Et allez dormir un peu, vous ressemblez à une morte vivante.

Eleni comprit qu'il était inutile d'insister. De plus, le commandant chargé de gérer le travail des aiguilleurs de Police-Secours usait de métaphores qui risquaient très vite de devenir réalité. De morte-vivante elle pouvait d'un moment à l'autre devenir une morte tout court. Pour contourner les filtres qui lui interdisaient d'avoir accès aux informations qu'elle recherchait, il ne lui restait qu'une solution : le bluff. C'était risqué, surtout pour sa future carrière, mais c'était toujours moins dangereux que se retrouver fichée sur un piédestal, amputée des jambes et des bras. Elle reprit son vélo et fonça vers les Batignolles.

Créée en 1994, la BEFTI, était spécialisée dans les nouvelles technologies et la lutte contre la cybercriminalité couvrant le secteur de Paris et sa couronne. Piratage informatique, protection contre les intrusions, cyberharcèlement, escroqueries, usurpations d'identité, collectes illicites de données personnelles, contrefaçons numériques, téléchargements illégaux, hameçonnage. Les délits par Internet ne manquaient pas ; ils connaissaient même une explosion sans précédent. Vingt-cinq policiers étaient chargés de répondre à la demande, répartis en trois groupes d'enquête et un groupe d'assistance technique. C'est celui-ci qui intéressait Eleni.

Accéder au service fut moins compliqué qu'elle ne l'avait imaginé. Après tout elle faisait partie de la maison même si elle n'était pas encore sortie de l'École de police, et jusque-là, l'effet de surprise et le culot lui avaient plutôt réussi. Évidemment, l'excuse d'un intérêt pour la cybersécurité était un motif un peu mince. Les gars de la BEFTI avaient autre chose à faire que de donner des cours particuliers à des étudiants qui n'avaient suivi que six mois d'école. Quitte à mentir, il fallait le faire avec audace. Plus c'était gros, plus ça avait des chances de passer.

Elle se présenta rapidement, sans insister sur son statut d'officier de police stagiaire, et se recommanda de celui-là même qui l'avait menacée des pires représailles :

— J'assiste le commandant Peretti dans une enquête en cours. J'ai besoin d'un renseignement urgent concernant une possible intrusion dans un agenda partagé sur Internet. Violation d'identité ou collecte de données personnelles.

Le technicien de la BEFTI n'allait pas se contenter d'une référence aussi mince.

— Je ne suis pas au courant de cette affaire, le service n'a pas été saisi. Et je ne vous ai jamais vue. Quel est votre grade, déjà ?

— Le commandant travaille sur le double meurtre du Palais-Royal et du Jardin du Luxembourg. Vous en avez entendu parler, je suppose ?

Elle avait adopté un ton de commandement qui tranchait avec son statut de débutante. Mais cela n'allait pas suffire à convaincre le policier de la BEFTI, elle le savait bien. Heureusement, elle avait retenu le nom du flic plus spécialement chargé des questions informatiques au sein du groupe d'enquête de Peretti. Nicolas Béthune. Elle le brandit comme le Joker d'un jeu de cartes.

— C'est le lieutenant Béthune qui m'envoie. À la Crim', tout le monde est sur le pied de guerre, vous comprenez.

Le visage du technicien s'éclaira soudain.

— Nicolas ? Il fallait le dire plus tôt. Je le connais très bien. Mais il aurait pu venir en personne ou me passer un coup de fil. Vous lui direz que c'est un lâcheur ! De la part du lieutenant Arthur Mesplède !

— Je n'y manquerai pas. Mais vraiment, là, il n'a pas le temps. C'est pour ça qu'il m'a envoyé à sa place.

— Oui, oui, je comprends. Bon, en quoi puis-je vous être utile ?

Eleni réprima un sourire. Sa mystification avait marché à merveille. Autant en profiter au maximum, avant que sa tromperie s'ébruite.

— Il s'agit d'un agenda Doodle sur lequel sont inscrits des participants anonymes dont il nous faut d'urgence connaître l'identité.

Le lieutenant Mesplède eut un sursaut de réserve.

— Et pourquoi ça ?

— Ils sont menacés ! En danger de mort ! Je ne suis pas autorisée à en dire davantage. Le lieutenant Béthune a bien insisté là-dessus, et sur l'urgence absolue qu'il y avait à obtenir cette liste !

— Bon, bon, capitula Mesplède. Allons-y dans ce cas. Cela ne vas pas être difficile. Pour utiliser Doodle, il faut créer au préalable un compte personnel avec nom, prénom, adresse e-mail et mot de passe. Ces données ne sont pas accessibles aux autres participants, mais on peut les retrouver facilement. Quel est le nom du Doodle en question ?

— Alma-Mater. C'est une association.

— Attendez un moment. Voyons-voir. Ça y est, je l'ai ! Le dernier rendez-vous a eu lieu hier soir. J'ai la liste des participantes. Leurs prénoms en tout cas.

Eleni frémit. La liste des prénoms s'affichait en effet sur l'écran, le sien y compris ! Elle n'avait pas pensé à ça. Or, elle s'était présentée sous son patronyme à l'officier de police. Il n'y avait plus qu'à espérer qu'il ne l'ait pas retenu.

— Il n'y a qu'une douzaine de noms. Ils concernent les participantes inscrites à la réunion d'hier. Peut-être qu'il y a d'autres adhérentes qui n'ont pas répondu. Vous voulez que je les recherche aussi ?

— Ce n'est pas la peine. La liste des présentes à la réunion d'hier soir suffira.

Le technicien se mit aussitôt au travail, égrenant à chaque fois les identités des sœurs composant la communauté d'Alma-Mater.

— Marie de Bussy, Yasmina Khaled, Emma Bell, Giovanna Malfizia, Charlotte Balmoral, Greta Grüber, Rolande Roubier, Eleni Kokino, Peggy Rivière... Tiens, il me semble avoir déjà entendu ce nom-là.

Évidemment, songea Eleni. On n'arrêtait pas d'en parler depuis la veille. Mais le lieutenant Mesplède devait être tellement obnubilé par ses recherches qu'il n'avait sans doute pas le temps de suivre l'actualité ou d'y prêter suffisamment d'attention. En attendant, le nom de Peggy Rivière lui avait titillé l'oreille, masquant dans son champ de conscience celui d'Eleni. C'était l'essentiel.

— Je vous imprime leurs noms et adresses e-mails. Vous voulez sans doute aussi leurs adresses et numéros de téléphones ?

— S'il vous plaît, oui. Cela fera gagner du temps au lieutenant Béthune.

— Sacré Nicolas ! Qu'est-ce que je ne ferais pas pour lui ! Bon, je cherche dans le fichier général. Ça ne devrait pas être long…

Eleni priait pour qu'entretemps Nicolas Béthune ou Antoine Peretti ne se manifestent pas. Elle sentait les pulsations de son cœur s'accélérer, comme un joueur qui a misé un couleur ou un numéro à la roulette et attend avec un mélange d'anxiété et de désir le résultat que lui réserve le sort.

— Emma Bell, rue des Thermophiles, Eleni Kokino, rue de l'Arbalète, Charlotte Balmoral, résidence universitaire Jean-Sarrailh, avenue Georges-Bernanos. Une étudiante, visiblement…

Eleni se serait bien passée de ses commentaires. Elle voulait la liste la plus complète possible, et déguerpir.

— Ah, certaines sont protégées par un VPN[1]. On peut les craquer, mais ça prendra un peu plus de temps.

— Non, ce n'est pas la peine ; donnez-moi déjà ce que vous avez.

Arthur Mesplède lui tendit la liste comme à regret. Il prenait visiblement plaisir à donner un coup de main à son ami Nicolas. Le charme de cette jeune policière

1. *Virtual Private Network*, réseau privé virtuel permettant de cacher son adresse IP.

aux cheveux bruns n'était sans doute pas étranger à sa motivation.

Eleni lui arracha presque la feuille des mains et prit congé.

— Merci beaucoup, lieutenant ! Vous nous avez rendu un fier service. Je transmettrai vos amitiés au lieutenant Béthune.

Avant que le technicien ait eu le temps de réagir, Eleni était déjà dehors. Elle consulta la liste en tremblant légèrement. Parmi ces femmes dont les noms s'étalaient sur le papier, il y avait peut-être une prochaine victime de Pablo Zaragoza. Il fallait toutes les prévenir. Et vite.

18

Rue des Thermopyles, 18 h 30

— Je suis très inquiète, avoua Eleni qui était retournée chez Emma après avoir quitté les locaux de la BEFTI. J'ai pu obtenir la liste des sœurs, mais je ne suis pas parvenue à toutes les joindre. Je suis souvent tombée sur un répondeur. J'ai laissé des messages, mais pour l'instant, aucune n'a rappelé. Quant à celles que j'ai pu contacter directement, elles m'ont envoyée bouler, me demandant d'abord comment j'avais pu me procurer leurs coordonnées avant de me reprocher d'avoir rompu le pacte de discrétion qui nous lie. Atteinte intolérable à leur vie privée, qu'elles m'ont dit, enfin, ce genre de choses... Et quand je leur ai parlé du danger qu'elles couraient, elles m'ont carrément traitée de mytho.

— À ce propos, comment as-tu obtenu leurs noms et numéros de téléphone, interrogea doucement Emma.

Eleni réalisa que si son amie s'était confiée à elle, elle-même ne lui avait rien dit de ces activités professionnelles. Il était temps de réparer cet oubli.

— Je suis officier de police. Encore stagiaire, mais j'ai pu me débrouiller pour avoir les infos. En trichant un peu, je l'avoue.

Une lueur d'espoir s'alluma dans les yeux d'Emma qui savait donner le change, manipulant Eleni en ne laissant rien entrevoir.

— Mais alors, tout s'arrange ! Si tu fais partie de la police nous ne risquons plus rien ! Il suffit que tu préviennes ta hiérarchie. Elle, au moins, te prendra au sérieux !

Eleni secoua la tête.

— Ne crois pas ça, Emma. C'est même tout l'inverse. Le commandant de la PJ en charge des meurtres m'a fait savoir que si je continuais à me mêler de ce qui ne me regardait pas, il me ferait casser. Or, j'ai continué… Et depuis hier j'ai enfreint un nombre considérable de règlements. Au point que je ne suis même pas sûre de pouvoir retourner travailler sans me faire immédiatement interpeller.

Emma la regarda de travers, comme si elle doutait de la vraisemblance de ce que lui racontait son amie. Si elle faisait partie de la police, pourquoi devait-elle se cacher ? Était-elle réellement flic ou tout simplement mythomane, comme l'avait suggéré les sœurs ?

— Tu dois bien avoir une arme de service, non ? Quelque chose pour te défendre ? insista-t-elle.

Eleni secoua sa chevelure brune.

— C'est uniquement à l'issue de la formation qu'on a droit à la plaque de police et à une arme de service. Si on est retenu, bien sûr. Mais je n'en prends pas le chemin.

Emma résolut de se ranger à ce dernier point de vue.

— Qu'est-ce qu'on fait, alors ?

— Je vais encore essayer de contacter les sœurs. Au besoin j'irai chez elles, j'ai leurs adresses. L'enjeu est trop important. Il en va de leur vie.

— Je peux t'accompagner. Ou bien on peut se répartir les visites ; on ira plus vite.

Eleni observa Emma et constata qu'elle avait la mâchoire serrée et les lèvres pincées. Elle n'était visiblement pas convaincue de la proposition qu'elle venait d'énoncer. Elle était encore trop terrorisée pour oser quitter son refuge.

— Non, reste ici et n'ouvre à personne. Je te tiendrai au courant par SMS.

Emma raccompagna Eleni sur le seuil et attendit qu'elle ait quitté la rue des Thermopyles pour refermer la porte. Mais plutôt que de remonter à l'étage, inondé de lumière, de miroirs, de sculptures et de sanguines, elle débloqua la serrure d'une porte basse et descendit les marches qui conduisaient au sous-sol. Elle déboucha dans une salle sans aucune ouverture sur l'extérieur, au centre de laquelle se trouvait un bassin assez large pour accueillir plusieurs corps et agrémenté de sangles pour les maintenir immobiles. Deux femmes se trouvaient là, nues, les membres perforés de cathéters. Elles s'étaient entièrement vidées de leur sang, pâles et déjà sans vie. Leurs yeux étaient vides de toute expression, leurs têtes pendaient sur les poitrines. Emma les observa un long moment avant de murmurer :

— Vous êtes à point, mes jolies. Laquelle de vous deux vais-je immortaliser en premier ?

MERCREDI

19

Rue Mouffetard, 5 h 30

Eleni est vêtue d'une toge immaculée. Des bracelets en or rouge encerclent ses poignets et ses chevilles, tandis qu'un collier finement ouvragé pend entre ses seins. Ses longs cheveux bruns tressés sont relevés sur le dessus du crâne et retenus par une broche ornée d'une améthyste. Ses pieds nus foulent un sol cotonneux et sans consistance, faisant naître à chaque pas des volutes de nuages. Autour d'elle, des temples grecs aux pierres recouvertes de couleurs sanguines d'où sortent des êtres gigantesques, vêtus eux aussi de toges. Des femmes d'une exceptionnelle beauté, si grandes qu'Eleni doit basculer sa nuque en arrière pour distinguer leurs visages. Elles mesurent au moins dix mètres de haut. La jeune femme les a facilement reconnues.

Athéna, Héra, Aphrodite, Artémis, Astarté... Les principales déesses du panthéon grec se tiennent devant elle, aussi vivantes que si elles avaient été de simples humaines mais combien plus admirables avec leurs corps parfaits et leur maintien aristocratique. Eleni n'en croit pas ses yeux.

Elle se sent si petite, si vulnérable en comparaison d'elles. D'instinct, elle se prosterne à leurs pieds, telle une humble servante aux ordres de ses maîtresses. C'est alors que les déesses remarquent la présence de la jeune femme et sont prises d'un fou rire qui fait trembler les temples sur leurs bases. Elles se moquent de cet être minuscule qui ose paraître en leur auguste présence. L'une d'elles lève un pied aussi large qu'une barque, s'apprêtant à l'écraser comme un vulgaire insecte...

Eleni s'éveilla en hurlant. Elle était dans sa chambre. La veille au soir, après avoir quitté Emma, elle avait couru en vain d'un bout de la ville à l'autre pour prévenir les femmes du groupe de soutien. La plupart résidaient dans des immeubles équipés de digicodes et elle avait dû attendre qu'un voisin ouvre la porte pour se glisser à l'intérieur puis identifier avec peine le bon appartement. D'autres s'étaient contentées de lui raccrocher sèchement au nez ou n'avaient pas répondu à l'interphone. Les appels téléphoniques qu'elle avait renouvelés n'eurent pas plus de succès. Visiblement, en dehors des réunions du lundi soir, les sœurs entendaient préserver leur vie privée et ne tenaient pas à ce qu'on vienne bousculer le train-train de leur occupations quotidiennes. La démarche d'Eleni les importunait et elles trouvaient son insistance déplacée. Découragée, ivre de fatigue après deux nuits blanches suivies de deux journées sans repos, elle était rentrée chez elle et s'était effondrée comme une masse en travers de son lit, sans même prendre la peine de se déshabiller. Le rêve, ou plutôt le cauchemar qu'elle venait de faire l'avait brutalement tirée du sommeil.

Elle mit une bonne minute à reprendre ses esprits. Ce rêve était si intense, si réaliste qu'elle eut du mal à en émerger. Il lui semblait se trouver encore dans cet Empyrée peuplé de déesses immenses et effrayantes. Les divinités se démarquaient des humains par leur taille élevée et leur exceptionnelle beauté. L'espace d'un songe elle s'était retrouvée au cœur même du Panthéon grec. Elle se leva et se prépara un café serré avec sa machine à expresso. L'émotion qu'elle avait éprouvée ne la quittait pas. Il lui semblait que la vision qu'elle avait eue devait avoir un sens, qu'elle lui avait été adressée par son inconscient pour la mettre sur la voie. Mais quelle voie ? Et que devait-elle comprendre ?

Elle resongea aux deux premières victimes du *serial killer*. Il les avait transformées en répliques d'Athéna et d'Artémis. Ces divinités grecques faisaient d'ailleurs partie du groupe de déesses qui l'avaient tournée en ridicule dans son rêve. Le simulacre d'Athéna avait été retrouvé dans la cour d'honneur du Palais-Royal, symbole du pouvoir monarchique, celui d'Artémis déposé en face du Sénat, représentation du pouvoir parlementaire et républicain. Manifestement, le criminel affichait un goût marqué pour les lieux en vue liés à la puissance publique. Quel autre endroit emblématique de la capitale pouvait à son tour incarner une telle forme de pouvoir ?

Eleni se frappa le front du plat de la main. Le Panthéon ! Demeure des dieux dans l'Antiquité, le monument parisien, lui, était un mausolée où reposaient les grands hommes incarnant l'élite de la pensée, des lettres et des sciences. Voilà ce que lui suggérait son rêve avec cette évocation céleste ! La prochaine victime devait se trouver au Panthéon.

*

L'aube se levait à peine lorsqu'Eleni parvint devant l'illustre bâtiment où reposaient entre autres les cendres de Victor Hugo, Pierre et Marie Curie ou Simone Veil. Par chance, il se situait à deux pas de chez elle. Elle s'y était rendue en moins de cinq minutes en vélo. Juste le temps d'avaler son café brûlant et d'enfiler un jean et un tee-shirt, sans oublier ses gants blancs, bien sûr. La rue Mouffetard était encore déserte à cette heure matinale. Silencieuse aussi. L'animation ne reprendrait qu'en milieu de matinée.

La jeune femme repéra tout de suite une statue posée devant le portique principal du bâtiment, au-delà des grilles qui en défendaient l'accès, entre les grilles corinthiennes qui accentuaient l'aspect imposant du mausolée. Comme elle le redoutait, il ne s'agissait pas d'une statue de divinité grecque, mais d'une femme bien réelle. Sa poitrine était dénudée et elle portait une sorte de couronne surmontée d'un disque solaire entouré d'un demi-cercle en forme de cornes de vaches aux pointes dressées vers le ciel. Sur son bras était posé un fœtus minuscule. Eleni n'eut aucune peine à identifier cette nouvelle statue de chair. Il s'agissait de la déesse Isis et de son fils Horus. Elle reconnut également la femme qui l'incarnait : Giovanna Malfizia. L'une des femmes du groupe de soutien qu'elle n'était pas parvenue à contacter la veille.

Eleni estima la hauteur de la grille qu'avait dû franchir le tueur pour exposer son trophée de l'autre côté. Elle mesurait plus de deux mètres. On pouvait imaginer qu'un type suffisamment costaud parvienne à l'escalader avec la dépouille arrimée à lui. Ça n'avait pas dû être facile, mais pas impossible non plus. Évidemment, Pablo Zaragoza en aurait été incapable à cause de son handicap, mais ses hommes de main avaient très bien pu s'en charger. Eleni avait eu l'occasion de prendre la mesure de leur force physique à Athènes. À cette pensée, elle se mit à frissonner. Elle ne devait pas céder à la panique, même si le danger qui la menaçait se rapprochait de jour en jour.

Elle ne mit pas longtemps à s'interroger sur la conduite à tenir. Cette fois, il n'était plus question de faire cavalier seul. Cet ours de commandant Peretti serait bien obligé de l'écouter. Elle dégaina son téléphone et composa le numéro d'urgence de Police-Secours.

20

Place du Panthéon, 8 heures

— C'est le troisième meurtre en trois jours. Et chaque fois vous vous trouvez sur les lieux. Ça commence à faire beaucoup, élève officier Kokino. En plus, ce matin, c'est vous qui avez donné l'alerte. Vous allez m'expliquer ça en détails. Et tâchez d'être convaincante !

— J'ai déjà tout expliqué à la patrouille. J'habite près d'ici.

— Et vous vous baladez en vélo à 6 heures du matin au Panthéon ? Vous vous fichez de moi, Kokino ? Comment pouviez-vous savoir qu'une troisième victime se trouverait précisément ici ce matin ?

Le commandant Peretti avait du mal à se contenir. Il était prêt à exploser à tout instant. Il ne savait pas ce qui le mettait le plus en rage : le fait d'avoir un troisième meurtre sur les bras sans le moindre commencement de piste, ou bien la présence de la jeune femme qui semblait le narguer et remettre en cause ses compétences ? Jusqu'à présent il avait tout fait pour l'éliminer mais cette fois, ç'en était trop. Il allait la cuisiner jusqu'à ce qu'elle crache le morceau. Cette fille-là en savait beaucoup plus sur toute cette histoire qu'il ne l'avait imaginé.

— C'est que... Je me suis réveillée en sursaut après avoir fait un drôle de rêve. J'ai eu l'intuition que ce lieu allait être choisi par le tueur. Je suis venu vérifier...

— Un rêve ? Une intuition ? Arrêtez de me raconter des salades. On vous a renseigné, il n'y a pas d'autre raison possible. Qui ?

— Mais... Personne. C'est une idée qui m'est venue. Enfin, une déduction plus exactement. Les précédentes victimes étaient présentées sous la forme de statues grecques. Athéna Parthénos, Artémis...

Les yeux du commandant Peretti s'étrécirent.

— Pardon ? Qu'est-ce que vous venez de dire ?

Le ton agressif du policier déstabilisa Eleni.

— Euh... J'évoquais les déesses grecques. D'où l'idée du Panthéon.

— Vous avez cité Artémis. Or, cette information n'a pas été transmise officiellement. Ça aussi vous l'avez deviné ? Vous faites des rêves prémonitoires, c'est ça ?

— Non, je ne l'ai pas deviné. Enfin, si... Quand j'ai vu sa coiffure sur la photo diffusée dans les médias, j'ai immédiatement pensé à...

— Ben voyons ! Vous êtes plus forte que toute la police réunie. Et aujourd'hui, on a affaire à qui ? Une autre déesse grecque, je suppose ?

— Non, égyptienne. Isis allaitant Horus. Il doit y avoir un lien avec les deux premières statues, même si elles n'appartiennent pas à la même mythologie.

— Je n'en doute pas. À propos, vous avez aussi identifié le tueur ? C'est bien ce que vous affirmiez hier matin, devant les grilles du Jardin du Luxembourg ? Vous le connaissez ?

— Oui, je le connais ! Enfin... Je pense savoir qui c'est. Disons que j'ai des soupçons. Il y a des éléments concordants...

— Vous le connaissez oui ou non ? Quels sont vos liens avec lui ?

— C'est compliqué à expliquer. Il faudrait tout reprendre depuis le début. Tout a commencé il y a trois ans, lorsque j'étais guide à Athènes...

— Écoutez, ma petite, je n'ai ni le temps ni l'humeur d'écouter le récit de votre vie, même si je ne doute pas qu'il doit être palpitant. J'ai un cadavre sur les bras, moi ! Alors vous ne bougez pas d'ici et vous attendez d'être interrogée par un membre de mon équipe. D'ici là, vous ne prenez plus aucune initiative. C'est compris ? Aucune !

Il fit signe à un gardien de la paix qui s'approcha et le salua d'une main portée à la visière de son képi.

— Vous me la tenez au chaud. Veillez à ce qu'elle ne vous échappe pas.

— Elle est en état d'arrestation ? interrogea le gardien.

Peretti dévisagea un instant la jeune policière, avant de lâcher :

— Oui.

*

Le légiste contemplait la nouvelle victime d'un air pensif.

— Il n'y a pas à dire, nous avons affaire à un artiste. Celle-ci est encore mieux réussie que les précédentes. Il s'améliore à chaque fois. Pour autant, il semble avoir travaillé aussi vite que pour celle du Luxembourg. Les incisions et ablations des membres sont toutes fraîches. Les coutures sont propres et effectuées d'une main sûre.

— Vous l'admirez, docteur ?

Borrel bourra lentement sa pipe.

— Ce serait excessif et sans doute peu convenable de ma part. Disons qu'il me fascine. Je réprouve l'acte, tout en reconnaissant le raffinement avec lequel il a été accompli. Avez-vous lu *De l'assassinat considéré comme l'un des beaux arts* de Thomas de Quincey ? L'ouvrage date de 1854, mais il est toujours d'actualité. Nous sommes tous les jours confrontés à des crimes en tous genres, au point qu'ils ont fini par nous paraître banals. Un crime esthétique tel que celui-ci nous oblige à réaliser à quel point la mort, pourtant inévitable, demeure une chose exceptionnelle.

— Je ne vous connaissais pas ce goût pour la philosophie, docteur. J'avoue que vos arguments me paraissent tout de même sujets à caution. Je dirais même qu'ils sont quelque peu inquiétants...

Le légiste fit une grimace qui, chez lui, devait correspondre à un sourire ou alors à un ricanement.

— C'est la raison pour laquelle je tiens généralement ces pensées pour moi-même. Je ne vous les livre que parce que j'ai reconnu en vous un connaisseur.

Un amateur de curiosités si vous préférez. Me serais-je trompé, commandant ?

Peretti soutint le regard inquisiteur que le légiste vrillait sur lui. Quel drôle de personnage, tout de même. Mais il n'avait pas tort. Il est vrai qu'avec le temps, il avait acquis une vision différente de son métier. Il appréciait d'avoir en face de lui des criminels rusés dont la traque s'apparentait à un jeu de piste ou à la résolution d'une énigme. En l'occurrence, il redoutait d'être tombé sur plus fort que lui.

— Cette fois la victime n'est pas seule, reprit-il pour changer de sujet. Il y a un fœtus. Est-ce le sien ? Était-elle enceinte elle aussi ?

Borrel gratouilla sa barbe avec le tuyau de sa pipe.

— Les analyses approfondies nous le dirons, mais je ne le pense pas. J'écarte la possibilité d'une extraction fœtale *post mortem*. Le fœtus a été ajouté après coup et non pas extrait de son ventre. Il était assez développé, je dirais environ trente semaines, soit sept mois de grossesse. Or, la victime ne présente aucun signe de grossesse en cours. Elle portait un stérilet et avait eu des rapports récents et sans doute réguliers. Je pencherais pour une vie sexuelle intense et peu en rapport avec les habitudes de vie d'une femme enceinte de sept mois. Il y a des exceptions, bien sûr... L'analyse des résidus de sperme nous donnera des indications plus précises. Il y a autre chose qui me laisse à penser qu'elle n'était pas enceinte : si la mort de la victime est récente, celle du fœtus l'est beaucoup moins.

— Que voulez-vous dire ?

— Il peut avoir été embaumé il y a plusieurs semaines, voire plusieurs mois.

— Pourquoi avoir ajouté cet élément, selon vous ?

— Ma foi, peut-être pour être cohérent avec la gestation des deux premières victimes. Ou bien pour être en conformité avec la statue dont s'est inspiré notre sculpteur de chair. Vous l'avez reconnue, commandant ?

Peretti ne le savait que parce qu'Eleni le lui avait révélé quelques instants plus tôt. Mais il saisit l'occasion de briller par ses connaissances.

— La déesse égyptienne Isis. C'est bien ça ?

Le légiste hocha lourdement la tête.

— Oui, plus précisément Isis allaitant son fils Horus. D'ailleurs, cette référence à l'Égypte ancienne m'interpelle. J'ai eu le temps de pratiquer une autopsie complète des deux premiers corps et il faudra que je les compare avec celui-ci, mais je pense que je parviendrai aux mêmes conclusions. J'ai notamment fait analyser le liquide injecté dans les veines des victimes pour remplacer le sang. Dans un premier temps, j'ai pensé à du formol ; c'est ce qu'injectent les thanatopracteurs dans les corps des défunts pour les embaumer.

Peretti dressa l'oreille. Les thanatopracteurs. Comment n'y avait-il pas pensé plus tôt ? Il s'agissait pourtant d'une piste intéressante. Primordiale, même. Ces tordus qui gagnent leur vie en rapetassant les cadavres seraient bien capables de s'en procurer un à la morgue pour se faire la main dessus avant de l'exposer ensuite comme une œuvre d'art. Mais cela ne ferait pas pour autant d'eux des meurtriers. Après tout, ce ne sont pas les macchabées qui manquent. Si on pinçait l'artiste qui avait fait le coup, il serait inculpé de vol de cadavre, voire viol de sépulture et d'atteinte à l'intégrité physique du cadavre, punis par des articles du Code pénal. Ça n'irait peut-être pas jusqu'aux Assises mais ça valait tout de même quelques bonnes années de cabane. Et puis, cela n'empêchait pas le fait qu'il y ait eu tout à la fois un meurtrier *et* un thanatopracteur. Il fallait se concentrer sur les embaumeurs installés en région parisienne, enquêter sur leur passé, leurs antécédents psychiatriques et leurs éventuels démêlés avec la justice, et enfin lancer des perquisitions. Il allait mettre un membre de son équipe sur le coup. René Chafouin, tiens. Ça lui ferait les pieds. Le fait de fréquenter les croque-morts lui permettrait peut-être de renouveler son stock de blagues.

— Et alors, c'était bien du formol ? relança le commandant.

Le docteur Borrel prit le temps de rallumer sa pipe. Peretti le laissa faire sans s'impatienter. Il le connaissait bien. Le légiste laissait volontiers planer un moment de suspense avant d'assener des révélations inédites.

— Oui, mais pas uniquement. Il y avait un liquide assez particulier qui a demandé une analyse plus poussée. Un mélange de plantes, d'huiles essentielles, de myrrhe, et surtout du formaldéhyde et du sulfate de zinc…

— Docteur, je n'ai pas besoin que vous me donniez la recette complète. Pourquoi avoir choisi ce mélange ? Quelles propriétés a-t-il ?

Le légiste gonfla les joues avant d'expirer une longue volute de fumée.

— J'ai fait quelques recherches encyclopédiques car ce cas ne relève pas de la médecine courante, de celle que l'on enseigne à la Faculté en tout cas...

— Et... ?

— D'après mes premières conclusions, qu'il faudrait corroborer avec un spécialiste, ce liquide servirait à embaumer les corps, d'en faire des momies.

— Des momies ? Comme les momies égyptiennes ?

— En quelque sorte. Mais ces dernières étaient recouvertes de bandelettes. Tandis que ces corps demeurent dans un état de conservation parfait, sans aucun risque de corruption.

— Quelle conclusion en tirez-vous, docteur ?

Nouveau nuage de fumée enveloppant la face impavide du légiste.

— Encore une fois je ne suis pas un spécialiste, mais je peux confirmer que les deux premières dépouilles, et sans doute celle-ci, n'ont pas simplement été exsanguinées, amputées, recousues et statufiées. Elles ont également été embaumées. Votre criminel est un embaumeur. Un créateur de momies.

— Des momies..., gronda à nouveau Peretti.

Peretti imaginait déjà les titres du JT ou les unes des quotidiens : « La momie du Panthéon ». Il n'avait pas vraiment besoin de ça.

Te souviens-tu de notre séjour en Sicile ? C'était quelque temps après le drame. Nous avions loué une voiture pour faire le tour de l'île. C'est moi qui conduisais, bien sûr. Les routes étaient sinueuses, elles traversaient des régions sauvages qui semblaient préservées des appétits prédateurs des hommes. Parfois, des moutons conduits par un berger encombraient la chaussée. Tu pestais, tandis que je me réjouissais de ces imprévus qui pimentaient notre parcours. Il nous arrivait aussi de suivre des cars antédiluviens qui zigzaguaient d'un bord à l'autre, frôlant parfois dangereusement les ravins qui surgissaient à l'orée d'un virage en épingle à cheveux. Tu jurais, me sommant de doubler. Cela ne servait à rien, sinon à gâcher le plaisir qu'il y avait à flâner sur ces chemins de traverse.

Nous sommes descendus jusqu'à Syracuse, que je tenais à voir à cause de la chanson d'Henri Salvador. Nous avons flâné dans les petites rues où les voitures avaient du mal à passer puis nous avons arpenté la promenade en surplomb de la mer. Tu te laissais guider, tu n'avais pas le choix. Le vent venu du large nous jetait ses embruns au visage. Tu t'es vite lassé de ce lieu qui pour toi se réduisait à un nom et à quelques terrasses pour touristes. Nous sommes repartis vers le nord pour atteindre Palerme, grouillante comme une carcasse d'animal dévorée par les vers. Nous avons loué un appartement situé dans un palais baroque du XVIIIe siècle, juste en face de la cathédrale. Depuis le balcon qui jouxtait le grand salon surchargé de meubles rococo, de vases ventrus et prétentieux, aux murs agrémentés de fresques champêtres et aux plafonds encerclés de moulures en stuc, la vue était imprenable. Nous assistions, médusés, aux processions incessantes où des effigies de la Vierge étaient brandies comme des torches ou des étendards, avec chants liturgiques et envols de cloches. Comme si la Terre avait célébré le Ciel. Tu n'as jamais été croyant et tu ricanais de ces démonstrations de liesse populaire. Sans pour ma part croire en Dieu, je trouvais émouvante cette foi qui s'affichait d'une façon aussi ostentatoire, frisant l'hystérie collective.

En revanche, tu t'es senti comme un poisson dans l'eau au marché de Ballaro qui regorgeait d'étals à ciel ouvert, de fruits et légumes jetés en vrac, de poissons aux gueules béantes et aux yeux morts, de quartiers de bœuf sanguinolents, de fromages suintants. Des petites vieilles édentées s'égosillaient pour vanter le contenu de leurs cagettes en bois. Sur des grils de fortune flambaient des brochettes de viande, tandis que des marmites installées au beau milieu de la rue dégorgeaient de tripes dégageant des odeurs innommables. Tu raffolais de ces mets qui me donnaient l'envie de vomir. Nous rentrions ensuite dans notre palais, digne de figurer dans le film Le Guépard bien que, dès la première nuit, j'ai failli suffoquer à cause des odeurs pestilentielles et des *remontées d'égouts qui se dégageaient de la salle d'eau, par ailleurs privée d'aération et ouvrant sur une arrière-cour nauséabonde. Tu te délectais de ce qui m'écœurait.*

C'est à Palerme, pourtant, que j'ai trouvé un nouveau sens à ma vie. En visitant les catacombes capucines dans lesquelles sont enfouies quelque trois mille momies alignées le long des murs humides de la crypte. Certaines étaient noircies et tombaient en poussière, d'autres, mieux conservées, étaient criantes de vérité, mises en scène dans leur vie quotidienne, comme si la mort les avait saisies par effraction. Des hommes à tête de mort étaient vêtus de costumes, avec chemises, cravates et chapeaux, les mains croisées sur la poitrine ; une femme, figée dans sa longue robe verte, arborait un sourire simiesque ; des religieux en chasubles, aubes, surplis en dentelles et calottes ou mitres sur la tête étaient suspendus au plafond comme des pantins ; des enfants étaient assis sur des chaises ou allongés dans des berceaux. Ce spectacle lugubre et sinistre m'aurait fait fuir si je n'avais découvert, tout au fond du mausolée, un corps d'enfant reposant dans un cercueil de cristal. Il s'agissait d'une petite fille morte de pneumonie à l'âge de 2 ans, en 1920. Mais elle était si bien préservée qu'elle semblait encore vivante. Elle avait les yeux clos comme si elle dormait profondément. Elle était belle, figée ainsi dans une immortalité apparente. Elle s'appelait Rosalia Lombardo. Ce que j'avais accompli avec des corps vivants par le biais de la chirurgie plastique, un autre l'avait réalisé avec le cadavre d'une fillette. Et le résultat était sublime.

Renseignement pris, l'auteur de cette œuvre était un taxidermiste italien du nom d'Alfredo Salafia. Il avait obtenu l'autorisation d'appliquer ses méthodes aux dépouilles humaines au tout début du XXe siècle. Les résultats s'étaient révélés surprenants. Salafia était parvenu à pratiquer des embaumements permanents à l'image de celui de Rosalia. Le principe résidait dans l'injection dans le corps du défunt, une fois nettoyé et vidé de ses gaz, d'un liquide constitué de formol presque pur mêlé à des produits désinfectants très puissants tels que l'acide salicylique, l'alcool à quatre-vingt-dix pour cent et le sulfate de zinc. Ce cocktail chimique avait pour effet de stopper toute putréfaction provenant de l'intérieur du corps et d'entraîner une pétrification des muscles. L'usage de paraffine et de glycérine permettait en outre d'empêcher un amaigrissement trop important et de conserver au défunt une apparence de vie. La momie ainsi apprêtée était à jamais protégée des bactéries et de la vermine. Mieux qu'un moulage mortuaire, elle était le corps lui-même, sculpté dans sa chair desséchée, et ceci pour l'éternité. D'ailleurs, des études ultérieures réalisées aux rayons X avaient démontré que, outre sa beauté extérieure, les organes internes de la petite Rosalia étaient demeurés dans un état de conservation parfaite. On l'avait surnommée à juste titre la « momie la plus belle du monde ».

De retour en France, je me renseignai sur la thanatopraxie. Je ne pouvais plus exercer la chirurgie plastique sur des êtres vivants, mais je pourrais désormais préserver la beauté des morts. Cette pratique m'avait toujours intriguée. Pourquoi maquillait-on les défunts afin de les doter d'une mine réjouie de bons vivants alors qu'ils allaient d'ici peu être dévorés par les flammes ou les asticots, selon qu'ils seraient crématisés ou enterrés ? Cette coquetterie post mortem *m'avait longtemps semblée ridicule, presque obscène. Cela me rappelait les récits de morts-vivants et de vampires. Lorsqu'on ouvrait leurs cercueils, ils apparaissaient pétant de santé, les joues cramoisies, les lèvres sanguines. C'est à ce teint frais qu'on les distinguait des trépassés véritables ; pour s'en débarrasser, il suffisait de leur enfoncer un pieu dans le cœur. Je considérais que les morts rafistolés au fond de teint avaient des têtes de suceurs de sang. D'ailleurs, certaines religions proscrivent l'embaumement des corps ainsi que la crémation. Sans avoir de convictions religieuses, je me disais que cette pratique contrevenait sans doute à l'ordre naturel des choses, qu'elle ne respectait pas le cycle de la vie et de la mort.*

Mais je réalisai bientôt que la thanatopraxie allait bien plus loin qu'un simple lifting du masque mortuaire. Il s'agissait d'une technique très complexe et délicate, faisant appel à des connaissances en anatomie, chimie et médecine légale assez poussées. Un demi-siècle plus tôt, l'embaumement des morts était d'ailleurs assuré par les seuls médecins, avant qu'il donne lieu à une formation à part entière et ouvre sur un diplôme reconnu par le ministère de la Santé, accessible par un concours à numerus clausus. *Qu'est-ce qui pouvait inciter certains étudiants à choisir cette voie ? Quelle était cette étrange vocation qui les poussait à consacrer le restant de leur vie à tripoter des cadavres dans les odeurs de formol et de viscères en voie de décomposition ? Derrière ce côté macabre se cachait sans doute une forme de défi lancé à la mort. On continuait à mourir, certes, mais proprement, le sourire aux lèvres. Une perversion de cette société cosmétique qui privilégie l'apparence à l'authenticité. Il faut être beau à tout prix, quitte à tricher sur son physique. Les femmes se font refaire les seins, injecter du botox dans le visage et de l'acide hyaluronique sous les paupières tandis qu'on remplit le corps des défunts de formol. Tout cela était lié, en fait. Une façon de placer un voile sur l'inacceptable, la laideur, la vieillesse et la mort. Mais qui était responsable de la toilette et de la préparation du mort avant sa mise en bière ? Comment se pratiquait le travail de thanatopraxie ?*

J'appris que, la plupart du temps, les pompes funèbres déléguaient cette opération à des artisans indépendants qui œuvraient soit dans une chambre funéraire, soit au domicile du défunt. Un travail solitaire, nécessitant l'emploi d'outils spécifiques et de produits chimiques, notamment le formol. Les « soins » duraient entre une heure et demie et deux heures, un peu plus lorsqu'il fallait réparer les marques d'une autopsie ou d'un accident. Un face à face avec la mort qui exigeait de la précision et du sang-froid, mais aussi une forme de détachement par rapport à la vie et une fascination, peut-être une attirance un brin morbide pour la mort. Je me suis alors souvenue d'une série américaine, Six Feet Under, *dont l'action se situait dans une entreprise funéraire. L'acteur qui interprétait le protagoniste principal, Michael C. Hall, avait comme par hasard endossé quelques années plus tard le rôle d'un* serial killer *dans une autre série,* Dexter. *Je ne pus m'empêcher de tisser un lien entre les deux activités, tout comme les deux séries télévisées étaient reliées dans l'imaginaire collectif. Bien entendu, tous les thanatopracteurs n'étaient pas des assassins en puissance. Mais il en suffisait d'un. Le métier demeurait encore confidentiel, entouré de mystères et de tabous. Je décidai donc d'entreprendre une formation qui pour moi fut d'autant plus facile à suivre que j'étais déjà médecin et chirurgien.*

J'en profitai pour étudier et améliorer la composition du liquide mis au point par Alfredo Salafia. Hélas, l'embaumement permanent étant interdit en France, je devais me contenter des rafistolages commandés par les familles aux compagnies de pompes funèbres afin que les dépouilles de leurs chers disparus soient présentables, du moins le temps de la veillée funèbre, jusqu'à la mise en bière. C'était mieux que rien, mais cela ne me suffisait pas. Je voulais faire aussi bien que le taxidermiste italien. Je voulais faire mieux. Je voulais embaumer des corps de femmes pour en faire des statues de chair sur lesquelles le temps n'aurait aucune prise. Je les voulais belles pour l'éternité, telles les déesses de l'Olympe. Heureusement, l'occasion m'en fut bientôt donnée.

21

Quartier général de la PJ, 11 heures

— Reprenons, soupira Éléonore Mancel. Vous avez reçu un appel anonyme au 17 dans la nuit de dimanche à lundi, signalant la présence d'un buste de femme au Palais-Royal. Dès la fin de votre permanence, vous vous êtes rendue sur les lieux. Dans la matinée, vous êtes venue épier notre réunion de service. Hier, vous avez tenté de vous introduire dans le Jardin du Luxembourg où a été découverte une seconde victime. Ce matin, c'est vous qui avez donné l'alerte concernant une troisième victime au Panthéon. Et vous prétendez connaître l'identité du criminel. Alors si vous avez des révélations à faire, c'est le moment. Sinon, sachez que vous pouvez être inculpée d'entrave à l'exercice de la justice, non dénonciation de crime, voire de complicité. En tant qu'élève officier, vous devez connaître les articles du code pénal...

— Depuis le début, j'ai tout fait pour prévenir la police et donner mon témoignage ! Mais personne ne m'a écoutée. Ni le commandant Peretti ni les agents du commissariat du VIe arrondissement ! Vous n'avez qu'à les contacter.

— C'est fait. Aucune plainte ou main courante n'a été enregistrée à votre nom.

— L'officier de police qui m'a reçu m'a bien fait comprendre que cela ne servait à rien !

— Vous remettez en cause les compétences de la police ? C'est étrange pour quelqu'un qui se destine à ce métier.

Eleni était sur des charbons ardents. Elle avait été proprement embarquée comme une suspecte avant de se retrouver enfermée dans ce bureau sans fenêtre avec l'une des collaboratrices du commandant Peretti qui visiblement cherchait à la faire craquer. Elle avait bien du mal à garder les idées claires. Toutes ses réponses ou ses justifications étaient prises à contre-pied et elle était interrompue dès qu'elle commençait à s'expliquer en détails.

— Je ne remets en cause les compétences de personne... Et puis j'ai des raisons de penser que le criminel veut attenter à ma vie. Je vous ai déjà tout expliqué.

Éléonore relut ses notes.

— Vous accusez en effet un artiste réputé d'être l'auteur de ces crimes. Vous prétendez qu'il aurait commandité un viol dont vous auriez été la victime à Athènes il y a trois ans, mais aucune plainte n'a été enregistrée à l'époque par les autorités grecques.

— Ils n'ont pas voulu me croire ! C'est d'ailleurs la raison pour laquelle j'ai décidé de revenir en France. Je ne me sentais plus en sécurité dans ce pays. Vous pouvez me comprendre, non ?

Éléonore lui jeta un regard en dessous.

— Décidément, vous avez du mal à vous faire entendre. Peut-être parce que ce que vous affirmez est... disons... peu crédible ?

— Dites tout de suite que je suis folle !

— Je ne suis pas psychiatre, mais policière, répliqua Éléonore Mancel d'un ton sec. Je suis prête à vous écouter, cependant, quelles preuves matérielles avez-vous pour étayer vos différentes affirmations ? Y a-t-il quelqu'un d'autre qui pourrait corroborer votre témoignage ?

Eleni hésita. Jusqu'à présent, elle n'avait pas cité le nom d'Emma Bell. Cette dernière était suffisamment effrayée comme ça. Elle tenait à lui parler avant qu'elle reçoive une visite des flics. Dans l'état de panique dans lequel elle se trouvait, elle risquerait de réagir de façon inconsidérée. Pourtant, Emma était le chaînon qui permettrait de remonter jusqu'à Pablo Zaragoza. En revanche, elle pouvait évoquer l'existence du groupe de soutien. Elle avait déjà souhaité le faire la veille, au commissariat. Mieux valait tard que jamais.

— Les trois victimes et moi appartenons au même groupe de soutien psychologique pour les femmes ayant des problèmes avec leur féminité ou leur maternité. Alma-Mater. Nous nous réunissons tous les lundis soirs à 19 h 30 dans un local de la rue François-Miron. La thérapeute qui nous assiste s'appelle Martha Apfelbaum. Son cabinet se trouve à la Goutte d'Or.

Éléonore Mancel nota scrupuleusement ces informations. Elle vérifierait tout ça, bien sûr, mais son opinion était déjà faite : cette Eleni Kokino était psychologiquement dérangée. Même si elle n'était pas psy, comme elle venait de l'admettre, elle n'avait pas besoin d'étudier Freud pour conclure que la femme qui se trouvait devant elle avait certainement une propension à la mythomanie et à la paranoïa. La raison en était peut-être le choc éprouvé à la suite de son viol – si ledit viol était bien réel, évidemment, et non un fantasme. En tout cas, rien de ce que cette fille avançait ne pouvait être pris au sérieux. Certes, on pouvait s'étonner qu'elle ait découvert ce matin la troisième victime au Panthéon, mais sans doute s'agissait-il d'une coïncidence. Par acquis de conscience, elle poursuivit néanmoins l'interrogatoire :

— Cette troisième victime, vous la connaissiez elle aussi ?

— Bien sûr ! Elle s'appelait Giovanna Malfizia. Lundi soir, elle assistait à la réunion.

— Elle paraissait perturbée ? Inquiète ? Pensait-elle qu'on en voulait à ses jours ?

— Giovanna ? Ah, non, alors ! Ce n'était pas son genre ! Elle était toujours gaie, pleine de vie... Assez portée sur les hommes, si vous voyez ce que je veux dire.

— Et la dernière fois que vous l'avez vue ? En vie, je veux dire...

— C'était à la sortie de la séance avec notre groupe de soutien, lundi, un peu avant 22 heures. Elle a invité quelques-unes des sœurs à l'accompagner au *Lounge Bar*, un café branché dans le quartier des Halles.

— Les sœurs ? Quelles sœurs ?

— C'est ainsi que nous nous appelons entre nous. Une façon de souder notre groupe de femmes. C'est une idée de Martha.

Éléonore eut un geste d'agacement. Elle avait toujours détesté ces mouvements pseudo psychologiques ou spirituels, qui s'apparentaient pour elle aux sectes et au grand bazar de la culture New Age. Des attrapes-gogos.

— Vous les avez accompagnées ?

— Non. Je devais être à minuit à la préfecture pour ma permanence de nuit.

— C'est tout à côté. Qu'avez-vous fait entre 22 heures et minuit ?

Eleni se sentit coincée. Elle avait passé près de deux heures en compagnie d'Emma qui lui avait révélé l'existence de Pablo. C'était le moment où jamais d'en parler. Mais dans ce cas, on lui reprocherait de ne pas l'avoir fait plus tôt. Et elle devrait également évoquer sa visite chez Emma, ainsi que la découverte des sanguines démontrant clairement que Pablo Zaragoza avait non seulement commis, mais prémédité ses meurtres. Elle s'était beaucoup trop impliquée dans toute cette affaire. Plus elle fournissait d'informations et moins on la croyait. Un nouvel aveu de sa part ne ferait que brouiller encore plus les pistes. Elle avait parlé du groupe de soutien, à présent, les flics n'avaient qu'à faire leur boulot. Elle leur avait suffisamment préparé le terrain.

— J'ai bu un café frappé dans un bar du quai de l'Hôtel-de-Ville, répondit-elle.

C'était la vérité. Enfin, une partie de la vérité puisqu'elle s'y était rendue avec Emma. Mais Éléonore Mancel parut satisfaite et n'insista pas. Pour elle, il n'y avait plus rien à tirer de cette Eleni Kokino. Elle n'avait pas non plus de raisons suffisantes pour la garder plus longtemps.

— Vous pouvez y aller, conclut-elle, résignée. Mais vous connaissez la formule : vous devez rester à la disposition de la police.

Eleni se dressa. Une fois de plus, elle ne devrait compter que sur elle-même.

L'une des entreprises de pompes funèbres avec laquelle je collaborais m'avait confiée la dépouille d'une jeune femme décédée dans un accident de la route. Elle était enceinte de sept mois et avait perdu à la fois son bébé et la vie. Tu peux comprendre à quel point j'étais troublée et émue par ce drame après ce que j'avais moi-même vécu. C'était comme un miroir tendu vers moi.

Je me rendis dans la chambre funéraire et contemplai un long moment cette pauvre femme sacrifiée. Elle avait dû être belle avant que son visage soit défiguré et ses membres tordus et amputés par les éclats du pare-brise et de la carrosserie. Le fœtus qu'elle portait avait été éjecté après la mort et gisait à côté, recroquevillé sur lui-même, laid et difforme. Je décidai de rendre leur beauté à ces cadavres monstrueux, songeant à l'exposition que tu avais faite sur le thème des accidents de la route, justement, inspiré par Crash *de Ballard. Tu n'avais pas hésité à briser les statues nées de mes mains pour satisfaire tes pulsions malsaines et donner naissance à tes concepts artistiques dégénérés. J'avais enfin l'occasion de prendre ma revanche. D'accomplir le chemin inverse du tien. De transformer l'accident en création. La mort en immortalité. Car je ne voulais pas me contenter de redonner à cette femme et à son enfant leur beauté perdue ; je désirais aussi que cette beauté soit permanente. Je mis alors en pratique la technique d'Alfredo Salafia que j'avais eu le temps d'améliorer. Je passai une partie de la nuit à statufier ces dépouilles mortelles, à les diviniser en quelque sorte. Le résultat combla mes attentes les plus ambitieuses. La jeune accidentée semblait avoir recouvré la vie et son fœtus avorté ne demandait qu'à naître. Je me suis sentie emplie de joie et de fierté, des sentiments semblables à ceux qu'a pu éprouver le demiurge qui a eu un jour l'idée de créer l'être humain. Mais l'homme est mortel, tandis que mon œuvre de chair ne connaîtrait jamais la corruption.*

Pourtant, ce corps que j'avais sauvé de l'anéantissement allait finir dans un cercueil et être enterré six pieds sous terre. Je ne pouvais me résoudre à pareil sort. Alors j'ai pris une initiative qui a eu par la suite une grande influence dans l'élaboration de mon grand œuvre. Les cercueils doivent obligatoirement être scellés par un officier de police avant l'inhumation. Ils demeurent ensuite sans surveillance jusqu'à ce que le véhicule des pompes funèbres vienne les chercher pour les conduire au cimetière, après une étape éventuelle à l'église. Je mis à profit ce laps de temps pour briser les scellés, retirer la dépouille de la défunte ainsi que celle de son enfant, que j'ai cachées dans le coffre de ma voiture. J'ai ensuite rempli le cercueil de pierres afin qu'il ne paraisse pas trop léger, puis j'ai rafistolé les scellés du mieux que j'ai pu. Je prenais un gros risque, évidemment, mais ça en valait la peine. Personne ne s'aperçut de la supercherie. Et c'est un cercueil vide qui fut inhumé ce jour-là. Quant au corps de la belle morte et celui de son enfant, je les ai accueillis dans notre maison de la rue des Thermopyles. Seule la mère est toujours là car la nuit dernière j'ai déposé l'enfant contre le sein de Giovanna après l'avoir à son tour immortalisée. Elle n'était pas enceinte malgré ses multiples aventures sexuelles d'un soir, or c'est toujours la femme féconde, grosse de son fruit à venir que je tiens à immortaliser. La Grande Mère des origines. L'Alma Mater chère à Martha. À la fois déesse, vierge et mère.

22

Bar des Batignolles, midi

— Bon, on doit bosser sur le profil de la troisième victime, déclara le commandant. Qui commence ?

Il avait donné rendez-vous comme chaque jour à son groupe d'enquête dans l'arrière-salle du bar des Batignolles. La première salle étant vide, ils s'étaient attablés et avaient commandé le plat du jour. Une langue de bœuf sauce piquante. Avec un Bourgueil rouge pour l'accompagner.

Maurice Cavalier posa sa fourchette, s'essuya les mains dans sa serviette en coton rouge et blanche et ouvrit un dossier.

— Giovanna Malfizia, 33 ans, de nationalité italienne, interprète à l'Unesco.

— On l'a identifiée comment ? s'enquit Nicolas Béthune, la bouche pleine.

— On a balancé sa photo dans les médias. De toute façon, il y a toujours des petits malins qui se débrouillent pour prendre des photos qu'ils postent aussitôt sur les réseaux sociaux. Alors, autant prendre l'initiative. Une flopée d'anciens amants l'ont instantanément reconnue. Elle était assez portée sur les mecs, d'après les premiers témoignages. Il faut dire qu'elle était plutôt canon. Même sans bras et sans jambes.

— Le genre Vénus de Milo doit plaire à certains, ajouta René Chafouin en se resservant à boire. Bien que ce ne soit pas très pratique dans certaines positions...

— Ce n'est pas vraiment le moment de faire rigoler la galerie, le reprit Peretti. Continue, Maurice...

— Elle n'était pas enceinte, contrairement aux deux premières victimes. Le fœtus qui se trouvait dans ses bras n'était pas le sien.

— Oui, c'est ce que m'a dit le légiste ce matin. En tout cas, la thèse mythologique se confirme. Irma, tu as avancé là-dessus ?

La jeune femme s'était contentée d'une salade, n'appréciant que modérément les abats. Elle se tamponna les lèvres avant de répondre.

— Affirmatif. Je me suis tapée des recherches sur Google qui m'ont permis de trouver des liens intéressants. Commençons par Athéna Parthénos, la statue du Palais-Royal, une déesse vierge et guerrière comme le sont d'ailleurs les Amazones. Parthénos signifie « vierge », en grec.

— Pourquoi avoir choisi une femme enceinte, dans ce cas ? s'enquit Peretti.

— Athéna était vierge, mais les Grecs l'appelaient « mère » car elle était considérée comme une déesse protectrice. On a le même cas avec Artémis, vierge elle aussi, et pourtant curieusement invoquée par les parturientes pour avoir un accouchement sans douleur. Les Parques lui avaient assigné le rôle de déesse protectrice des naissances. Avec Athéna et Artémis, nous avons affaire à deux déesses vierges, indépendantes puisque non mariées, toutes deux armées, donc prêtes à se défendre ou à attaquer, protectrices des femmes enceintes et de la féminité en général.

— Pas mal, concéda Peretti. Il y a un lien avec celle d'aujourd'hui ?

— Avec Isis ? Eh bien oui, figure-toi. Jusque dans les premiers siècles de l'Église, elle était représentée avec son fils Horus dans les bras, c'est pourquoi on l'a assimilée à la Vierge Marie avec l'enfant Jésus.

— Encore une vierge mère, fit remarquer Gaëtan Maure qui sauçait le fond de son assiette avec un morceau de pain. Comme quoi les chrétiens n'ont rien inventé...

— Sauf qu'Isis n'a pas conçu Horus avec le Saint Esprit, le reprit Irma Valence, mais avec la momie de son époux Osiris !

— Une déesse nécrophile ? C'est dégoûtant, s'insurgea René Chafouin en réprimant un rôt.

— Le légiste a justement évoqué les momies égyptiennes ce matin, reprit Peretti. Le criminel pourrait être un thanatopracteur, ou être en relation avec l'un d'entre eux. René, je comptais justement te confier la mission d'aller investiguer dans ce petit monde des maquilleurs de cadavres.

— Trop aimable, grogna Chafouin avant d'avaler son verre en trois coups de glotte.

— Léo, tu as interrogé Kokino ? Qu'est-ce que ça a donné ?

— Elle m'a l'air pas mal dérangée. Mais elle m'a fourni une piste intéressante. Les trois victimes et elle-même font partie d'une sorte de groupe de soutien psychologique pour nanas perturbées. Alma-Mater, ça s'appelle.

— « La Grande Mère », en latin, releva Irma Valence. Ça rejoint le profil des déesses vierges et mères et des Amazones. On tient un truc, là.

— On le trouve où, ce groupe ? insista Peretti.

— Rue François-Miron, dans un local où il se réunit chaque lundi soir. J'ai le nom de la thérapeute qui anime les séances : Martha Apfelbaum. Son cabinet se trouve à la Goutte d'Or.

— Bon, on va suivre cette piste. Léo, tu fonces chez cette Martha et tu lui tires les vers du nez. Et Kokino, elle est toujours à la PJ ?

Éléonore Mancel prit un air embarrassé.

— Euh... Non. Je l'ai laissée repartir. On n'avait rien de sérieux contre elle. Je te l'ai dit, elle m'a eu l'air plus paumée que dangereuse...

Antoine Peretti faisait visiblement la gueule. Encore plus que d'habitude, ce qui n'était pas peu dire. Ses maxillaires faisaient du yoyo dans le bas de son visage comme s'il s'apprêtait à mordre quelqu'un.

— Nos trois victimes se retrouvaient donc chaque semaine dans un groupe de soutien et toutes trois ont été assassinées selon un mode opératoire qui rappelle les statues de déesses et l'Antiquité grecque et égyptienne. Une quatrième femme, qui fréquente le même groupe, se trouve comme par hasard présente à chaque fois dans les lieux où sont découverts les corps. Qu'est-ce que tu en tires comme hypothèse, Léo ?

Éléonore était de plus en plus embarrassée. Elle sentait qu'elle avait fait une connerie en laissant partir Eleni. Elle répondit la première chose qui lui passa par la tête :

— Qu'elle pourrait être menacée elle aussi. Elle m'a dit qu'elle craignait d'être la prochaine victime.

— Tu n'as pas pensé au fait que si toutes les victimes font partie du même groupe l'assassin a de fortes chances d'en faire partie aussi ? Auquel cas, Eleni Kokino peut être aussi...

— ... la suspecte numéro un !

— Je ne te le fais pas dire ! On se met tous là-dessus, lâcha Peretti en faisant signe à Gus de préparer l'addition. René y compris. Les maquilleurs de macchabées attendront. Il faut trouver cette Martha Apfelbaum et contrôler les faits et gestes de toutes les femmes qui fréquentent son groupe.

Il respira un grand coup avant d'achever :

— Et il faut coincer Eleni Kokino le plus vite possible et la placer en garde à vue. Je n'ai pas envie d'avoir une quatrième statue de chair demain matin pour mon petit déjeuner.

23

Quais de Seine, 13 heures

Peretti ne décolérait pas. Parce qu'il était coincé dans les embouteillages sur le quai François-Mitterrand, juste avant la jonction avec le Pont Neuf, mais aussi et surtout parce qu'il s'était fait rouler dans la farine depuis le début. Et il détestait ça. Pourtant, tous les indices étaient là pour éveiller sa méfiance. Il les visionna les uns après les autres sur l'écran de sa mémoire pour tenter de leur donner un sens.

Eleni Kokino avait *comme par hasard* reçu un appel anonyme lui signalant la découverte du premier buste de chair. Elle venait tout juste de prendre sa permanence de nuit. Rien ne l'empêchait cependant de livrer son colis macabre au Palais-Royal avant de se rendre à la préfecture comme si de rien n'était. Bien sûr, l'appel avait été enregistré. Mais il pouvait avoir été passé par un complice. Dès la fin de sa permanence téléphonique – qui était pour elle le meilleur des alibis – elle s'était précipitée sur les lieux *avant* lui, évidemment, et elle avait spontanément reconnu Athéna, les Amazones et la double hache du labrys. Peretti l'avait crue puisque de son propre aveu elle avait été guide touristique en Grèce. Mais cela pouvait être tout simplement parce qu'elle-même était l'auteur de ce crime ! De plus, elle connaissait forcément la victime Peggy Rivière puisqu'elle fréquentait le même groupe de soutien. Or, elle s'était bien gardée de le lui dire, ce qui pourtant aurait considérablement fait avancer l'enquête. Si elle s'était tue, c'était bien la preuve qu'elle avait quelque chose à se reprocher.

Ensuite, elle l'avait suivi jusqu'au bar des Batignolles et espionné la réunion du groupe d'enquête. Pourquoi ? Pour savoir vers quelles pistes allaient s'orienter les policiers et les prendre de court pour interroger le gynécologue et le chirurgien esthétique de Peggy Rivière avant eux ? Car il s'agissait bien de sa part d'une manœuvre de diversion : elle avait grillé les enquêtrices.

Le lundi soir, elle avait assisté à ce fameux groupe de soutien et choisi parmi les femmes présentes sa future victime, Charlotte Balmoral, retrouvée le matin suivant dans le Jardin du Luxembourg. Là encore, elle avait un alibi en béton. D'après ce qu'elle a dit à Éléonore, elle avait passé une seconde nuit de permanence à la préfecture, entre minuit et 6 heures du matin. Mais la réunion s'était terminée avant 22 heures. Il y avait donc un écart d'un peu plus de deux heures qu'elle avait soi-disant passé devant un café frappé dans un bar des quais de Seine. Bon, il fallait bien avouer que c'était un peu court pour capturer l'étudiante, la vider de son sang, la couper en morceau, en faire une statue d'Artémis et aller la déposer devant le

Sénat en pleine nuit alors que les grilles étaient fermées. Là encore, elle avait dû se reposer sur des complices. Une chose était sûre, dès le lendemain matin, elle avait de nouveau cherché à s'immiscer dans l'enquête. Et une fois de plus, *comme par hasard* elle avait « deviné » qu'il s'agissait d'une réplique de la statue d'Artémis alors que rien n'avait filtré à ce sujet.

Quant à l'affaire du Panthéon, alors là, c'était le pompon ! Elle avait prétendu avoir fait un rêve. Tu parles ! En réalité, comme la plupart des tueurs en série, elle avait pris de l'assurance après les deux premiers meurtres. Et elle avait eu toute la nuit pour assassiner Giovanna Malfizia, la sculpter en statue d'Isis et la déposer devant le Panthéon fermé avant d'appeler la police.

Mais pourquoi attirer ainsi l'attention si c'était bien elle la coupable ? Probablement parce qu'elle était fière de ses crimes et qu'elle voulait être admirée pour les avoir commis ! Les tueurs en série adorent narguer la police, c'est bien connu. Ils poussent chaque fois le bouchon un peu plus loin, au risque de se voir démasqués. Leur confiance en eux-mêmes est telle qu'ils se croient hors d'atteinte. Eleni, elle, a joui de ce sentiment de supériorité à l'égard de ces « imbéciles » de policiers... jusqu'à l'interrogatoire avec Léo, quand elle a enfin donné l'information-clé qui leur manquait depuis le départ : tous ces meurtres visaient exclusivement les femmes fréquentant le groupe de soutien. Mais pourquoi délivrer un tel message ? Cette révélation ne pouvait que mettre la police sur sa piste. Par excès de confiance, sans doute ! Cette fille était détraquée, Léo avait raison sur ce point.

Et elle n'hésitait pas à tuer des femmes qu'elle connaissait parfaitement pour assouvir son désir de toute-puissance !

Peretti s'en voulait de l'avoir comparée à Sandra Lutétia. Il avait tout fait pour l'écarter de l'enquête afin qu'elle ne connaisse pas le même sort que son ex-collègue. Lui qui pensait être à l'abri des émotions, il s'était laissé avoir par un joli minois qui respirait l'innocence et la naïveté. Bien sûr, Eleni l'avait énervé à cause de son acharnement à se mêler de ce qui ne la regardait pas. Mais derrière son agacement se cachait un sentiment plus diffus, l'espoir de racheter la faute qu'il avait commise avec Sandra. Il s'était laissé aveugler par sa culpabilité et avait manqué de discernement. S'il avait raisonné à froid, comme il le faisait d'ordinaire, il aurait certainement pris en compte les incohérences dans le comportement de la jeune policière et établi entre elles un fil rouge. Car ce qui passait pour des actions inconséquentes et des comportements erratiques était en réalité motivé par une logique absurde, mais implacable : celle d'une tueuse en série calculatrice et dépourvue de toute empathie, qui ira jusqu'au bout de sa folie criminelle en narguant les forces de l'ordre.

Le problème était qu'il n'avait pas assez de preuves matérielles pour obtenir un mandat de perquisition auprès du juge. De plus, s'agissant d'une enquête préliminaire, il lui faudrait obtenir l'accord d'Eleni Kokino qui, si elle était coupable, n'allait certainement pas accepter que les flics aillent fouiner chez elle. Les perquises ne pouvant avoir lieu qu'entre 6 heures et 21 heures, elle se débrouillerait pour se débarrasser de tous les documents compromettants en sa possession durant la nuit. De plus, toutes ces procédures étaient compliquées et trop longues à mettre en place, et Peretti était pris par le temps.

Il avait donc décidé de passer outre et de s'introduire par effraction au domicile de la jeune femme. Il était dans l'illégalité la plus totale, et ce qu'il pourrait éventuellement découvrir ne serait en aucun cas considéré comme preuve par un juge. Mais au moins, il serait à même de vérifier ses intuitions. Évidemment, il se doutait bien que la tueuse n'écorchait pas ses victimes dans sa chambre de bonne. Elle devait avoir accès à un autre local, mais peut-être trouverait-il chez elle des factures, un répertoire, n'importe quoi qui pourrait l'aider à la confondre.

Il se gara devant le square Saint-Médard et remonta à pied le bas de la rue Mouffetard avec ses maraîchers, ses fleuristes et ses marchands de fromage. Il n'avait plus remis les pieds depuis une éternité dans ce quartier jadis mal famé et à présent fréquenté uniquement par les bobos. Il se souvenait d'un bistrot resté dans son jus situé à l'angle de la rue Daubenton, *Le Papillon*. Le patron y servait un excellent sancerre blanc que l'on dégustait accoudé au zinc en compagnie des habitués du quartier. Le lieu avait été remplacé par un restaurant japonais. Comme s'il n'y en avait pas assez comme ça à Paris ! Bientôt, la cuisine de ménage, tête de veau ravigote ou bœuf carottes, passerait pour le comble de l'exotisme. Les restaus chinois, japonais, indiens, mexicains ou italiens étaient devenus la norme en matière de gastronomie, sans oublier les vendeurs de kebab-frites. Peretti eut une pensée pour Gus, son bistrotier des Batignolles. Combien de temps tiendrait-il encore le coup devant le rouleau compresseur de la boboïtude ?

Si on l'écoutait, il faudrait classer ces établissements injustement tombés en désuétude au titre des monuments historiques. Mais personne ne lui demandait son avis.

Il tourna sur la gauche dans la petite rue de l'Arbalète. Il longea un bar à chicha égyptien, une officine de tatouages gothiques, un atelier d'encadrement à vendre – certainement remplacé prochainement par un opticien, une boutique de cigarettes électroniques ou un vendeur de téléphonie –, un café à la devanture entièrement taguée, le summum de l'art contemporain, avant d'atteindre l'immeuble où logeait Eleni Kokino.

Il n'y avait pas d'interphone, mais un boîtier pourvu d'un digicode. Peretti sortit de sa poche son passe universel *Vigik*, celui utilisé par les facteurs et les employés d'EDF. La porte s'ouvrit aussitôt. Le commandant pénétra dans le couloir qui ouvrait sur une cour intérieure. Il vérifia que le vélo d'Eleni ne s'y trouvait pas puis emprunta l'escalier. Cinquième étage sans ascenseur, sous les combles. Il avait cessé de faire du sport depuis longtemps et à force de brûler la chandelle par les deux bouts, il était vite à bout de souffle. Il parvint au dernier étage hors d'haleine et en sueur. La canicule s'était installée dans la capitale et la chaleur se faisait particulièrement ressentir sous les toits. Plusieurs chambres de bonne étaient alignées les unes à côté des autres. Celle qu'occupait Eleni portait le numéro 13. Il attendit quelques minutes, le temps de retrouver sa respiration et de s'assurer qu'aucun bruit ou signe de vie ne provenait de cet étage. Pour ce qu'il s'apprêtait à faire, il devait se montrer discret.

Il inspecta la serrure, un modèle banal à clé plate, sans autre verrou. Ce serait un jeu d'enfant de la forcer. Peretti avait apporté tout le matériel nécessaire : une petite bombe de lubrifiant au graphite pour humidifier le barillet et un kit de crochetage avec clés de tension et crochets que l'on trouvait facilement dans le commerce. Dans les films, les cambrioleurs utilisent la bonne vieille méthode de l'épingle à cheveux ou du trombone, mais la technologie avait évolué. Sur Internet, on trouvait même des tutoriels indiquant la meilleure façon de forcer une serrure en moins de trois minutes. Pratique pour celui qui a perdu ses clés et veut éviter de passer par un serrurier pour rentrer chez lui, un jeu d'enfant pour un cambrioleur ou un intrus. Ni vu ni connu.

En moins d'une minute à peine, le commandant fut à l'intérieur.

La pièce était minuscule. Elle ne devait pas dépasser neuf mètres carrés, la surface réglementaire en-dessous de laquelle un logement est considéré comme inhabitable. Juste la place d'un lit d'une personne, d'une table, d'une chaise, d'un fauteuil et d'un portant sur lequel étaient suspendus des vêtements. À terre, des classeurs étaient soigneusement rangés. Le commandant les prit un par un pour en inspecter rapidement le contenu. Rien d'intéressant. De la paperasse administrative, des avis d'imposition, des cours polycopiés et des notes prises à l'École de police. Restait l'ordinateur portable qui trônait sur la table. L'inspecteur le brancha et attendit que l'écran s'allume. Bien entendu, il était verrouillé par un mot de passe. Mais là encore, les astuces pour contourner ces prétendues mesures de sécurité foisonnaient. Peretti choisit la plus simple. Il redémarra le PC en appuyant sur la touche F8 au démarrage du système puis sélectionna le mode « sans échec ». L'écran afficha alors deux icônes : *admin* et *user*. Peretti cliqua sur la fonction « administrateur » qui lui donna l'accès à l'ensemble du contenu de l'ordi. Il se brancha sur le navigateur Google Chrome et inspecta l'historique des sites visités par Eleni : des recherches Wikipédia sur le labrys, Athéna Parthénos, les Amazones et la mythologie ancienne. Il passa brièvement sur l'agenda en ligne Doodle. Bon, jusque-là, c'était cohérent. Pas de VPN ni de logiciel Onion, porte d'entrée vers le *Dark Web*. Pas de consultation de sites illégaux non plus. *A priori*, Eleni était sage comme une image. À moins qu'elle ait pris le soin d'effacer ses traces en ne conservant que l'historique le moins compromettant.

Peretti finit par activer le traitement de texte Open Office afin d'ouvrir les textes archivés. Le titre de l'un d'entre eux attira immédiatement son attention : Alma-Mater. Le nom du groupe de soutien fréquenté par Eleni et les trois victimes. Il ouvrit le document et réprima un juron. Il s'agissait d'une liste de treize noms classés par ordre alphabétique, accompagnés d'adresses postales et électroniques et de numéros de téléphone. La liste des femmes inscrites au groupe de soutien Alma-Mater.

Martha Apfelbaum
Charlotte Balmoral
Emma Bell
Marie de Bussy

Antoinette Della Pinta
Stéphanie Eryer
Greta Grüber
Yasmina Khaled
Eleni Kokino
Giovanna Malfizia
Peggy Rivière
Rolande Roubier
Véronika Wilson

Les noms des trois victimes statufiées, Peggy Rivière, Charlotte Balmoral et Giovanna Malfizia étaient barrés. Comment, et surtout pourquoi Eleni Kokino s'était-elle procurée cette liste ? Il savait que ce groupe de soutien était fondé sur l'anonymat de celles qui le fréquentaient, sur le modèle des Alcooliques Anonymes et autres associations du même genre. En collectant ainsi les coordonnées de ses « sœurs », selon l'expression qu'elle avait utilisée lors de son interrogatoire conduit par Léo, Eleni Kokino n'avait qu'une idée derrière la tête : les enlever les unes après les autres avant de les sacrifier. Les trois noms barrés en étaient la preuve.

24

Quartier du Marais, 14 heures

En sortant du Bastion, Eleni hésita à repasser rue de l'Arbalète. Elle préféra rouler jusqu'au quartier du Marais où elle choisit un café équipé de la Wifi en libre accès. Il n'y avait que l'embarras du choix. La plupart des bars du quartier, fréquentés par une clientèle jeune et la communauté LGBT, proposait ce service, à égalité avec la carafe d'eau fraîche et les toilettes diffusant de la musique douce, au point que ceux qui en étaient dépourvus étaient considérés comme ringards et boudés par la nouvelle *gentry* parisienne.

Elle s'installa en terrasse et commanda un double expresso – il lui fallait bien ça pour ne pas piquer du nez –, sortit son Smartphone de son sac et lança une recherche sur Pablo Zaragoza. Après tout, elle ne connaissait de lui que ce que lui en avait dit Emma Bell. Elle lui faisait confiance, mais elle avait besoin d'approfondir le sujet par elle-même. L'artiste bénéficiait d'une page Wikipédia assez peu fournie, rappelant simplement à grands traits la carrière en dents de scie du maître dont le succès était essentiellement lié à ses œuvres provocatrices. Aucune photo de Pablo, mais quelques clichés centrés sur les émeutes provoquées par ses expositions. Les mouvements vegans et antispécistes semblaient les plus virulents, n'hésitant pas à répondre à la violence de ses installations par des réactions d'une violence comparable. Les aspects purement esthétiques et artistiques n'étaient pas évoqués, comme si la renommée de Pablo Zaragoza se résumait aux scandales qu'il suscitait. Sa biographie était également réduite au minimum. Il était simplement précisé qu'il était né en Argentine et vivait depuis longtemps à Paris. Nulle part il était question de l'accident de voiture signalé par Emma et qui l'obligeait à se déplacer en chaise roulante. L'homme savait s'entourer de mystère.

Eleni quitta la page Wiki et relança une recherche ciblée sur les galeries dans lesquelles étaient exposées les œuvres du sculpteur. À sa grande surprise, elle n'en trouva aucune. En consultant des forums d'art contemporain, elle réalisa que l'artiste n'exposait ses œuvres que dans des squats ou des lieux improbables choisis à la dernière minute, dont les adresses n'étaient dévoilées qu'auprès d'amateurs triés sur le volet qui se précipitaient pour tenter d'acquérir à prix d'or une toile déchirée ou une sculpture en ferraille maculée de sang. Le snobisme allait vraiment se loger n'importe où. Pablo Zaragoza s'était visiblement créé une légende d'artiste maudit. Son génie était tellement immense qu'il était incompris de ses contemporains et choquait le bourgeois. Seuls les vrais connaisseurs étaient capables d'apprécier son travail et de le récompenser à sa juste valeur. C'est pourquoi il se faisait rare, cultivant un secret qui, paradoxalement, alimentait sa publicité. Dans ces conditions, ce ne serait guère facile de le localiser et encore moins de l'approcher.

Eleni allait abandonner sa quête, quand elle s'attarda sur l'un des forums consacré à l'artiste fantôme. En cliquant sur l'onglet « Actualité », elle nota qu'une exposition sauvage d'œuvres récentes de Pablo Zaragoza était prévue le soir même. Pour connaître le lieu où allait se dérouler l'expo, il fallait se connecter sur l'application de partage de photos et vidéos Snapchat et demander en amitié un certain PabZar – contraction de Pablo Zaragoza. À 18 heures très précises, PabZar adresserait un message instantané à l'ensemble de ses contacts grâce à l'application Snap Map qui localiserait l'adresse de l'expo. Ce message ne serait disponible qu'une minute avant d'être effacé définitivement. La jeune femme ne put s'empêcher de sourire. Elle avait l'impression de se trouver dans un roman d'espionnage ou dans *Mission impossible* : « Monsieur Phelps, votre mission, si toutefois vous l'acceptez, consiste à... Cette bande s'autodétruira dans cinq secondes. Bonne chance. »

Eleni savait à quoi elle allait occuper sa soirée, même si la perspective de se retrouver nez-à-nez avec son tortionnaire d'Athènes ne l'enchantait guère, mais c'était le seul moyen de mettre enfin la main sur lui. Cette fois, cependant, elle serait armée.

25

Quartier Mouffetard, 14 h 15

— Léo ? C'est Peretti. Tu as quelque chose du côté du gourou d'Alma-Mater ?

— Son cabinet est un véritable taudis et ses patientes plutôt du genre tiers-monde ou cassos. Pas vraiment le genre à se payer une psy. Soit Martha Apfelbaum est une nouvelle mère Teresa et fait son job par pur altruisme, soit c'est une couverture pour dissimuler un trafic.

— Tu penses à quoi ?

— Faux papiers, fausses attestations de domicile ou de travail pour les sans-papiers, planques pour les réseaux islamistes radicalisés, est-ce que je sais, moi ? On met la cellule antiterroriste sur le coup ?

— Pas le temps. Et puis c'est pas nos oignons. Elle t'a filé la liste des « sœurs » ?

— Elle s'est réfugiée derrière l'anonymat, affirmant ne connaître que leurs prénoms et leurs avatars sur Doodle. Mais elle m'a dit qu'hier, elle a reçu la visite d'Eleni Kokino qui lui a aussi réclamé cette liste, qu'elle n'a évidemment pas pu lui remettre. Apparemment, elle voulait prévenir les autres sœurs du danger qu'elles courraient.

Peretti étouffa un ricanement.

— Elle est gonflée, la garce ! Figure-toi que cette liste figure sur son ordi, avec les adresses et les 06 de chaque nana. J'ai fait une capture d'écran avec mon Smartphone. Je l'envoie par Whatsapp à l'équipe. On va trouver ces femmes, les interroger et leur demander de faire gaffe à elles. Priorité absolue.

— Attends une minute... Tu as consulté le PC de Kokino ? Tu es allé chez elle sans mandat ?

— Ça reste entre nous, Léo. On n'a plus le temps de faire dans la dentelle. Bon, si on retire les trois mortes, Martha Apfelbaum et Eleni Kokino, il nous reste huit femmes. Tu contactes tout le monde et vous vous partagez les visites.

— Et toi ?

— Je me réserve Kokino. Je veux à tout prix la serrer d'ici à ce soir.

Le commandant Peretti interrompit la communication, adressa la liste du groupe de soutien d'Alma-Mater à son équipe, remonta dans sa voiture de fonction et mit le cap sur la préfecture de police. Il allait avoir une explication avec les collègues de la jeune femme et avec sa hiérarchie. S'ils avaient perçu quelque chose d'anormal dans son comportement, notamment ces derniers jours, cela l'aiderait peut-être à mieux comprendre les motivations de cette fille. Depuis l'affaire d'octobre 2019, où un agent du renseignement de la préfecture de police radicalisé avait égorgé quatre de ses collègues avec un couteau de cuisine, la vigilance avait été renforcée, non seulement sur les méthodes de recrutement, mais également sur le fonctionnement en interne. Eleni Kokino savait bien cacher son jeu mais elle devait avoir des failles. Forcément. Tout le monde fait des erreurs. Il suffit de les repérer et de s'y engouffrer.

Quartier de la Goutte d'Or, 14 h 20

Éléonore Mancel entendit un bip résonner sur son téléphone. Un message de Peretti qui lui envoyait la liste des membres du groupe Alma-Mater. Comment Kokino se l'était-elle procurée alors même que Martha Apfelbaum n'en avait pas connaissance ? Elle commençait à partager les suspicions de son chef à l'égard de la jeune policière. Si elle n'était pas la criminelle, elle était au moins complice. Elle lui avait clairement dissimulé des choses essentielles lorsqu'elle l'avait interrogée. Si elle n'avait été qu'une victime comme une autre et s'était réellement sentie menacée, elle se serait confiée d'elle-même, et ceci dès le premier jour. Prévoyait-elle une nouvelle mise à mort ? Si tel était le cas, il fallait agir le plus vite possible.

Elle passa un rapide coup de fil aux autres membres de l'équipe afin qu'ils puissent se répartir les femmes à contrôler. Pour sa part, elle choisit d'aller chez Emma Bell. Elle logeait rue des Thermopyles, dans le XIVᵉ arrondissement.

Rue des Thermopyles, 15 heures

Depuis le départ d'Eleni la veille au soir, Emma s'était réfugiée dans le sous-sol où elle avait installée son atelier sanglant. Après avoir sculpté le corps de Giovanna en déesse Isis et lui avoir adjoint le fœtus momifié, fruit de sa première expérience de thanatopraxie, elle s'était occupée de son autre prise. Elle voulait bien la soigner, améliorer encore sa technique. Ses sculptures de chair étaient de plus en plus belles et criantes de vérité. Quel dommage de devoir bientôt interrompre l'exercice de cet art subtil et primordial en puisant aux sources mêmes de l'Antiquité, voire de la préhistoire et de l'humanité. L'être humain n'a-t-il pas toujours ressenti en lui la peur de la mort ? L'art n'est-il pas depuis l'origine une tentative désespérée de survivre à sa mortalité ? Et parmi tous les arts la sculpture n'est-elle pas celui le plus proche de l'homme par la représentation réelle ou idéalisée qu'elle propose du corps ? La dépouille périssable confie son empreinte à un bloc d'argile ou de bronze. Emma avait poussé plus loin la logique en sculptant non pas une copie du corps, mais le corps lui-même. Un cadavre embaumé, transcendé en œuvre d'art incorruptible et immortalisée à jamais. Pablo était le témoin muet de ses créations par lesquelles elle ôtait une vie mortelle pour la remplacer par un état plus élevé et plus noble, confinant à la divinité. Elle tenait à sa présence à ses côtés car il était la cause de tout cela, l'initiateur de ses actions. Sans lui, sans ce qu'il lui avait fait subir, jamais elle n'aurait eu l'idée d'entreprendre une telle œuvre. Il était normal qu'il assiste à la consécration de ce que lui-même avait semé. C'était à elle que revenait la mission d'aller jusqu'au bout de ce qu'il avait entrepris.

Le processus d'embaumement était parfaitement au point. Après l'avoir assommé avec un pistolet à projectile captif, Emma installait le sujet inconscient dans un bassin, les membres entravés par des sangles. Elle introduisait ensuite un cathéter dans l'artère axillaire située sous l'aisselle, permettant ainsi un écoulement plus rapide du liquide sanguin. Un goutte à goutte relié à une pompe permettait de régler le flux afin d'éviter que l'artère se collabe sous l'effet d'une fuite trop rapide de sang ou que ce dernier coagule si au contraire le débit était contenu. Le sang s'écoulait au fond de la cuve avant d'être recueilli dans un récipient sous vide. Un second cathéter planté dans la veine jugulaire permettait d'injecter progressivement, en remplacement du sang, le liquide mis au point par Emma d'après la recette d'Alfredo Salafia. En moins d'une heure, la personne n'avait plus une goutte de sang dans le corps, mais un composé de formol, d'acide salicylique, d'alcool à quatre-vingt-dix pour cent, de sulfate de zinc, de paraffine et de glycérine. Et c'est alors qu'Emma la chirurgienne devenait sculptrice. Elle amputait le sujet de ses bras et de ses jambes, remodelait son corps, affinait son visage, imprimait sur le front le symbole du labrys, adjoignait les nécessaires accessoires, couronnes, boucliers, boucles ou colliers, procédait au maquillage et à la coiffure, jusqu'à pousser à la perfection la ressemblance du sujet avec le modèle divin dont il s'inspirait. À chaque œuvre nouvelle, Emma gagnait en rapidité, en précision, en raffinement. Quel dommage qu'un tel travail ne fût pas reconnu à sa juste valeur !

Sa nouvelle statue achevée, elle se tourna vers l'homme en fauteuil roulant.

— Elle est belle, n'est-ce pas ? Mon chef d'œuvre, sans doute. Le clou du spectacle. Ou presque. Car il reste encore quelqu'un à immortaliser. L'ultime sacrifice. Je l'attends depuis si longtemps ! Tu seras aux premières loges pour le contempler. Ce ne sera pas la première fois pour toi. Te souviens-tu de cette nuit à Athènes il y a trois ans ? Bien sûr que tu t'en souviens. Comment aurais-tu pu l'oublier ? Et comment l'aurais-je pu moi aussi ? C'est cette nuit-là que tout s'est mis en place. Nous avions songé à une issue différente, mais nous avons dû nous adapter. L'important est que ce qui doit être fait soit mené à son terme. Nous nous en sommes fait la promesse, jadis. Tu n'es plus en état de la tenir, mais ce n'est pas grave, je la tiendrai pour nous deux.

Elle fut interrompue par le bruit de la sonnette de la porte d'entrée. Posément, elle ôta son tablier de chirurgien, ses gants paraffinés et la charlotte médicale dont elle s'était coiffée, rajusta la tenue qu'elle portait en-dessous. Elle quitta le sous-sol après en avoir soigneusement fermé l'accès et alla ouvrir. Une jeune femme brune se tenait devant elle, arborant une plaque émaillée.

— Emma Bell ? Lieutenant Mancel, de la brigade criminelle. Je peux entrer ?

Emma s'effaça pour laisser entrer Éléonore et la conduisit au salon du premier étage. La policière jeta un regard circulaire sur les sculptures exposées.

— Vous êtes artiste ?

— Collectionneuse, plutôt. J'ai la chance d'avoir perçu un héritage qui me permet d'assouvir quelques petites folies, dont cette maison et ces œuvres d'art.

Éléonore Mancel hocha la tête comme si elle approuvait les choix d'Emma Bell. En réalité, elle n'était pas en mesure de les juger ni de les comprendre. Ce n'était pas avec sa solde de lieutenant de police qu'elle aurait pu faire l'acquisition d'une maison pareille ni d'une telle collection de sculptures. Mais elle n'était pas venue pour ça et entra aussitôt dans le vif du sujet.

— Vous fréquentez le groupe de soutien Alma-Mater, n'est-ce pas ? Comme trois des victimes récentes...

Emma commença à se frotter nerveusement les mains.

— Oui, j'ai appris ça. C'est affreux. Heureusement qu'Eleni m'a prévenue que nous étions en danger. Elle m'a vivement déconseillée de sortir.

— Eleni ? Vous voulez parler d'Eleni Kokino ?

Emma prit un air interloqué.

— Oui, bien sûr. Elle m'a dit qu'elle appartenait à la police.

— Pas tout à fait, corrigea Éléonore. Et quand est-elle passée chez vous ?

— Eh bien... Hier après-midi. Elle m'a dit que les autres membres du groupe allaient être mis sous protection policière, qu'elle allait s'en occuper. C'est pourquoi votre visite ne me surprend pas. Vous venez me protéger, n'est-ce pas ?

Emma affichait un air à la fois ingénu et inquiet.

— Comment comptait-elle mettre en place cette protection ? l'interrogea encore le lieutenant Mancel. Vous ne vous êtes pas étonnée qu'elle connaisse votre adresse ? Les adhérentes restent sous couvert de l'anonymat, non ?

— C'est que... nous deux, on a sympathisé. Elle est même venue plusieurs fois chez moi. Hier, elle avait une liste avec nos noms et nos adresses. Je suppose que c'est la police qui la lui a fournie. Ce n'est pas le cas ?

Éléonore Mancel fit la sourde oreille. Le propre d'un bon flic est de poser des questions, pas d'y répondre.

— Vous lui faites confiance ?

— Bien sûr ! C'est une sœur, vous comprenez ? Nous sommes toutes très liées et très affectées par ce qui se passe. Eleni a promis de nous aider. Elle nous a juré qu'il n'y aurait pas de nouvelle victime. Tout ce que nous avons à faire, c'est attendre qu'elle nous contacte.

— Et elle l'a fait ? Depuis sa visite d'hier, je veux dire...

— Pas encore... Mais vous êtes là, donc je ne risque plus rien, n'est-ce pas ? Vous allez rester avec moi tant que l'assassin ne sera pas sous les verrous...

— Ce n'est pas si simple, dit Éléonore d'un ton embarrassé. Il faut des moyens humains, et là, nous sommes un peu débordés. Mais je vous promets que...

— Vous allez me laisser seule ? s'alarma à nouveau Emma.

— Je vous promets que je vais faire le maximum pour vous procurer une protection. D'ici là, ne bougez pas de chez vous et n'ouvrez à personne.

— Sauf à Eleni, n'est-ce pas ?

Éléonore lui tendit sa carte avec un numéro de téléphone d'urgence.

— Non, surtout pas. Si elle revient ou reprend contact avec vous, vous m'appelez tout de suite à ce numéro. C'est bien compris ?

— Oui, lieutenant.

Éléonore Mancel prit rapidement congé. Elle devait absolument faire un point avec Peretti et ses collègues avant que Kokino repasse à l'action.

Emma Bell referma la porte et redescendit au sous-sol en fredonnant.

26

Parking de l'avenue Foch, 15 h 30

L'École nationale supérieure de police de Cannes-Écluse bénéficiait bien entendu d'un stand de tir. En intégrant la Préfecture de police de Paris, Eleni avait voulu poursuivre l'entraînement en s'inscrivant au centre de tir de la police situé au troisième sous-sol du parking de l'avenue Foch, près de l'Étoile. Elle n'avait pas encore droit à une arme de service, mais elle pouvait faire des cartons sous la surveillance d'un entraîneur patenté. Elle s'y rendait à raison de trois fois par semaine et y connaissait tout le monde. Il régnait dans ces locaux une ambiance bon enfant. Les flics venaient se défouler, casque acoustique sur les oreilles, comme s'ils étaient à la foire. Ils tiraient sur des cibles représentant des silhouettes de forme humaine qu'ils criblaient de balles, sans songer qu'ils auraient peut-être à s'en prendre un jour à des hommes. Ils avaient entre les mains des jouets qui pouvaient en un clin d'œil se transformer en engins de mort.

— Hey, Eleni ! Je ne savais pas que tu devais passer aujourd'hui... Tu as pris rendez-vous ?

Ben était son entraîneur attitré. Un brave gars joufflu et bien en chair qui en pinçait pour elle, mais était trop timide pour se déclarer. À moins qu'il n'ait eu conscience qu'avec son physique ingrat, il n'avait aucune chance avec la jeune femme.

— Non, Ben, je ne suis pas inscrite pour aujourd'hui. Je passais à tout hasard, mais si c'est complet, je reviendrai...

— Tu rigoles ? Tu es toujours la bienvenue ici, tu le sais... Un gars a prévenu qu'il serait en retard, justement. Mais il a intérêt à se magner, car on ferme à 17 h 30. Tu n'as qu'à prendre sa place. Tu choisis la même arme que d'habitude ?

— Oui. Glock 19. Cible à vingt-cinq mètres.

— Très bien. Je te laisse te mettre en place.

Considéré comme l'un des meilleurs pistolets semi-automatiques, le Glock 19 équipait de nombreux fonctionnaires de la police nationale et de la gendarmerie, y compris les membres du GIGN et du RAID. Une arme efficace et redoutable, utilisée dans la plupart des forces armées dans le monde.

Eleni mit ses lunettes de protection, coiffa son casque antibruit, chargea l'arme et la pointa devant elle, serrée entre ses poings gantés de blanc. La cible se dressa devant elle. Elle tira et vida entièrement le chargeur en faisant mouche à chaque coup. Quinze balles en tout. Elle ôta son casque car elle voyait Ben bouger les lèvres.

— Tu t'améliores, dis-moi, commenta Ben en clignant de l'œil. J'aimerais pas me trouver en face de toi !

Elle ne répondit pas, se contentant de recharger à nouveau le Glock. Autour d'elle, d'autres policiers tiraillaient sur des cibles identiques à la sienne. Un véritable raffut. De quoi se crever les tympans. Heureusement qu'il y avait les casques.

— Bon, tu peux te débrouiller sans moi, fit Ben avec un grand sourire. Amuse-toi bien, ma jolie !

Il s'éloigna en se dandinant après avoir émis ce compliment, à ses yeux le comble de l'audace. Eleni profita du fait qu'il ait le dos tourné pour glisser deux boîtes de munitions dans son sac. Puis elle se remit à canarder une nouvelle cible comme si de rien n'était. À quelques mètres d'elle, Ben s'entretenait avec un débutant, lui montrant comment atténuer le recul de son arme. Eleni continuait à tirer tout en décochant de fréquents coups d'œil autour d'elle. Elle croisa brièvement le regard de Ben qui, après avoir quitté le jeune flic, s'était retourné vers elle et lui souriait, les deux pouces dressés vers le haut en signe d'encouragement.

Eleni le vit ensuite se diriger vers les toilettes. C'était le moment où jamais. Elle ôta son casque et ses lunettes, enfouit le Glock encore fumant dans son sac et se dirigea tout naturellement vers la sortie. Les autres flics, trop occupés à mitrailler leurs ennemis virtuels, ne lui accordèrent aucune attention.

Préfecture de police, 16 h 30

— Vous avez des nouvelles de Kokino ? interrogea Peretti.

— Non, et elle n'a pas pris sa permanence aujourd'hui. Elle n'a même pas prévenu, répliqua le chef de la salle d'information et de commandement. J'ai dû la faire remplacer au dernier moment. Ce n'est pas un comportement sérieux pour un élève officier.

Peretti ne releva pas. Si Eleni s'était contentée de sécher son travail, ç'aurait été un moindre mal. Les faits étaient plus graves. Beaucoup plus graves.

— Quand l'avez-vous vue pour la dernière fois, commandant ?

— Hier, en fin d'après-midi. Ça m'a surpris car c'était son jour de récup.

— Pourquoi est-elle venue ?

Le chef de salle se gratta le front.

— Elle m'a posé de drôles de questions sur les techniques utilisées en cybercriminalité. D'après ce que j'ai compris, ça faisait partie de son programme d'études. Ça m'a paru bizarre, alors je l'ai envoyée aux pelotes.

— Et c'est quoi les pelotes, pour vous ?

— J'ai évoqué la BEFTI, il me semble, tout en lui précisant qu'elle ne pourrait pas y avoir accès. Elle n'a pas insisté et elle s'est taillée. Et depuis, plus rien. Macache bono.

Ces précisions n'avaient pas de quoi rassurer Peretti. Qu'est-ce qu'elle avait en tête, cette Eleni Kokino ? Elle n'avait pas le profil d'un assassin, pas plus que celui d'une terroriste, d'ailleurs. Mais elle avait menti et avait négligé de transmettre à la police des informations essentielles. Le fait de ne pas s'être présentée à son poste aujourd'hui renforçait encore les soupçons qui pesaient sur elle. Elle avait visiblement disparu dans la nature.

Son téléphone portable vibra dans sa poche. Éléonore Mancel. Il décrocha aussitôt.

— Oui, Léo. Du nouveau ?

— Oui, et pas qu'un peu. Tu connais la dernière d'Eleni Kokino ?

— Raconte.

— Elle a piqué un flingue au centre de tir de l'avenue Foch. Un Glock 19, et deux paquets de cartouches.

— Quoi ?

— C'est comme je te le dis. Bon, c'est peut-être pour faire du tir au pigeon, mais j'ai tout de même quelques doutes ! Ah, elle est aussi passée voir Emma Bell hier après-midi. Elle lui a dit qu'elle était flic et qu'elle allait protéger toutes les femmes du groupe de soutien.

Peretti serra le poing à en faire éclater son portable. La petite garce ! Elle avait mené tout le monde en bateau, à commencer par lui. Cela dit, il y avait quelque chose qui clochait. Les assassinats et les embaumements de femmes correspondaient à des actes réfléchis et posés, nécessitant un mode opératoire qui n'était pas à la portée du premier venu et exigeait un matériel sophistiqué. Rien à voir avec les armes à feu. Et puis si Eleni Kokino était vraiment la meurtrière, pourquoi aurait-elle pris de tels risques en volant un pistolet semi-automatique appartenant à la Police ? Si elle tenait à se faire coffrer, elle ne s'y serait pas prise autrement. Soit cette fille était réellement dingue et agissait n'importe comment, soit il y avait derrière tout ça des mystères encore non élucidés. Quoi qu'il en soit, il ne fallait pas la laisser courir plus longtemps dans la nature.

— Léo, tu lances un avis de recherche et tu diffuses son signalement à tous les commissariats. Tu penses qu'elle peut retourner chez Emma Bell ?

— J'ai demandé à celle-ci de me prévenir si c'est le cas.

— Et les autres femmes de la liste, qu'est-ce que ça a donné ?

— La plupart ont reçu soit un appel soit une visite de Kokino qui leur a paru très nerveuse et agitée, comme si elle n'était pas dans son état normal. Il y en a une qu'on n'a pas retrouvée. Son mari ne l'a pas revue depuis lundi soir. Il a déclaré sa disparition dans le commissariat de son quartier. On n'a pu faire le rapprochement qu'aujourd'hui.

— Merde. Comment elle s'appelle ?

— Marie de Bussy. Famille bourgeoise. Catholique pratiquante.

La prochaine victime, se dit Peretti.

— Balance son signalement à la presse.

— Et celui de Kokino ?

Peretti hésita une seconde. Il avait le sentiment de trahir Sandra une seconde fois, mais Eleni n'était pas Sandra.

— Oui, celui de Kokino aussi.

Rue des Thermopyles, 17 h 30

Eleni posa son vélo contre la façade de la maison de la rue des Thermopyles et actionna la sonnette. Comme la première fois, elle dut attendre plusieurs minutes avant qu'Emma réponde. Elle devait se méfier. On ne pouvait pas lui donner tort. La porte s'ouvrit enfin, laissant apparaître le visage pâle et émacié de la propriétaire des lieux.

— J'ai du nouveau, annonça la policière. Je peux entrer ?

Emma l'invita à monter au salon, toujours aussi lumineux. Un havre de paix rempli d'œuvres d'art. Dans des circonstances différentes, Eleni aurait eu plaisir à prendre le temps de les contempler à son gré, mais l'heure n'était pas propice à la méditation.

— Tu as reçu de la visite depuis hier ? interrogea Eleni. Les flics sont passés te voir ?

— Non, pourquoi ? Tu les as prévenus ?

Eleni secoua la tête. Elle avait révélé l'existence d'Alma-Mater à Éléonore Mancel ainsi que les coordonnées de Martha Apfelbaum, mais comme cette dernière ignorait les identités et adresses des sœurs, la police avait fait chou blanc. Ils finiraient bien par avoir l'idée de craquer le Doodle, comme elle l'avait fait elle-même, mais le temps qu'ils y pensent, cela lui laissait une petite longueur d'avance. Il fallait en profiter.

— Je suis tombée sur un forum indiquant qu'une expo sauvage se tiendra ce soir avec des œuvres de Pablo. Tu crois qu'il y sera ?

Emma fut prise de tremblements. La seule évocation de son ancien compagnon suffisait à réveiller en elle une véritable terreur.

— C'est bien dans ses façons de faire. Des happenings prévus au dernier moment, généralement dans des endroits pourris où personne n'oserait se risquer. C'est où, cette fois-ci ?

— Je n'en sais rien. L'adresse doit être publiée sur Snapchat.

— Tu comptes y aller ?

— Bien sûr ! C'est l'occasion ou jamais de le coincer, non ?

Le tremblement d'Emma s'accentua encore.

— N'y vas pas... C'est trop dangereux. Il est capable de tout. Et il aura sans doute des gardes du corps avec lui.

Ce fut au tour d'Eleni de ressentir un malaise. Se pouvait-il que Pablo Zaragoza ait à ses côtés les mêmes gardes du corps qu'à Athènes ? Elle se souvenait de leurs prénoms : Juan et Diego.

— J'aurai de quoi me défendre. Regarde.

Eleni extirpa le Glock 19 de son sac. Emma fit les yeux ronds.

— Qu'est-ce que tu comptes faire avec ça ? Le tuer ?

— Bien sûr que non ! Je ne suis pas une meurtrière... Mais lui, oui. S'il me menace, directement ou par l'intermédiaire de ses hommes de main, je sortirai mon flingue. Et si je dois tirer, j'invoquerai la légitime défense.

— Tu prends de sacrés risques...

— Peut-être. Mais si je ne fais rien, je prends un risque encore plus grand. Celui de finir en statue de chair !

Emma se troubla. Elle éprouvait la même crainte, évidemment. Quant à Eleni, si elle acceptait d'affronter ses propres peurs, c'était bien entendu par esprit de survie mais aussi pour éviter que d'autres femmes subissent le même drame que les trois victimes suppliciées. Il fallait bien que quelqu'un se dévoue, or elle était la seule à pouvoir le faire. Elle n'avait plus le choix, elle devait aller jusqu'au bout. En volant le Glock au centre de tir de l'avenue Foch, elle s'était une fois pour toutes placée dans l'illégalité. Sa carrière dans la police était plus que compromise ; elle était brisée. Mais cela n'était rien en comparaison des crimes perpétrés par ce monstre de Pablo Zaragoza.

Elle jeta un coup d'œil à sa montre. Bientôt 18 heures. Il ne fallait surtout pas rater le rendez-vous de PabZar. Elle se connecta à Snap Map et attendit. À l'heure dite, l'application s'ouvrit et révéla un plan, accompagné d'une simple adresse :

Abattoir de Nozay
41, rue du Ruisseau Blanc
91620 Nozay

— Merde, c'est en banlieue. Le 91, c'est quoi déjà, comme département ?

— L'Essonne. Au sud de Paris. C'est pas à côté, en effet.

Eleni jura entre ses dents tout en vérifiant le trajet sur le site de la RATP. Il fallait compter plus d'une heure de transport. Impossible d'y accéder en vélo, bien sûr.

— Faut que je me tape le métro, le RER et un bus ! Je peux laisser ma bécane chez toi, Emma ?

— Bien sûr. Tu n'auras qu'à revenir la reprendre à ton retour. Comme ça, tu me raconteras.

— OK. Bon, je file. À ce soir, Emma. Tiens-toi sur tes gardes.

— Ne t'inquiète pas pour moi. Tout ira bien.

Emma Bell referma la porte sur Eleni et sourit.

— Tu ne risques pas de rencontrer Pablo, ma jolie, murmura-t-elle pour elle-même. Mais tu auras d'autres surprises...

Nous allons bientôt toucher au but, Pablo. Tu en seras le dernier témoin. Tu vas assister à la lente métamorphose de celle que, jadis, tu avais par caprice transformée en déesse vivante livrée aux appétits de tes sbires. Qu'attendais-tu de ce viol consommé sous les auspices des anciennes divinités ? Pensais-tu réellement qu'il allait porter ses fruits et que cette Athéna humaine enfanterait d'un héros ou d'un monstre ? Impotent et grabataire, tu as cru pouvoir reporter ta virilité désormais empêchée sur une proie dont tu étais tout à la fois le manipulateur et le voyeur. Mais as-tu songé, ne serait-ce qu'un instant, à ce que j'avais moi-même enduré ? Non, tu n'as pensé qu'à toi, à ton état pitoyable et aux moyens de le compenser par des mises en scènes obscènes. Mais, à présent, tu peux être rassuré, car mon œuvre dépasse la tienne. Je ne me contente pas de parer des femmes comme des déesses vivantes, je les immortalise par cet embaumement permanent qui épargne à leurs corps tout vieillissement et toute décomposition. Elles seront à jamais belles et jeunes.

Tout aurait pu être différent s'il n'y avait pas eu l'accident. C'était peu de temps après l'exposition inspirée de Crash *de Ballard, dans laquelle tu avais sciemment brisé et souillé les statues nées de mes mains. J'aurais dû te quitter, alors. J'aurais dû avoir ce courage-là, affirmer mon indépendance et voler de mes propres ailes, loin de ton influence néfaste. Mais j'étais encore atteinte de cette dysmorphobie qui me contraignait à fuir le regard des autres. Je ne me sentais bien qu'en salle d'opération ou dans mon atelier de sculpture. Avec des chairs ou de la glaise à modeler. Je dépendais encore de toi, Galatée abîmée aux mains d'un Pygmalion pervers.*

Et puis un événement imprévu est survenu. Je me suis retrouvée enceinte. Nous n'avions plus eu de rapports après notre dispute, mais la graine que tu avais plantée quelques jours auparavant dans mon ventre avait eu le temps de pousser. Au début, cet état m'a perturbé. Je n'y étais pas préparée et je ne l'avais ni souhaité ni attendu. Il arrivait au moment-même où ma confiance en toi s'était fissurée. Disons-le : où je ne t'aimais plus. Je me sentis donc doublement prisonnière : à l'extérieur par la laideur dont j'imaginais être affublée, et à l'intérieur par ce germe qui allait déformer mon corps. J'ai songé à avorter, mais tu me l'as rigoureusement interdit. J'étais trop faible, trop peu sûre de moi pour me rebiffer. J'acceptai mon sort comme une malédiction. Pourtant, mois après mois, la perception que j'avais de moi-même se mit à évoluer. Au fur et à mesure que mon ventre s'arrondissait, que ma poitrine gonflait, je sentis naître une énergie nouvelle. La vie enfin m'habitait, me remplissait d'un bien-être immense. La femme refermée sur elle-même et complexée devenait femme-bulle, femme-ballon, femme-océan, femme-terre. Je devenais un monde à moi seule, un monde précieux et fécond. Chaque matin, je contemplais mon reflet dans un miroir et pour la première fois de ma vie je me trouvais belle. Oui, belle ! Je n'étais plus une simple femme, mais une déesse.

Tu as accueilli ce changement d'humeur avec enthousiasme. Tu m'as expliqué que la grossesse provoquait des bouleversements non seulement physiques, mais également émotionnels. Certaines femmes, joyeuses et optimistes naguère, devenaient aigries, sombres et jalouses. D'autres, de nature triste et mélancolique, découvraient une joie de vivre nouvelle. Dans mon cas, la fécondité m'avait permis, mieux que tous les psys que j'avais pu consulter ou les tranquillisants que j'avais pu absorber, de guérir sans doute définitivement de ma dysmorphobie. Cette métamorphose, aussi bien physique que psychologique, pareille à celle d'une chenille se transformant en papillon, eut également des effets surprenants sur notre relation. Au fur et à mesure que mon ventre grossissait et que ma poitrine s'alourdissait, ton désir de jouir de mon corps devenait plus intense, plus pressant. Tu passais des heures à caresser mes formes arrondies et cela t'excitait. Tu me prenais avec une puissance décuplée, dans diverses positions, mais toujours les mains plaquées sur mon ventre, tel un noyé s'accrochant à une bouée de sauvetage. Tu répandais ensuite ta semence sur cette colline de chair, comme si tu effectuais une libation de lait. Tu affirmais que ce processus à l'œuvre dans mon corps faisait de moi une amphore sacrée, une œuvre d'art vivante et féconde, une déesse mère.

J'en étais à sept mois de grossesse. Non seulement je me trouvais belle, mais je nageais dans un état de joie permanent. Tu disais que ce bonheur était dû aux endorphines que mon corps sécrétait. Sans doute. Je ne me posais pas la question. Je goûtais à ces délices avec gourmandise. Je vivais non plus sur terre, mais dans un paradis dont je n'avais jamais soupçonné l'existence. J'étais comblée, heureuse, au point que je priais pour que cet état ne s'arrête jamais. Et tes assauts répétés ne faisaient qu'accroître ce bonheur sans limites.

L'enfant, bien sûr, se rappelait fréquemment à moi. Je sentais ses coups de pieds dans mon ventre, comme s'il était pressé de sortir. Je ne partageais pas cette hâte. Ce n'était pas la perspective d'être mère qui me ravissait, c'était le simple fait d'être ronde. Si j'avais pu arrêter le temps et demeurer ainsi à jamais, je l'aurais fait. Je redoutais le moment où je devrais accoucher, et par voie de conséquence perdre ce sentiment de plénitude. Ce n'était pas l'enfant que je voulais, mais l'état qui le précédait et dont j'aurais aimé figer le processus. Tu partageais le même fantasme. Tu me comparais aux idoles cycladiques, ces statuettes de marbre nées voici plus de quatre mille cinq cents ans sur l'île de Kéros, représentations archétypales des déesses de la fertilité. Toi non plus, tu ne faisais jamais allusion à l'enfant à naître ; tu en redoutais même la venue car après l'accouchement je perdrais ce statut de déesse mère pour redevenir une femme ordinaire. Nous en étions venus l'un comme l'autre à refuser à cet enfant le droit de venir au monde. Nos prières furent écoutées, mais pas de la façon que nous avions envisagée...

27

Abattoir de Nozay, 19 h 30

Eleni avait pris le RER B à Denfert-Rochereau jusqu'à Massy-Palaiseau, puis un bus du réseau Optile jusqu'à Villarceaux. Ensuite, elle avait dû marcher un bon quart d'heure les yeux rivés sur le GPS de son IPhone puis traverser des zones désertes, laissées à l'abandon. Quelle idée d'organiser une expo dans un endroit pareil ? Pendant le trajet, elle s'était renseignée sur Internet au sujet de ce lieu de rendez-vous. Ce qu'elle avait lu n'avait pas été de nature à la rassurer. L'abattoir en question était une ancienne porcherie désaffectée depuis une trentaine d'années, complètement en ruines, devenue un endroit interlope fréquenté par des marginaux, des adeptes du paintball, des artistes de *Street Art* et des réalisateurs de films pornos glauques. Le lieu avait d'ailleurs été rebaptisé l'« abattoir de la nausée ». Tout un programme. Mais d'après ce qu'elle pouvait connaître de la personnalité de Pablo Zaragoza, elle n'était pas surprise de ce choix. L'artiste était attiré par tout ce qui était malsain, sale, sanglant, transgressif.

Plus elle avançait, plus elle avait le sentiment de s'être égarée. Les GPS des Smartphones ne sont pas d'une excellente fiabilité, surtout dans les zones peu habitées. Autour d'elle, des champs, quelques maisons isolées avec des chiens hurlant à son passage. Aucune envie d'aller frapper aux portes pour demander son chemin aux occupants. Son sac pesait sur son épaule. Le Glock et les munitions n'étaient pas spécialement légers. Elle réalisait enfin la situation dans laquelle elle s'était mise. Une gigantesque connerie ! Elle allait se jeter dans la gueule du loup et à l'heure qu'il était, ce lourdaud de Ben avait certainement signalé son « emprunt » au centre de tir. Elle allait se retrouver face à un tueur en série entouré de ses sbires, avec en prime la police au cul. Beau résultat. Mais il était trop tard pour faire machine arrière.

Soudain, elle le vit. L'abattoir de la nausée... Même à distance, il portait bien son nom. Un bâtiment de briques rouges tout en longueur, percé de fenêtres dont les vitres avaient volé en éclats depuis longtemps. À côté, un château d'eau semblable à une vigie, géant immobile scrutant l'horizon vide. Le soleil déclinant allumait des feux sur cette bâtisse dans laquelle des légions de cochons avaient jadis été égorgés en grouinant. Des flots de sang avaient ruisselé dans les rigoles des salles d'abattage. Eleni réprima un frisson. On ne pouvait pas choisir de lieu plus sordide et macabre pour organiser une exposition artistique. Zaragoza était réellement un grand malade.

En s'approchant davantage, elle distingua les innombrables graffitis qui ornaient la façade de la bâtisse aux fenêtres énucléées. Un véritable feu d'artifice de couleurs criardes, des jaunes, des bleus, des verts, des rouges badigeonnant les briques de lettres immenses appartenant à un alphabet inconnu. Eleni n'avait jamais vraiment compris la différence entre les graffitis et le *Street Art*. Elle avait sans doute trop fréquenté les musées archéologiques et les temples antiques pour apprécier les sous-cultures urbaines.

La végétation avait peu à peu envahi le lieu, rongeant les pierres, semant le chemin de ronciers, telle une lèpre verte attaquant un organisme malade. L'abattoir surgissait de ces massifs impénétrables comme les ultimes vestiges d'une civilisation disparue avalée par la jungle. Eleni se sentait tout à la fois révulsée et fascinée par ces ruines marquées à jamais par le sang et la mort. Elle songea à Amityville[1] et sa maison du diable. Même si ce n'étaient pas des humains, mais des porcs qui avaient été sacrifiés dans cet abattoir, le sentiment de malaise et d'écœurement demeurait le même.

Ce n'est qu'en se trouvant devant l'entrée de l'abattoir – si l'on pouvait encore qualifier d'« entrée » les ouvertures béantes, pareilles à des gueules de monstres affamés – qu'elle réalisa enfin la présence en ces lieux, pour ce soir du moins, d'autres occupants que les corbeaux et les

1. Amityville, une petite ville côtière sur Long Island, à l'est de New York, a été le théâtre d'événements qui ont défrayé la chronique dans tout le pays. Dans la nuit du 13 novembre 1974, un fils de famille a assassiné ses parents et ses quatre frères et sœurs. Ce sextuple meurtre inspira par la suite une série de livres à sensation et de films d'horreur.

animaux nocturnes. Les amateurs du travail de Pablo Zaragoza avaient comme elle répondu à l'invitation formulée par PabZar. Mais contrairement à elle, ils n'étaient pas venus en transports en commun. Leurs voitures étaient garées à proximité, dans une sorte de terrain vague. Des Jaguar, des Mercedes, des SUV flambants neufs. Des collectionneurs fortunés qui venaient s'encanailler dans des abattoirs à cochons pour acquérir des œuvres décadentes créées par un artiste scandaleux et pervers.

L'expo se tenait à l'intérieur du bâtiment. À première vue, rien ne distinguait les œuvres du décor dans lequel elles avaient été placées. Comment faire la différence entre les carcasses de voitures désossées, les sculptures brisées à dessein, les cartons maculés de taches suspectes, les toiles vides crevées par un couteau rageur qui avait tenu place de pinceau, et les charpentes à demi effondrées ? On se serait cru davantage dans un local à poubelles ou un casse de voitures que dans une galerie d'art.

Des garçons en frac circulaient entre ces immondices, porteurs de plateaux sur lesquels chancelaient des flûtes à champagne. Sur des tables couvertes de nappes blanches était disposé un buffet autour duquel les visiteurs en costumes de soirée, voire en smoking, échangeaient des propos à voix basse tout en grignotant des amuse-gueules. Ce contraste entre le luxe de la réception et la saleté ambiante avait quelque chose d'à la fois absurde et obscène. Deux ambiances opposées qui semblaient catapultées l'une contre l'autre. Eleni ne savait pas ce qui la mettait le plus mal à l'aise, la misère sordide des lieux, ou l'opulence superflue de ceux qui s'y trouvaient. Sans doute les deux.

Un homme s'approcha d'elle. Mûr mais bien entretenu par les liftings et les séances de bronzage qui mettaient en valeur ses yeux bleus, les cheveux gris et abondants qu'il portait longs mais impeccablement coiffés, affublé malgré son âge d'une longue barbe de hipster taillée et brossée avec soin. Il offrit à Eleni une coupe de champagne en lui souriant. Elle la saisit avec sa main gantée de blanc.

— Je me présente : Léonce de Boisrivaud, critique d'art contemporain. Vous êtes nouvelle, ici ? Je ne vous ai jamais croisée dans les happenings de Pablo. Les amateurs de son travail sont en général beaucoup plus âgés que vous et ce sont presque uniquement des hommes. Cela fait du bien de croiser un peu de jeunesse et de féminité. Vous connaissez l'œuvre de Pablo depuis longtemps ?

Eleni se sentit gênée. Elle était venue ici avec un flingue dans son sac, prête à se mesurer à un écorcheur de femmes, et voilà qu'elle se retrouvait dans un cocktail mondain organisé dans une ancienne porcherie, priée d'échanger des propos sur l'art avec un critique au physique soigné de gravure de mode.

— Je... Non, je découvre à peine cet artiste. Je suis venue un peu par hasard, en fait. Je suis tombée sur un forum qui annonçait cette soirée et j'ai été intriguée.

Boisrivaud se fendit d'un petit rire poli.

— Ah, oui... Snapchat, hein ? Pablo Zaragoza aime s'entourer de mystère. Il estime que l'accès à son œuvre doit se mériter. Je ne saurais lui donner tort puisque je suis un admirateur inconditionnel. Bienvenue, dans ce cas. Mademoiselle ?

Prise au dépourvu, la jeune femme n'eut pas le réflexe de mentir.

— Eleni Kokino. Je suis... Enfin, j'étais jusqu'à il y a peu guide touristique en Grèce.

Le vieux hipster approuva d'un hochement de tête.

— Ah... Très bien. Si vous me le permettez, je vous servirai de guide à mon tour, afin de vous familiariser avec l'œuvre de Pablo. Vous m'accompagnez ?

L'homme lui tourna le dos et s'éloigna. Après une seconde d'hésitation, Eleni se résolut à le suivre. Après tout, à présent qu'elle était là...

Léonce de Boisrivaud s'arrêta devant des dessins fixés à des poteaux de ferrailles roussis. Elle reconnut des sanguines de même facture que celles qu'elle avait vues chez Emma. L'homme les désigna le bras tendu, tenant toujours sa coupe de champagne à la main.

— Vous connaissez les dessins d'anatomie qu'a produit Léonard de Vinci en 1504 ? Ils se caractérisent par une précision extrêmement poussée pour l'époque. Eh bien, nous avons affaire à un réalisme aussi prononcé avec ces dessins. L'artiste a su faire ressortir la sensualité des chairs. Le trait est si fin qu'on dirait qu'elles sont vivantes et ne demandent qu'à sortir de la toile. Vous ne trouvez pas ?

Les sanguines représentaient exclusivement des femmes nues et enceintes, mais l'artiste avait omis de représenter l'intégralité des corps. À l'une il manquait les jambes, à une autre les bras, une troisième était réduite à un torse. Des puzzles. Des morceaux de femmes incomplètes. Eleni se les représenta en train d'émerger de la surface plane sur laquelle elles étaient figurées, comme l'y invitait le critique d'art. Elles auraient dans ce cas été amputées. Elle frissonna à cette seule idée.

— Reconnaissez-vous la technique utilisée par Pablo ? l'interrogea son mentor.

— La sanguine ?

Boisrivaud sourit finement.

— On peut dire cela, étymologiquement parlant. Mais il ne s'est pas contenté d'utiliser des pigments d'hématite et de dessiner avec une simple mine de plomb, non, il est revenu à l'origine même de la sanguine : le sang. Les sujets que vous avez devant vous ont été peints avec du sang.

Eleni ne dissimula pas sa stupeur. Comment une telle chose était-elle possible, voire envisageable ? Au-delà de la transgression du tabou lié au sang, comment l'artiste était-il parvenu à un tel résultat ?

— C'est du sang... humain ou animal ?

Nouveau ricanement de Léonce de Boisrivaud.

— Cela fait partie des secrets de fabrication jalousement conservés par le maître. Quoi qu'il en soit, il s'agit d'un tour de force. Comme vous le savez sans doute, le sang, en séchant, se coagule et s'oxyde avant de se résorber en poussière. Ce n'est qu'au moment de la saignée qu'il présente cette belle couleur rouge, mais cela ne dure pas. Pablo Zaragoza est parvenu à conserver à l'hémoglobine sa couleur rouge vif et à la fixer grâce à des additifs connus de lui seul. Il a surnommé cette matière le « rouge rutilant », ou encore le « rouge absolu ». L'équivalent du bleu d'Yves Klein ou du noir absolu *vantablack* dont le brevet a été racheté par le plasticien Anish Kapoor. Une trouvaille de génie.

Un génie sérieusement perturbé, se dit Eleni. Peindre des femmes avec du sang relevait d'une obsession maladive. Et si de surcroît Zaragoza avait peint ces femmes avec leur propre sang ? Elle sentit une nausée monter dans sa gorge, mais Léonce de Boisrivaud continuait son exposé comme si de rien n'était.

— Vous avez remarqué que ces femmes sont enceintes ? C'est-à-dire qu'elles se trouvent confrontées à une période au cours de laquelle elles n'ont plus d'écoulement menstruel. Vous saisissez la métaphore ? L'artiste leur rend ce sang dont elles sont privées pour dessiner leur silhouette. Remarquez toutefois qu'il n'utilise pas les menstrues comme matière première, de teinte souvent brunâtre ou foncée, mais l'hémoglobine, plus riche en fer. Du sang pur et intact, non souillé, jaillissant non pas d'une veine mais d'une artère.

Eleni avait de plus en plus de mal à supporter les explications alambiquées du critique d'art. Il lui semblait aussi toqué et pervers que le peintre qu'il admirait tant, mais Léonce n'en avait pas fini avec elle. Il lui prit le bras et la conduisit vers une autre partie de la salle où des bustes de plâtre étaient alignés. Des modèles féminins saisis à un stade de grossesse avancé, mais leur particularité résidait surtout dans le fait qu'elles étaient maculées de larges taches rouges.

— Là encore, il s'agit du rouge absolu. Pablo s'est ici inspiré des rites de la civilisation minoenne ainsi que de ceux des Tauroboles de la Rome antique, qui arrosaient les statues des dieux avec du sang de bétail sacrifiés. Le sang a toujours été le lien privilégié entre les êtres humains et les dieux, le vecteur par excellence de l'immortalité.

Eleni désigna les fronts des statues qui portaient tous une marque identique : une double hache.

— Vous connaissez le labrys, bien sûr, commenta Léonce, symbole de la suprématie du pouvoir royal et des attributs de la divinité. Ces femmes sanglantes ont donc été sacrifiées aux dieux, et par là même immortalisées. Le sacrifice sanglant, l'aspersion de sang et le symbole de la double hache renvoient à la recherche du pouvoir, de la vénération, de l'immortalité et de la divinité.

Tout comme les statues de chair retrouvées dans Paris ces trois derniers jours, se dit Eleni. Elle avait remarqué que le critique d'art avait dit « ces femmes » et non « ces bustes de femmes ». Était-il un complice de Pablo Zaragoza ? Était-il au courant des crimes récemment commis ? Le sculpteur assassin était handicapé, il avait dû forcément compter sur des aides extérieures. Léonce de Boisrivaud en faisait-il partie ? Eleni se sentit prise au piège.

— Tiens, comme on se retrouve ! lança une voix derrière elle. Alors, vous avez réfléchi à ma proposition ? Une taille ou deux de bonnet de plus vous iraient à ravir !

Eleni se retourna et se retrouva face au docteur Salamane, le chirurgien esthétique qui avait opéré Peggy Rivière. Il était accoutré d'une veste à carreau et d'une chemise rose agrémentée d'un nœud papillon vert. Il ressemblait à un clown ou à un nain de foire. Il lui adressa un clin d'œil complice.

— Vous m'avez bien eu, l'autre jour, en vous faisant passer pour une policière. Si vous aviez vu la tête l'enquêtrice qui vous a succédée ! Elle vous a traitée d'usurpatrice, de foldingue et de je ne sais plus quoi encore. Ça m'a plutôt amusé. J'aime bien tout ce qui vient bousculer la routine. Et puis je ne sais pas résister à une jolie femme !

Eleni se souvint de Cora, la pin-up qui servait d'assistante au médecin. Elle n'avait pas l'ambition de rivaliser avec elle. Sans se trouver laide, elle ne pensait pas avoir d'atouts physiques suffisamment explicites pour séduire les hommes, mais Salamane ne devait pas s'arrêter à de pareils critères. Il était visiblement attiré par les femmes. Toutes les femmes. Un véritable obsédé. C'était sans doute la raison qui l'avait conduit à choisir le métier qu'il exerçait.

Après avoir complimenté la jeune femme, le chirurgien tendit la main au critique d'art. Les deux hommes paraissaient très bien se connaître.

— Alors, Boisrivaud, toujours en bonne compagnie à ce que je vois ?

— Tant que vous n'êtes pas là, mon cher. J'ignorais que vous connaissiez mademoiselle...

— Nous sommes en effet de grands amis, même si nous ne nous sommes rencontrés que très récemment. Mais j'espère que nous rattraperons le temps perdu !

Salamane et Boisrivaud échangeaient des regards complices, parlant ouvertement d'Eleni comme si elle n'était pas là. Elle se sentait ravalée au rang d'objet, probablement considérée trop immature pour prendre part à la conversation, comme un enfant en bas âge. Elle avait bien envie de remettre à leur place ces deux goujats, mais elle n'était pas venue pour ça. Elle regarda autour d'elle, à la recherche d'un éventuel homme en fauteuil roulant, mais elle n'était entourée que de bipèdes en costumes de soirée.

— Pablo Zaragoza n'est pas là ? interrogea-t-elle d'un ton qu'elle chercha à rendre le plus anodin possible.

Les deux hommes s'entreregardèrent avant de répondre.

— Il ne vient jamais aux vernissages. Vous êtes au courant de son état physique, n'est-ce pas ? s'étonna Boisrivaud.

— Il est handicapé, je sais, rétorqua Eleni. Mais cela ne l'empêche pas d'assister aux expositions qu'il organise, non ? À moins qu'il se sente diminué ?

Tout en proférant cette phrase, elle dévisagea Salamane qui aurait eu lui aussi des raisons d'entretenir des complexes quant à son apparence, mais il ne parut pas retenir l'intention. Il était tellement imbu de lui-même qu'il devait se considérer comme un Apollon.

— Il aime se faire rare, c'est tout, reprit Boisrivaud. Et puis c'est son œuvre qui prime sur sa personnalité. C'est quelqu'un de très humble, en réalité, malgré l'immensité de son génie.

Eleni avait quelques doutes à ce sujet mais elle n'insista pas. Si Zaragoza n'était pas là ce soir, sa présence ici devenait vaine. Elle n'apprendrait rien de plus de ces deux vieux pervers.

— Je vous remercie pour cette très intéressante conversation mais je pense qu'il est temps pour moi de vous quitter. Je dois rentrer à Paris, et les transports en commun…

— Comment donc, vous n'allez pas nous quitter si vite ? l'interrompit Boisrivaud. Et vous ne songez pas réellement à emprunter des transports collectifs ?

— D'autant plus qu'il n'y en a pas la nuit, je crois, compléta Salamane.

— J'aurai plaisir à vous raccompagner en voiture, renchérit Boisrivaud. Mais nous avons encore le temps. Vous n'avez pas visité toute l'exposition. Salamane, nous continuons notre petit tour avec notre invitée ?

— Avec joie, Boisrivaud ! parada le chirurgien.

Eleni se faisait l'effet d'une mouche engluée dans une toile d'araignée. Ces deux hommes n'allaient pas la lâcher aussi facilement. Sous couvert de compliments et de flagorneries, ils dissimulaient des intentions malsaines qu'elle préférait ne pas connaître. Elle se demandait comment leur fausser compagnie. Elle ne pouvait pas exhiber son Glock, tout de même ! Sans compter qu'elle n'avait pas pensé à vérifier les horaires de train pour son retour à Paris. En banlieue, les transports en commun arrêtent de circuler bien plus tôt que dans la capitale, et dans ce coin paumé elle aurait bien du mal à trouver un taxi.

Les invités, essentiellement des hommes mûrs, certains accompagnés de femmes en robe de soirée plus jeunes qu'eux de quelques décennies, étaient de plus en plus nombreux à se presser dans les salles sordides de l'abattoir, contemplant les œuvres du maître. Certaines portaient une étiquette rouge, déjà réservées par les collectionneurs qui s'étaient décidé les premiers. Parmi eux, Eleni croisa une autre connaissance : le docteur Grey, le gynécologue de Peggy Rivière. La boule d'angoisse qu'elle ressentait au creux du ventre grossit encore. Pour quelle raison ces hommes se retrouvaient-ils ce soir dans ce même lieu ? Quelle était la nature réelle de leurs relations avec l'artiste ? Savaient-ils quelque chose de ses activités meurtrières ? Les trois hommes, en tout cas, se connaissaient parfaitement, tout comme ils étaient liés à la première victime de Pablo Zaragoza.

— Salamane ! Boisrivaud ! Je vois que vous êtes entre de bonnes mains. Mademoiselle, vous êtes partie bien vite lors de notre récente rencontre… À cause de vous j'ai dû raconter une seconde fois ce que je savais au sujet de cette pauvre Peggy Rivière. À la *vraie* police, cette fois…

— Elle m'a fait le même coup, je te rassure, Grey, renchérit Salamane. Mais je ne lui en ai pas voulu. Une si belle femme… À propos, mademoiselle, vous pouvez bien nous l'avouer à présent, qui êtes-vous exactement ? Une journaliste ? Une chroniqueuse de faits divers ? Vous travaillez pour *Détective*, pour un journal à scandales ?

Les regards des trois hommes étaient rivés sur elle. Ils souriaient mais leurs yeux étaient glacés. Eleni tenta de s'en tirer par une dérobade.

— Je suis… pigiste, oui. J'essaye de vendre des sujets originaux à des magazines en ligne.

— Eh bien, vous allez être gâtée, très chère, répondit Boisrivaud. L'expo de ce soir doit s'accompagner d'un happening dont Pablo a le secret. Cela ne devrait plus tarder, d'ailleurs.

Le gynécologue consulta sa montre-bracelet.

— Oui, en effet. Laissez-moi juste le temps d'acheter ce sublime buste sanglant d'Aphrodite enceinte. 10 000 €, c'est une affaire, et il complétera à merveille ma collection.

Pendant que le docteur Grey s'acquittait de son achat, Eleni remarqua que les invités se dirigeaient par grappes vers une partie de l'abattoir jusque-là inexplorée. Elle adressa un regard inquiet au critique d'art.

— Le happening se déroule dans les anciens boxes à cochons. Des œuvres d'art éphémères vont y être présentées. Une nouvelle trouvaille de Pablo Zaragoza. Une innovation sans précédent dans l'art conceptuel.

— De quoi s'agit-il ? interrogea Eleni avec appréhension.

— De sculptures de femmes enceintes, bien sûr. Mais celles-ci ont une particularité.

Son sourire s'agrandit encore.

— Elles sont vivantes.

28

Abattoir de Nozay, 22 heures

Accompagnée de ses trois guides, Eleni se retrouva dans un long couloir recouvert de rails rouillés. De part et d'autre s'ouvraient d'étroites cellules : les boxes où jadis étaient parqués les porcs avant d'être abattus.

— L'abattoir contient plus de deux cents boxes d'une surface de dix mètres carrés chacun dans lequel se pressaient aux moins quatre porcins, précisa Léonce de Boisrivaud en chuchotant à l'oreille d'Eleni comme s'ils pénétraient dans un lieu sacré imposant la discrétion et le respect. Cela représente en tout deux mille mètres carrés avec une capacité d'accueil de près d'un millier de bêtes. Les rails sur lesquels nous marchons permettaient aux chariots remplis de nourriture de circuler pour nourrir les animaux.

Eleni ne put s'empêcher de frissonner. L'histoire de cet abattoir désaffecté était un avant-goût peu ragoûtant de ce qui allait s'y dérouler à présent. Devant elle, les visiteurs qui s'étaient engagés les premiers dans ce boyau chichement éclairé de flambeaux plantés sur les murailles vérolées s'extasiaient déjà. C'est alors qu'elle découvrit les premières « statues vivantes » évoquées par Léonce de Boisrivaud. Dans chaque cellule, là où jadis étaient engraissés les porcs, se tenaient des femmes entièrement nues dont la grossesse était largement avancée. Elles étaient de tous âges et de toutes origines ethniques, n'ayant en commun que leur genre et leur statut de futures parturientes. Elles se tenaient immobiles, respectant des postures établies au préalable : l'une était debout, les mains en coupe au-dessus de sa tête renversée en arrière ; une autre était accroupie, genoux écartés, comme si elle s'apprêtait à se soulager ; une autre encore était agenouillée, mains jointes, en prière ; la suivante était allongée sur le sol, lovée sur elle-même comme un fœtus. La plus âgée était déjà guettée par la ménopause, la plus jeune avait à peine 16 ans. Une collection effarante de femmes enceintes parquées dans des geôles à cochons et possédant une autre caractéristique en commun : leurs corps étaient entièrement recouverts d'une peinture écarlate.

— Le rouge absolu ? interrogea Eleni.

— Exactement, répondit Boisrivaud. Pablo demeure fidèle à ce que, sans jeu de mots, on peut appeler le « fil rouge » de son œuvre. La féminité, la fécondité et le sang. Ces statues ne sont-elles pas sublimes ?

— Mais ce ne sont pas des statues, ce sont des femmes ! s'insurgea Eleni.

Elle avait haussé le ton, provoquant les ricanements de ses trois compagnons.

— Avez-vous visité les ruines de Pompéi, mademoiselle ? intervint le docteur Salamane. Vous avez peut-être contemplé ces corps pétrifiés lors de l'éruption du Vésuve en 79 après J.-C. La lave les a figés pour l'éternité dans un geste ou un mouvement qu'ils n'ont jamais eu le temps de terminer. Ils sont passés en une seconde du statut d'hommes et de femmes à celui de statues. Ils sont morts voici deux mille ans et pourtant ils sont toujours avec nous. Ils ont été statufiés, donc immortalisés.

— Cela me rappelle l'histoire racontée par Wilhelm Jensen dans sa longue nouvelle *Gradiva*, ajouta le docteur Salamane. Lors d'une visite dans un musée de Rome, un archéologue tombe en admiration devant un bas-relief représentant une jeune femme avançant sur un chemin. Elle a été surnommée la Gradiva, « celle qui marche en avant », en latin. Sa démarche est si saisissante de naturel qu'il perçoit le mouvement aisé et l'allure décidée de la promeneuse, la cambrure de ses pieds nus, sa grâce juvénile. Quelques temps après, il rêve de cette jeune femme ; elle est vivante, elle marche dans une rue de Pompéi peu de temps avant l'éruption. Il tente de la prévenir mais il se réveille avant. Bouleversé de remords et éperdu d'amour pour cette inconnue, il fait réaliser d'après l'original un moulage de plâtre qu'il expose chez lui et contemple des heures durant. Il cultive ainsi une véritable obsession pour une femme de pierre dont le modèle est mort depuis des siècles. Ce bas-relief n'était au fond rien d'autre qu'une dalle funéraire à l'effigie de la disparue. Cela confine à la nécromancie, vous ne trouvez pas ? Un cas de perversion sexuelle caractérisé, selon moi. Freud s'est penché de près sur ce cas. Le médecin autrichien était atteint d'une paraphilie assez peu connue, l'agalmatophilie, une forme de fétichisme sexuel ayant pour objet de fixation des statues. Il collectionnait d'ailleurs les statues anciennes. On en a retrouvé plus de mille chez lui, après sa mort !

Eleni était de plus en plus troublée par ces discours scabreux. Et la vision de ces femmes ensanglantées et immobiles, traitées comme des animaux pour le plaisir de vieux esthètes pervers, ajoutait à son malaise et son écœurement. Elle éprouvait de plus en plus cette nausée dont l'abattoir portait le nom.

Soudain, une voix retentit au fond du couloir, rompant le silence jusqu'ici observé par les visiteurs.

— La vente aux enchères va commencer ! Nous débutons avec le lot n° 1, *Astarté*. Mise à prix : 5 000 €.

Plusieurs mains se levèrent instantanément.

— 6 000 €, ici. 7 000. 10 000... Qui dit mieux ?

Eleni afficha un air ébahi.

— Mais... Ces femmes ne sont tout de même pas vendues aux enchères ? se révolta-t-elle.

— Rassurez-vous, ce ne sont pas les femmes qui sont vendues, mais les sculptures qu'elles incarnent, expliqua patiemment Léonce de Boisrivaud. Un peu dans l'optique de l'art hyperdramatique des toiles humaines de Bruno Van Tysch. Il s'agit d'une exposition éphémère, je vous l'ai dit. Les acheteurs pourront prendre livraison des œuvres et les exposer chez eux pour un temps limité. Elles seront ensuite rendues à leur liberté de femmes comme les autres.

— Et le montant des enchères, il sera versé à qui ?

— Mais… à l'artiste, bien entendu ! Les modèles, toutefois, seront défrayés et dédommagés pour avoir accepté de mettre leurs corps à la disposition de l'art. Je crois savoir qu'il s'agit de femmes dans le besoin. Cela leur permettra de mettre du beurre dans leurs épinards, selon une expression populaire.

— C'est… de l'esclavage ! rugit Eleni. Une atteinte à l'intégrité et à l'honneur des êtres humains, sans parler de la décence !

Nouveau ricanement des trois compères.

— Toutes ces femmes sont consentantes, je vous le rappelle, répondit Boisrivaud. Rien ne les oblige à se prêter à ce jeu, si ce n'est leurs difficultés sociales ou financières. Mais cela vaut mieux que de se prostituer, vous ne trouvez pas ?

Ces hommes sont abjects, songea Eleni. Ils tiennent des raisonnements totalement déshumanisés, sous couvert d'un vernis artistique et esthétique qui dissimule leur absence totale d'empathie ou de considération pour leurs prochains. Ils lui faisaient penser à ces philosophes débauchés des romans du marquis de Sade, discourant paisiblement tout en violant, tuant et commettant des ignominies sans nom. Elle se croyait tombée entre les pages d'une édition grandeur nature des *Cent vingt journées de Sodome*. Elle se retenait de ne pas vomir.

Malgré sa répugnance, son esprit restait en ébullition. Ces femmes enceintes couvertes de sang et louées à l'encan faisaient-elles partie du même programme délirant que les statues de chair embaumées exposées dans différents sites de Paris ? Ou bien s'agissait-il de séries parallèles conçues par l'esprit malade de Pablo Zaragoza ? Humiliées publiquement, allaient-elles vraiment recouvrer leur liberté et leur indépendance, comme l'affirmait Léonce de Boisrivaud, ou bien seraient-elles sacrifiées et mutilées comme ses sœurs d'Alma-Mater ? Qu'est-ce qui se tramait vraiment derrière ces atrocités ? Où Pablo Zaragoza comptait-il s'arrêter ? Et comment l'en empêcher ? Par leur présence ici, dans cet abattoir à cochons transformé en musée des horreurs, les participants fortunés et aux bras longs étaient autant de soutiens potentiels, voire de complices.

Délaissant ses accompagnateurs, elle fendit la foule élégante et s'approcha de la cellule où se trouvait *Astarté*, le lot n° 1, dont la cote s'envolait. Elle fut à nouveau saisie d'un haut-le-cœur. Malgré sa peau peinte en rouge, elle reconnut immédiatement la jeune punk à côté de laquelle elle s'était assise dans la salle d'attente du cabinet de Martha Apfelbaum. Comment et pourquoi se trouvait-elle ici ? Une coïncidence ? Comme la présence du docteur Grey et du docteur Salamane ?

— Je savais bien que tu finirais par comprendre, fit une voix derrière elle. Tu es une fille intelligente, Eleni. Trop intelligente, sans doute. C'est ce qui te perdra.

En se retournant, Eleni se retrouva nez-à-nez avec Martha Apfelbaum, entourée de deux physionomies qu'elle n'avait jamais pu oublier : Juan et Diego, les deux gardes du corps de Pablo Zaragoza qui l'avaient violée à Athènes. Instinctivement, elle plongea la main dans son sac pour en extirper le Glock, mais les deux hommes furent plus rapides. L'un la ceintura tandis que l'autre la bâillonnait. Martha la dévisageait toujours de son regard froid et coupant comme un scalpel. Elle se pencha vers elle et lui susurra à l'oreille :

— Si tu étais une statue de déesse grecque, Eleni, laquelle aurait ta préférence ?

JEUDI

29

Église Saint-Germain-l'Auxerrois, 8 heures

Jean-Paul Leguern émergea de la station de métro Louvre-Rivoli et se dirigea vers l'imposante église Saint-Germain-l'Auxerrois. Il pénétra dans la sacristie, troqua sa veste pour une simple blouse blanche et commença à mettre en place les objets du culte. L'église n'ouvrait ses portes qu'à 9 heures et en semaine le premier office ne se tenait qu'à 12 h 15, mais le sacristain aimait bien prendre son temps. Le service de Dieu réclame patience et humilité.

Originaire de Saint-Brieuc, Jean-Paul Leguern était employé dans cette église parisienne depuis bientôt dix-huit mois. Il avait dépassé la soixantaine et consacré toute sa vie à exercer sa mission dans une petite paroisse de Bretagne. Faute de crédits et de fidèles en nombre suffisant, celle-ci avait fermé ses portes puis avait été désacralisée et vendue par le diocèse à un particulier fortuné qui avait recyclé le bâtiment en salle de spectacle où il organisait fréquemment des concerts de rock. Un vrai crève-cœur pour Jean-Paul, qui avait préféré émigrer vers la capitale où il avait eu la chance de trouver cette place de sacristain grâce à l'intervention bienveillante de son ancien curé.

Jean-Paul passa en revue la liste des tâches dont il devrait s'acquitter dans la matinée : sortir les vêtements apostoliques de leur armoire ; préparer le lectionnaire et le missel à la bonne page en y apposant des signets pour faciliter la lecture du prêtre ; vérifier le contenu de la réserve eucharistique au cas où les hosties consacrées lors de la cérémonie ne suffiraient pas – ces hosties d'appoint devaient être régulièrement renouvelées et il fallait choisir de préférence les plus anciennes, placées au fond de la réserve – ; poser une grande hostie sur la patène et placer le vin de messe dans le calice ; disposer le corporal sur la nappe d'autel après s'être assuré que celle-ci n'était ni salie ni froissée et si c'était le cas, la remplacer ; disposer les cierges sur l'autel ; ôter les fleurs fanées et les remplacer par des fraîches. Il connaissait par cœur les moindres gestes qui accompagnaient ces préparatifs. À ses yeux, ils s'apparentaient à un véritable rituel, comme s'il disait la messe par anticipation. Ce n'était pas chez lui de l'orgueil ou une vaine gloire, mais le fruit d'un engagement sincère, une façon de vivre sa foi de façon pragmatique. Jean-Paul était sacristain laïc. Pour autant, il était resté célibataire et n'avait jamais eu la tentation de se marier. Il vivait sa mission comme un sacerdoce et la prenait très au sérieux. L'entretien de l'église et le ménage lui revenait aussi, mais il n'y avait là rien d'humiliant, au contraire. Nettoyer chaque matin la maison du Seigneur équivalait pour Jean-Paul à nettoyer son âme, à s'abaisser devant le Très-Haut en accomplissant d'humbles tâches réservées en principe au « personnel d'entretien » – ainsi désignait-on désormais, par un euphémisme poli, les femmes de ménage. Passer la serpillière et le balais, ôter les cierges consumés, gratter la cire ayant coulé sur les bougeoirs, remplacer les ampoules grillées, passer avec vénération le chiffon sur les statues ou les images saintes, toutes ces tâches s'apparentaient en vérité à une forme d'adoration. Ainsi, sans lui faire oublier sa chapelle bretonne, infiniment plus modeste mais à laquelle il avait conservé toute sa tendresse et qu'il pleurait encore comme un veuf s'apitoyant sur la perte de sa bien-aimée, Saint-Germain-l'Auxerrois transportait Jean-Paul dans des états de béatitude extrême.

Depuis le terrible incendie qui avait ravagé la cathédrale Notre-Dame de Paris, une partie des activités de cette dernière avait été transférée à Saint-Germain-l'Auxerrois. Parmi les statues qui avaient miraculeusement échappé au désastre, certaines y avaient été également entreposées, dont la fameuse Vierge à l'enfant, dite Notre-Dame-du-Pilier, une sculpture du XIVe siècle que Viollet-le-Duc avait installée à l'entrée du chœur de Notre-Dame en 1855. Une Vierge Marie couronnée, serrant dans son bras gauche l'Enfant-Jésus tenant le monde dans ses mains. Un chef-d'œuvre qui avait traversé les siècles et se trouvait à présent dans une chapelle latérale de Saint-Germain-l'Auxerrois.

Jean-Paul vénérait cette représentation de la Vierge mère et se recueillait chaque matin devant elle, entre deux coups de balai. Ce jour-là, pourtant, sa dévotion fut gâchée par un événement aussi inattendu que terrifiant : au pied de la statue se trouvait un buste de femme présenté dans la même attitude que celle de la Vierge, qui la surplombait.

30

Église Saint-Germain-l'Auxerrois, 9 heures

L'église n'ouvrirait pas ce matin et la messe de midi serait annulée. Le saint lieu resterait fermé aux fidèles pour un temps indéterminé. En revanche, la police était sur le pied de guerre. Le chanoine Bertrand, curé de la paroisse, avait le visage aussi blanc que l'aube qu'il revêtait lors des offices. Dans toute sa longue carrière de prêtre, jamais il n'avait été confronté à une situation aussi abominable. Ses lèvres naturellement minces étaient pincées et ses traits exprimaient un mélange d'indignation et de répulsion extrêmes.

— C'est l'œuvre du diable ! martelait-il d'une voix tremblante d'émotion. Seul Satan peut commettre de telles atrocités ! Dans une église. *Mon* église, vous vous rendez compte ? Au pied de la statue de la Vierge ! C'est odieux !

En face de lui, le commandant Peretti prenait des notes. Il commençait à s'habituer à ces mises en scènes macabres quotidiennes. Il devait reconnaître que l'auteur de ces crimes avait autant d'imagination que de suite dans les idées. Même mode opératoire, même victimologie, toujours des lieux emblématiques. Cette fois-ci la statue de chair avait été déposée au sein d'un édifice religieux. Le meurtrier avait franchi un pas de plus dans la transgression des tabous, ajoutant au crime le blasphème. Mais si le policier était en charge de celui-là, il n'était pas juge de celui-ci.

— À vous écouter, mon père, le fait d'avoir introduit un cadavre dans votre église est un crime plus grave que l'assassinat d'une jeune femme.

Le prêtre se troubla.

— Je n'ai pas dit cela… Toute vie humaine est précieuse, bien entendu, et elle mérite respect et protection. Mais se décharger d'un corps dans un lieu saint, qui plus est aux pieds de Marie, interceptrice des hommes auprès de Dieu, ajoute une dimension spirituelle à cet acte condamnable. C'est une provocation dirigée vers le Ciel et le Dieu d'amour ! Un acte satanique !

Peretti comprit qu'il ne servirait à rien d'insister. Que des femmes se fassent tuer était en soit un événement *presque* banal, les féminicides étant hélas de plus en plus fréquents, y compris au sein des couples. En revanche, les trucider, les couper en morceaux, les vider de leur sang, les momifier, les sculpter et les exposer dans une église était un concept assez nouveau. Peretti pouvait comprendre la colère du bon père mais il n'était pas là pour discuter théologie. Il avait un crime de plus à résoudre.

— Vous connaissiez la victime ? l'interrogea-t-il en tournant une page de son carnet.

— Ma foi, oui, reprit le curé d'un ton plus mesuré. Elle venait régulièrement. À la messe de midi, la plupart du temps.

— Elle était seule ? Vous ne l'avez jamais vue en compagnie de son mari ? Même à l'office du dimanche ?

Le prêtre se gratta le front, comme s'il cherchait à raviver ses souvenirs.

— Le dimanche, l'église est pleine. Il est difficile de reconnaître chaque fidèle. En semaine, les habitués sont plus rares.

— Elle se confessait ?

Le chanoine le fusilla du regard.

— Je ne répondrai pas à cette question qui relève de la vie privée. Et quand bien même cette paroissienne venait se confier ici, vous savez comme moi que le prêtre est soumis au secret de la confession !

— Sauf s'il y a crime, corrigea Peretti.

— Lorsqu'il s'agit de l'auteur du crime, oui, pas quand il en est la victime ! rétorqua du tac au tac l'homme d'église.

Peretti savait qu'il avait raison. Il avait tout de même tenté le coup. Certains curés n'étaient pas toujours au fait des évolutions de la loi en la matière, surtout depuis l'assouplissement du respect du secret professionnel des prêtres en matière de dénonciation de crimes, notamment pédophiles. Mais là, il était tombé sur une pointure. Le chanoine Bertrand connaissait ses droits et se maintenait droit dans ses bottes et sa soutane. Il aurait du mal à lui soutirer des informations intéressantes. Il tourna les pages de son carnet. Depuis la divulgation de la liste des membres d'Alma-Mater, son équipe avait eu le temps de se renseigner sur chacune des femmes qui en faisait partie.

— Marie de Bussy, 38 ans. Mariée, sans enfants, femme au foyer. Statut bourgeois aisé. Catholique pratiquante. Était inscrite à un groupe de soutien de femmes maltraitées ou violées se tenant chaque lundi soir. Elle a participé à la séance de lundi dernier puis a disparu sans donner de nouvelles à personne, y compris son époux. Ça vous dit quelque chose ?

Peretti releva brusquement les yeux de son carnet et les plongea dans le regard du prêtre, où un certain trouble était visible. L'homme de Dieu en savait plus qu'il ne voulait bien l'avouer sur la victime mais il ne dirait rien. Peretti aurait juré qu'il devait même être son confesseur, voire son directeur de conscience.

— Nous avons interrogé son mari après qu'il ait signalé la disparition de sa femme au commissariat. Il nous a confié avoir eu des différends avec elle sur le plan intime... Il se plaignait du fait qu'elle n'était pas assez disponible pour lui. Il incriminait notamment sa participation à ses yeux trop active aux offices religieux qui auraient eu pour conséquence, toujours selon lui, de refroidir les ardeurs de son épouse au profit de sensations... plus spirituelles.

Le visage blafard du chanoine était devenu cramoisi. De rage, ou de pudeur offensée.

— Monsieur, un prêtre n'a pas à s'occuper de la vie personnelle de ses ouailles ! Je ne comprends pas le sens de vos allusions et celles-ci me paraissent parfaitement déplacées en un tel lieu !

— Pas « monsieur », « commandant », je vous prie. Je vous appelle bien « mon père » alors que vous ne l'êtes pas. Je tiens tout comme vous au respect des titres et des fonctions. Quant à mes « allusions », comme vous dites, elles n'ont d'autres buts que d'établir la vérité et de coincer le ou les coupables.

Le ton commençait à monter sérieusement entre le curé et le policier. Peretti jugea préférable d'interrompre l'entrevue.

— Je vous laisse le temps de réfléchir à tout ça. Vous demeurez à notre disposition, bien entendu.

— Nous sommes jeudi. Ce jour-là, à l'issue de la messe vespérale, les fidèles ont la possibilité d'adorer l'Eucharistie entre 18 h 15 et 19 h 15. Vous pensez que ce sera possible ?

Le ton du chanoine était devenu suppliant. Peretti ne put résister à la tentation de rabattre le caquet à ce donneur de leçons.

— Je ne pense pas que vous puissiez y compter. L'église sera fermée au public jusqu'à ce que la police scientifique ait terminé sa collecte d'indices. Avec un peu de chance, vous pourrez peut-être dire la messe dimanche prochain.

Le visage du père Bertrand redevint blanc comme un cierge.

— D'ici là, je vous laisse le soin de prier pour l'âme de la défunte Marie de Bussy, *mon père*.

*

Le légiste, pour une fois, avait remisé sa pipe au fond de la poche de sa veste par égard pour le saint lieu. L'église avait déjà été souillée par un crime, inutile d'en rajouter avec la fumée de tabac. Le docteur Borrel avait le sens des convenances. Peretti n'eut pas besoin de l'interroger pour obtenir le compte-rendu habituel.

— Même mode opératoire, même méthode d'embaumement, et toujours cette double hache dessinée au milieu du front. Mais, cette fois, l'artiste a pris davantage de temps pour soigner son œuvre. Les points de suture sont presque invisibles et il n'y a plus aucune trace de sang.

— Au fait, docteur, pourquoi les mutile-t-il ? Pourquoi leur couper les bras et les jambes au lieu de les laisser entières ? Voyez-vous une explication médicale à ce choix ?

Le légiste fut tenté de mettre la main à sa poche pour extirper sa bouffarde mais se retint à temps.

— Je me suis également posé la question. Il y a plusieurs raisons possibles, en effet. Tout d'abord, un buste est plus léger à transporter qu'un corps entier. S'agissant d'une femme normalement constituée, une fois amputée de ses membres et vidée de son sang, je dirais qu'elle doit peser dans les vingt-cinq kilos, au lieu de soixante. L'équivalent d'un sac de ciment. Un buste tient aussi moins de place. On peut le ranger dans un sac de voyage, par exemple. Et puis on n'a pas le problème de la rigidité cadavérique des bras et des jambes. En les manipulant *post mortem*, on risque de les casser, ce qui ne peut qu'aller à l'encontre du sens esthétique de notre sculpteur de chair.

Le buste est en outre un modèle courant en statuaire. On le dispose sur un socle, et le tour est joué !

Antoine Peretti ne savait dire s'il admirait ou déplorait le cynisme du médecin. Il avait remarqué qu'il ne parlait plus d'assassin, mais d'« artiste », ou de « sculpteur de chair ». Comme s'il cautionnait ces crimes horribles du fait de leur originalité et de leur plastique parfaite.

— Et tout ce sang, qu'en fait-il ?

Le docteur Borrel le gratifia d'un grand sourire.

— Le sang peut avoir de multiples usages en-dehors de l'aspect strictement médical. Il a toujours exercé une grande fascination chez les hommes. Surtout l'hémoglobine, le sang artériel si vous préférez, avec sa belle couleur rouge carmin. Cela peut également expliquer l'amputation des membres. Il faut savoir qu'il y a aussi du sang dans les os et la moelle épinière. Notre ami doit certainement le récupérer. Il y a entre cinq et sept litres de sang dans un individu, de quoi remplir un bon jerrican.

« Notre ami » ! Décidément, ce légiste était impayable.

— Et pourquoi choisir des femmes, de surcroît enceintes ? En dehors de l'aspect esthétique, bien entendu...

— Ah ! Là encore, le sang intervient ! Les hommes ont un taux d'hémoglobine plus élevé que les femmes : quarante-sept pour cent contre quarante-deux. Sauf les femmes enceintes, dont le taux est équivalent.

— Cette « vierge » sacrifiée attendait-elle un enfant ?

— Non. Mais elle était loin d'être vierge, si vous voulez mon avis. J'ai pu noter de nombreuses légions vaginales et anales impliquant des rapports sexuels forcés. Pourtant, contrairement à la statue d'hier, celle-ci ne semblait pas spécialement portée sur la chose... Comme quoi il ne faut pas toujours se fier aux apparences.

Non, Marie de Bussy n'était pas portée sur la chose. Mais son mari, oui. C'est lui qui avait dû contraindre son épouse « frigide » à subir ses assauts, ce qui expliquait sans doute la raison de sa présence à Alma-Mater. Comme beaucoup de femmes, Marie était régulièrement violée par son propre mari. Depuis la loi de 1980, on ne pouvait plus s'acquitter de son « devoir conjugal » sans le consentement explicite de son conjoint. Un rapport obtenu par menace, surprise ou contrainte était assimilé à un viol aggravé entre époux et pouvait être puni de vingt ans de prison. Encore fallait-il le prouver. Souvent, c'était parole contre parole. Et Marie n'était plus là pour témoigner de ce que lui faisait endurer son mari.

— Mais elle devrait porter un enfant comme le modèle dont elle s'inspire, non ?

— En effet. Notre artiste aurait donc oublié le petit Jésus. Peut-être parce sa maman de chair n'avait pas de bras pour le tenir ?

Si c'était de l'humour, il était assez glauque. Et si le légiste pensait vraiment ce qu'il disait, il serait bientôt bon à enfermer.

*

Les autres membres de l'équipe du commandant Peretti étaient venus prêter main forte à leur chef mais la récolte était mince. Le sacristain était seul dans l'église au moment de la découverte du crime. C'est Nicolas Béthune qui avait pris sa déposition.

— Le pauvre vieux était sous le choc. Il a failli se trouver mal à plusieurs reprises. On peut le comprendre...

— C'est lui qui a fermé l'église hier soir ?

— Oui, mais il n'a rien remarqué de louche. Je pense qu'on peut le mettre hors de cause.

— Des signes d'effraction ?

— On n'a rien relevé pour l'instant. Soit les intrus avaient les clés, soient ils étaient fortiches en crochetage de portes.

Peretti réprima un sourire. Il se revit en train de s'introduire chez Eleni Kokino avec un simple passe universel et un kit de cambrioleur.

— Pourquoi avoir choisi précisément cette église ? poursuivit le commandant. Le Palais-Royal, le Sénat, le Panthéon... Il y a une sorte de logique et une certaine progression, avec des lieux très en vue et liés aux différentes formes de pouvoir, mais des églises, ce n'est pas ce qui manque à Paris ! Il doit y en avoir une bonne centaine à Paris, non ?

— Cent quarante-huit très exactement pour le seul culte catholique, précisa Irma Valence. Certaines sont fermées mais ça laisse encore pas mal de...

— Ce n'est pas l'église qu'il a choisie, mais la statue de la Vierge à l'enfant, intervint Nicolas Béthune. Le sacristain m'a expliqué qu'elle se trouvait auparavant à Notre-Dame. On l'a installée ici suite à l'incendie...

Le visage de Peretti s'éclaira.

— Ah, je comprends mieux… En déposant sa sculpture au pied de cette Vierge, c'est comme si l'assassin l'avait transportée dans la cathédrale Notre-Dame elle-même ! L'un des plus hauts lieux du christianisme…

— Et le choix de la statue n'a pas été fait au hasard non plus, précisa Éléonore Mancel. La Vierge à l'enfant est dans la continuité d'Isis et Horus. Vierge et mère. L'*Alma Mater* des origines…

— Comme le nom de l'association de Martha Apfelbaum, bougonna Peretti. Blaise, tu as avancé sur l'emploi du temps de la victime à l'issue de la réunion de lundi soir ?

— Giovanna Malfizia a invité plusieurs femmes à l'accompagner dans son bar branchouille des Halles. J'ai vérifié, elles y sont bien allées. Quelques-unes en tout cas. Le barman s'en souvient très bien.

— Il a donc pu identifier Marie de Bussy ?

Blaise Pasquale secoua la tête.

— Il se souvient parfaitement de Giovanna, visiblement une habituée du lieu, il a moins fait attention aux autres. Il n'a reconnu formellement que Charlotte Balmoral qui semblait plutôt bien partie pour faire la fête. Elle était bourrée, d'après lui. Quoi qu'il en soit, cette grenouille de bénitier de Marie de Bussy n'était certainement pas le genre à fréquenter les bars de nuit. Cela m'étonnerait qu'elle se soit jointe au groupe.

— Dans ce cas, on peut supposer qu'elle est directement rentrée chez elle. Elle a été enlevée soit à proximité du local d'Alma-Mater à l'issue de la séance, soit sur le chemin du retour. Par l'assassin ou l'un de ses complices.

— C'était lundi soir, commandant. Or là, nous sommes jeudi matin, releva Éléonore Mancel. Le tueur l'aurait conservée avec lui deux jours et demi avant de la déposer ici ? Pour quelle raison ?

Antoine Peretti haussa les épaules.

— Entre lundi soir et ce matin, trois victimes n'ont plus donné de nouvelles : Charlotte Balmoral, Giovanna Malfizia et Marie de Bussy. Elles ont dû être séquestrées en même temps, puis exposées les unes après les autres. Comme si l'assassin se constituait un vivier dans lequel il pioche pour créer ses statues. Et ça pour une raison connue de lui seul.

— Il n'a pas pu à la fois s'en prendre à Marie dans la rue et à Charlotte et Giovanna à la sortie du bar, fit remarquer Irma Valence.

— Il n'a même pas dû pouvoir s'occuper de toutes les trois, répondit Peretti. Il doit avoir une flopée de complices à son service. À moins qu'ils s'y mettent à plusieurs. Au fait, on a des nouvelles d'Eleni Kokino ?

— Négatif, répondit Gaëtan Maure. Son signalement a été transmis à tous les commissariats et à toutes les gendarmeries et il tourne en boucle dans les medias et sur les réseaux sociaux. On a mis une planque devant son immeuble et sur son lieu de travail à la préfecture. Rien. Zéro pointé. Elle a complètement disparu de la circulation.

Peretti aurait été étonné du contraire. Cette fille était impliquée jusqu'au cou dans cette sombre histoire. Sa soudaine absence alors qu'elle était toujours la première à paraître sur les scènes de crime s'apparentait à un aveu.

Surtout après les fautes et délits successifs dont elle s'était rendue coupable depuis lundi. Où avait-elle pu se réfugier, la garce ? Soit elle était en fuite, soit elle avait intégré son repaire, là où elle sculptait des chairs humaines. Victime, ou bourreau ? Dans les deux cas, son témoignage ou ses aveux permettraient enfin d'éclaircir l'affaire. Ou plus exactement d'avoir le commencement d'une piste.

— Bon, on fait quoi, chef ? interrogea Maurice Cavalier.

— On reprend à zéro en passant tout au peigne fin. Il faut trouver un lien entre les victimes et ce qu'on peut savoir du tueur. *A priori*, le suspect doit avoir un lien privilégié avec la chirurgie esthétique, la thanatopraxie, la sculpture et l'art en général. Et pourquoi pas, tiens, la boucherie et les tueurs des abattoirs.

— Ça fait du monde, tout ça, constata René Chafouin.

— On n'a pas le choix. On passe tout au tamis en espérant recueillir une pépite. René, je t'avais promis les croque-morts, c'est le moment de t'y coller !

— Oui, chef. Une dernière bière avant d'aller au cimetière ?

Il s'esclaffa de sa propre boutade. Il fut le seul. Depuis lundi, l'heure n'était plus à la rigolade.

31

Rue des Thermopyles, 10 heures

Eleni fut tirée de son inconscience par un grondement sourd et régulier. Comme un tambour rythmant une danse lancinante. Elle réalisa que ces percussions résonnaient à l'intérieur de son crâne. Elle ressentait des élancements terribles dans la nuque, remontant vers l'occiput. Un martèlement impitoyable. Il lui semblait recevoir des coups de marteau sur la tête. Une bête qu'on assomme. Elle tenta d'ouvrir les yeux, luttant contre l'engourdissement qui alourdissait ses paupières, mais son effort ne fut pas récompensé car elle se trouvait dans une obscurité totale. Elle ignorait tout du lieu où elle était, de la raison pour laquelle elle s'y trouvait et de la façon dont elle y avait échoué. Elle n'avait aucun souvenir de ce qui avait précédé son réveil. Rien. Le black-out complet. Elle ne parvenait pas à organiser ses pensées. Réfléchir lui était une torture, presque autant que cette douleur qui envahissait son cerveau.

Elle essaya de bouger les mains, les pieds, mais elle était paralysée. Pas vraiment paralysée car elle sentait ses doigts et ses orteils bouger, mais le reste ne suivait pas. Des pressions exercées sur son épiderme lui apprirent qu'elle était sans doute entravée, sanglée ou ligotée. Le contact direct de ces liens sur sa peau lui indiqua également qu'elle était nue. Son dos était appuyé contre une paroi incurvée et lisse qui épousait la forme de sa silhouette. Une sorte de carrelage, sans doute.

Elle expira profondément avant de remplir à nouveau ses poumons, le plus lentement possible. Un exercice de respiration qu'elle avait appris en pratiquant le yoga. Une façon de calmer son anxiété, de lâcher prise et de faire le vide en elle. Mais vide, elle l'était déjà. Une coquille de noix. Elle ouvrit la bouche et la referma plusieurs fois de suite, assouplit ses maxillaires, déglutit. Elle avait la bouche sèche ; un goût de fer prononcé tapissait son palais. Soif. Elle avait soif, très soif. Elle essaya d'émettre un son mais en fut incapable. Quant à crier, il ne fallait même pas y songer. D'ailleurs, cela n'aurait servi à rien. Elle était seule, ici. Seule, seule, seule.

Peu à peu, cependant, des images commencèrent à affluer dans son esprit dans un désordre déconcertant. Des temples grecs, des statues, des femmes nues peintes en rouge, des mains se posant sur elle. Puis, soudain, tout lui revint d'un coup. L'abattoir de la nausée. Les sculptures maculées de sang de Pablo Zaragoza, les sanguines, la vente aux enchères de modèles vivants, Martha Apfelbaum et les gardes du corps de Pablo. Et... le trou noir. Elle avait dû être droguée avant d'être entraînée dans cet espace où elle était maintenant séquestrée. Où se trouvait-elle ? Toujours à l'abattoir de la nausée ? Dans une cellule cadenassée ? Et que lui voulait-on ? C'est alors qu'elle se souvint de ses sœurs, malheureuses victimes de Pablo Zaragoza. Elle allait subir le même sort qu'elles, elle en était persuadée. Elle l'avait toujours su. Dès le début.

Le sculpteur de chairs avait fait ses armes sur d'autres femmes avant de s'en prendre à elle. Elle s'était agitée dans tous les sens pour le coincer, mais elle n'avait pas été de taille et n'avait reçu aucun soutien. Ni du côté de la police, ni de la part de ses sœurs. Seule Emma l'avait écoutée. C'est elle, d'ailleurs, qui l'avait placée sur la piste de Zaragoza. Où était-elle à l'heure actuelle ? Toujours calfeutrée chez elle ? Enlevée comme elle dans un endroit secret en attendant d'être sacrifiée ? Quant à Martha, que faisait-elle dans l'abattoir de la nausée ? « Je savais bien que tu finirais par comprendre », lui avait-elle dit. Mais comprendre quoi ? Elle avait ajouté quelque chose juste avant qu'elle perde conscience. Quelle était cette phrase, déjà ? Ah oui : « Si tu étais une statue de déesse grecque, Eleni, laquelle aurait ta préférence ? »

La jeune femme écarquilla les yeux dans le noir, saisie d'horreur. Martha Apfelbaum était la complice de Pablo Zaragoza.

Nous touchons à la fin de l'histoire. La vengeance complète est à portée de ma main. Eleni sera mon grand œuvre, elle marquera la fin du cycle qu'à cause d'elle et de toi j'ai initié. Tu seras aux premières loges pour assister à son sacrifice. Et j'espère que tu pleureras des larmes de sang, rongé par le remords. Tout aurait pu si bien se passer entre nous, pourtant. S'il n'y avait pas eu ce drame qui nous a frappé tous deux et dont toi seul a été la cause. T'en souviens-tu ?

Tu as voulu m'emmener au Cap Ferret pour le week-end. Tu avais loué une maison ouvrant directement sur la plage. Je me baignais nue dans l'océan puis en ressortait ruisselante, pareille à Aphrodite émergeant de l'onde. Tu me prenais alors sur la plage comme si tu voulais me féconder une nouvelle fois. En réalité – je l'ai compris plus tard –, ce n'était pas à moi que tu faisais l'amour, mais à la déesse primordiale qu'à tes yeux j'incarnais. Tu ne cherchais pas à te reproduire, mais à enfanter des mondes.

Le soir, tu m'as emmenée dîner dans un restaurant chic. Je n'ai pas bu mais toi, tu as descendu une bouteille de vin. Tu remplissais ton verre, le choquait contre le mien, vide, puis tu absorbais le liquide en trois gorgées. Tu as ensuite commandé un verre d'Armagnac sous prétexte que nous étions dans la région où il était produit. Tu étais passablement ivre lorsque nous avons quitté le lieu. Je t'ai conseillé la prudence avant de prendre le volant, mais entre euphorie et ivresse tu as au contraire appuyé sur l'accélérateur. Tu avais hâte de rentrer dans cette maison, près de l'océan, pour me saillir toute la nuit. La voiture oscillait d'un bord à l'autre de la route. Je t'implorais de ralentir, mais tu ne me répondais que par des rires. Au détour d'un virage, aveuglé par les phares d'un poids-lourd qui arrivait en sens inverse, tu as fait une embardée, projetant notre véhicule dans le fossé. Le choc fut si violent que je fus projetée au-dehors, tandis que tu t'encastrais dans l'avant fracassé de l'automobile. Tu revivais dans la réalité les fantasmes tordus qui t'avaient habité durant la conception de ton exposition consacrée à Crash.

Nous avons été transportés d'urgence à l'hôpital de Bordeaux. Le pronostic des médecins fut sans appel : tu avais définitivement perdu l'usage de tes membres et mon bébé, sous le choc, était mort dans mon ventre. On dut me l'enlever d'urgence. J'ai ainsi été expulsée de force de cet état paradisiaque auquel je m'étais accoutumée et dont tu partageais l'enthousiasme. Nous n'avons jamais pu surmonter cette épreuve. Tu ne pouvais plus te servir de tes mains, incapable désormais de sculpter ou de peindre. J'étais là, cependant, pour me substituer à toi comme je l'avais fait si souvent par le passé. Tu as pris de la distance avec le monde de l'art, honteux de ton infirmité, mais tes œuvres – les miennes, en réalité – continuaient à être exposées et à se vendre sous le manteau. Quant à tenter de retrouver l'état édénique que nous avions vécu, il ne fallait plus y songer. Tu étais devenu impuissant et moi je ne pourrais plus avoir d'enfants. Nous formions malgré tout un couple, même si nous n'étions plus reliés par la passion et la chair, mais par une sorte de pacte faustien.

Je me suis jetée à corps perdu dans l'art pour trouver un exutoire à cette perte irrémédiable. Je passais mes journées à affûter ma technique, à améliorer la précision de mes gestes avec le burin ou le pinceau. Tu ne pouvais t'empêcher de me donner des conseils dont je me serais passée. Ton état de tétraplégique te rendait amer et jaloux. Tu te prenais encore pour un artiste génial alors que c'est moi qui depuis longtemps étais la seule créatrice. Je commençais à en avoir assez de tes jérémiades incessantes et de ta mauvaise humeur. Cela m'empêchait de me concentrer sur mon travail. Mais c'est notre séjour en Grèce, sur les traces de la statuaire antique, qui a achevé de te rendre insupportable à mes yeux.

Nous avons parcouru le Péloponnèse et les îles, visitant les temples et les musées. J'étais tes mains et sur tes indications je dessinais des statues de déesses. Uniquement des femmes. Tu m'avais recommandé d'utiliser la technique de la sanguine qui, selon toi, insufflait à ces corps féminins une âme particulière, la couleur de la vie. Avant notre départ, nous avions commencé cette série dans les allées du jardin du Luxembourg, où j'avais croqué la statue d'Artémis à la biche face au palais du Sénat – celle-là même qui m'a servi de modèle pour l'embaumement de Charlotte et que j'ai présentée à Eleni comme étant de ta main. En visitant le musée national archéologique d'Athènes, tu as été frustré de ne pouvoir contempler que l'Athéna du Varvakeion, réplique réduite de la monumentale Athéna Parthénos de Phidias. C'est alors que tu as conçu le projet fou de remplacer la statue manquante du Parthénon par une femme réelle, parée à l'identique de la déesse. Cela ne pouvait se réaliser qu'en-dehors des heures d'ouverture au public, évidemment. En graissant généreusement quelques pattes, tu a obtenu un accès nocturne dans l'enceinte de l'Acropole afin d'y mettre en scène ton fantasme. Tu as également loué les services d'une guide touristique afin qu'elle tienne le rôle de la déesse. Je devais alors, comme pour les autres statues, réaliser une sanguine de ce tableau vivant. Je n'avais encore aucune idée de ce que tu avais en tête.

Tu avais donné rendez-vous à la guide à 21 h 30. J'avais préféré profiter de l'occasion pour visiter seule les ruines de l'Acropole et en dessiner les temples. Je devais te retrouver au Parthénon plus tard, lorsque la « statue » serait prête. J'ai erré longuement dans ce site antique, m'extasiant devant les drapés de marbre des Caryatides, l'alignement des Propylées, l'odéon d'où l'on pouvait contempler au loin la colline des Muses et le monument de Philopappos. La nuit tombait lorsque je t'ai enfin rejoint au Parthénon. Ce que j'y découvris me fit crier d'horreur. Tes fidèles gardes du corps s'acharnaient sur le corps d'une femme à demi dénudée dont je compris qu'il s'agissait de la guide. L'un d'eux s'activait entre ses jambes tandis que l'autre lui tenait les bras. Toi, tu les encourageais, la bave aux lèvres, un rictus déformant tes traits. Ce manège devait durer depuis un certain temps car la malheureuse avait perdu conscience. Elle n'était plus qu'une poupée de chiffon que se disputaient ces deux mâles comme des chiens se battant pour un os. Je ne doutai pas un instant que tu étais à l'initiative de ce viol. Je te savais manipulateur, tordu et pervers, mais jamais je n'aurais imaginé que tu en viendrais à de telles ignominies, que tu organiserais des débauches et des orgies pour satisfaire tes obsessions, renforcées par ton incapacité à les concrétiser toi-même.

J'étais tellement médusée qu'au lieu d'intervenir, j'ai assisté, impuissante, à ce spectacle odieux. Juan et Diego se succédaient avec une régularité de métronome sur le ventre de la femme inanimée jusqu'à ce que, enfin repus, ils s'écroulent, épuisés, à côté de leur victime. Tu leur demandas alors de remettre de l'ordre dans la toilette saccagée de la pseudo Athéna et de la maintenir debout afin que je puisse la dessiner. Je ne sais pas pourquoi je t'ai obéi. Par peur, sans doute, que tu me fasses subir le même sort qu'elle. Mon esquisse terminée, nous sommes partis en laissant la guide à terre, toujours inconsciente.

Nous sommes rentrés à Paris le lendemain. Je n'ai pas proféré un mot de cette horrible nuit au Parthénon, choquée par la violence de la scène à laquelle j'avais assisté. J'ai pris conscience que, même amoindri et impuissant, tu pouvais encore perpétrer les pires horreurs. Par la suite, tu as souvent évoqué le souvenir de cette nuit. Tu imaginais que cette guide abandonnée dans les ruines du Parthénon avait été engrossée par Juan et Diego. Tu l'imaginais enceinte. Tu fantasmais sur son corps s'arrondissant, comme tu l'avais fait pour le mien. En elle aussi tu voyais l'incarnation vivante d'une déesse de la fertilité. Par l'intermédiaire de l'agence touristique qui t'avait mis en relation avec elle, tu as réussi à obtenir son nom et ses coordonnées. Eleni Kokino, rue Spyros Mercouri, à Athènes. Tu voulais la revoir, la convaincre de se livrer à toi, non pour abuser d'elle, tu en étais incapable, mais pour être notre modèle. Je la dessinerais et la sculpterais aux différentes étapes de sa grossesse. Tu étais prêt à débourser une fortune pour mettre en œuvre ce projet. C'était devenu une véritable obsession. Tu reportais sur elle ce désir qui t'avait rapproché de moi durant de longs mois. Je ne t'intéressais plus, sinon pour être le prolongement de toi dont tu avais besoin : une artiste obéissant à tes commandes, doublée d'une infirmière et d'une bonne à tout faire qui prenait soin de toi.

Entretemps, Eleni avait abandonné son travail et quitté la Grèce. Tu as alors lancé Juan et Diego à sa recherche. Où qu'elle soit dans le monde, tu voulais la retrouver, quel que soit le prix à payer. Tu étais devenu fou. Elle avait été un caprice, une marotte, mais à présent elle était devenue l'être le plus cher à ton cœur. Tu l'aimais, ou croyais l'aimer comme tu m'avais aimée ou cru m'aimer. Tu te voyais en Orphée prêt à chercher son Eurydice jusqu'au fond des enfers. Tu n'imaginais pas la souffrance et la frustration que tu m'imposais ainsi. Tu ne me voyais plus, à dire vrai. Tes fidèles complices finirent par retrouver sa trace. Étrangement, en voulant fuir son bourreau elle s'en était rapprochée. Elle était revenue en France et s'était inscrite à l'École nationale supérieure de police. Elle avait bien été enceinte, mais elle avait avorté et ne présentait donc plus d'intérêt pour toi. Tu es entré dans une rage folle. Tu lui déniais le droit de s'être substitué à ton désir mais tu refusais de t'avouer vaincu. Ce qu'avaient fait Juan et Diego à Athènes, ils pourraient le refaire. Eleni redeviendrait

Athéna et elle porterait cette fois-ci sa grossesse jusqu'à maturité. Il te suffisait de la contacter pour lui proposer ton marché pervers. Au besoin, si elle refusait, tu n'hésiterais pas à la faire enlever par tes sbires et à la séquestrer.

Cela allait trop loin. Je ne pouvais me résoudre à cohabiter avec une femme qui, sous mes yeux, connaîtrait cet état qui m'était désormais interdit. C'était au-delà de ce que je pouvais supporter. Bien sûr, Juan et Diego étaient à tes ordres et t'obéissaient au doigt et à l'œil, mais c'était parce que tu les payais. Ils m'obéiraient tout autant si c'était moi qui tenais les rênes à ta place. Je décidai de mettre fin à tes délires en te clouant définitivement le bec. Non en te supprimant, mais en t'ôtant toute capacité de commander et de décider. En tant qu'ancien médecin, je n'avais que l'embarras du choix. Entre autres médications liées à ton état végétatif, tu devais prendre régulièrement des anticoagulants. Un comprimé de Préviscan par jour. Je savais que tout surdosage était dangereux et pouvait provoquer des hémorragies aux conséquences graves. Il m'a suffit de doubler la dose maximum. Au bout d'une semaine, l'anticoagulant a formé un anévrisme, entraînant aussitôt une hémorragie cérébrale. Depuis, tu es muet comme la tombe qui n'attend plus que toi. Je me suis vengée, en partie du moins, car cela ne suffisait pas. Tu avais voulu Eleni, tu l'aurais. Mais sous une autre forme que celle que tu imaginais. Ma vengeance, ainsi, serait complète.

C'est à ce moment-là que j'ai reçu l'aide décisive d'une personne : Martha Apfelbaum.

32

Place des Vosges, 13 heures

Léonce de Boisrivaud était satisfait de son acquisition. La vente aux enchères de la veille avait été particulièrement riche et les modèles bien choisis. Plus jeunes, avec des corps plus harmonieux que ceux des précédentes expositions. Ce rouge absolu qui recouvrait leur épiderme était du plus bel effet. On aurait dit des sanguines grandeur nature et en trois dimensions. L'art suprême en quelque sorte, qui ne singeait pas la réalité mais l'utilisait comme matière première. D'ailleurs, le collectionneur oublia très vite que ces œuvres originales se confondaient avec des êtres humains, en l'occurrence des femmes, devenues des statues vivantes mais immobiles et impavides comme si elles étaient faites de cire, d'argile, de plâtre ou de bronze. Car même si elles étaient encore composées d'un squelette, d'une peau, d'organes et de fluides, étant privées de mouvements et de parole elles étaient comme privées de vie.

La rivalité entre enchérisseurs avait été vive, à proportion de la qualité des œuvres exposées. Le prix d'Astarté s'était envolé et Léonce s'était fait coiffer sur le poteau par Salamane. Grey n'avait pas suivi, se contentant du buste taché de sang qu'il avait acquis juste avant. Finalement, Léonce avait réussi à emporter l'une des enchères les plus convoitées : celle d'Aphrodite. Le modèle était jeune. Une fille à peine pubère, aux seins tout juste naissants, aux fesses menues et au pubis glabre, mais dont le ventre rond témoignait de sa grossesse avancée. Fine, voire fluette, elle se tenait en équilibre sur la pointe des pieds, les bras relevés au-dessus de sa tête et arrondis en arc, le visage gracieux, mais dépourvu d'expression. Nue et fragile comme une porcelaine, entièrement peinte en rouge, y compris la longue chevelure qui tombait jusqu'au bas de ses reins. Elle tenait la pose avec une volonté et une discipline admirable. Parfois, les sculptures vivantes avaient du mal à demeurer statiques plus d'une heure. Dans ce cas, elles étaient rendues à l'artiste pour défaut de fabrication. Une œuvre devait pouvoir rester en place durant au moins une journée entière, avec une courte pause toutes les quatre heures pour détendre les muscles et s'acquitter des besoins naturels. Le modèle pouvait dormir entre minuit et 6 heures du matin, à moins que son propriétaire ne décale ses horaires pour une raison ou pour une autre, mais il devait demeurer nu et éviter tout contact avec l'eau ou une quelconque étoffe. D'ailleurs, la statue était placée à l'intérieur d'un globe de plexiglass, équipé d'un circuit permettant le renouvellement de l'air. Ainsi, si elle était exposée aux regards, elle était préservée des changements de température, des courants d'air, de la poussière et des éventuels attouchements. Les statues humaines ne devaient pas être utilisées à d'autres fins que la contemplation.

Au début, lors de ses premiers achats, Léonce se demandait comment ces femmes s'y prenaient pour demeurer immobiles aussi longtemps, dans des attitudes souvent incommodes, instables, et qui devaient nécessiter un entraînement exigeant et intensif. À présent, il n'y prenait plus garde. La statue devait remplir son office, accomplir ce pour quoi elle avait été créée, un point c'est tout. Son Aphrodite se confondait en tous points avec les autres œuvres que Léonce avait accumulées au fil du temps dans les salles de l'hôtel particulier qu'il possédait place des Vosges, dans le quartier historique du Marais. Il n'y avait pas de différence entre cette femme pétrifiée et les bustes, toiles et dessins qui ornaient les murs. Simplement, sa durée de vie était moins étendue. Elle lui serait louée pour un temps plus ou moins long, une semaine, un mois, voire davantage. Léonce avait ainsi conservé une nymphe durant presqu'un an, ce qui était un véritable exploit. En effet, au bout d'un certain temps, des déficiences mécaniques apparaissaient, paralysies et blocage des articulations ; la peau se flétrissait. De plus, il était impossible de conserver ces statues vivantes sans s'astreindre à un entretien régulier impliquant un lavage complet du sujet, suivi d'une nouvelle peinture. C'étaient des frais supplémentaires à prévoir. Il fallait donc que la sculpture en vaille la peine. Le plus simple était de s'en séparer assez vite pour en reprendre une autre. Après tout, il s'agissait d'art éphémère, comme l'était la vie humaine.

Dans le cas des femmes enceintes, comme celle vendue la veille, l'entretien de la sculpture vivante était évidemment renforcé et la location ne pouvait excéder le moment de la délivrance. C'est d'ailleurs ce qui en faisait tout le charme. Elle demeurait immobile mais son ventre était agité de soubresauts. Comme si c'était la statue, et non la femme, qui allait accoucher. La parturition, hélas, avait pour conséquence la destruction de l'œuvre. Léonce contempla son Aphrodite enceinte. Même si elle savait demeurer immobile, elle ne tiendrait pas longtemps. Son ventre était si rebondi qu'il semblait un ballon prêt à éclater. Ce serait dommage. Cette œuvre était le clou de sa collection. Il aurait du mal à s'en séparer.

Toutefois, il existait une alternative à laquelle il n'avait jusque-là pas fait appel, contrairement à ses amis Grey et Salamane qui y avait déjà eu recours : l'embaumement. L'avantage était que le collectionneur pouvait la conserver indéfiniment, sans avoir recours à aucun entretien. Plus de pause, plus de nourriture, plus de besoins physiologiques, plus de sommeil, plus de maladies ou d'accidents. La statue demeurait identique au sujet, sans les aléas et les troubles liés à la vie, mais il y avait quelques inconvénients. Le prix tout d'abord, nettement plus élevé que la location éphémère, et de façon accessoire le risque de tomber sous le coup de la loi, la justice qualifiant ces sculptures de « cadavres » et non d'œuvres d'art à part entière. Un jour prochain, sans doute, la législation évoluerait et permettrait aux véritables esthètes de satisfaire leurs caprices, mais pour l'instant, il fallait rester discret et prudent. Les femmes embaumées devaient être conservées dans la plus stricte intimité et demeurer à l'abri des regards non initiés.

Cette jeune Aphrodite au ventre rond était cependant trop séduisante aux yeux de Léonce de Boisrivaud. Il se laissait encore quelques jours de réflexion, bien que sa décision fût d'ores et déjà prise : il opterait pour le supplément de l'embaumement permanent. Ainsi, elle serait à lui pour toujours.

33

Quartier général de la PJ, 14 heures

René Chafouin détestait la mort et tout ce qui s'en rapprochait. Les cimetières, les chrysanthèmes, la fête de la Toussaint, les corbillards, tout cela lui flanquait le cafard. C'était contraire à sa philosophie de l'existence, bâtie sur les blagues, les calembours et les contrepèteries. Les deux ne faisaient pas bon ménage. Bien sûr, dans son métier de flic, il était fréquemment confronté à des cadavres, surtout à la Crim'. Ce n'était pas l'aspect du boulot qu'il appréciait le plus, loin de là. Il se souvenait encore de la première fois qu'il avait vu un macchabée sur une scène de crime. Il avait soigneusement évité de l'enjamber, de peur que le mort se réveille et lui saute à la gorge, comme dans les films de zombies. C'était irrationnel, il le savait, mais il n'y pouvait rien. Bien entendu, il n'avait jamais parlé de cette phobie à quiconque, surtout pas aux membres de l'équipe ! Ils se seraient gaussés de lui. Quant à consulter un psy, il ne fallait pas y compter.

N'empêche, il craignait la mort et son chef n'avait rien trouvé de mieux que de lui confier l'enquête sur les thanatopracteurs. Sans jeu de mot, il avait dû accepter cette mission la mort dans l'âme. Il fallait qu'il se tape tous les croque-morts de la région, avec l'espoir de tomber miraculeusement sur un empailleur de macchabées dont le profil matcherait avec le sculpteur de statues de chair. Autant chercher une aiguille dans une botte de foin. Il commença par consulter sur Internet plusieurs sites d'entreprises de pompes funèbres vantant leur savoir-faire, leur discrétion, leur efficacité et les différents services qu'elles pouvaient offrir aux défunts ainsi qu'à leurs proches. Celles-ci proposaient bien entendu un large choix de cercueils, de préférence en chêne, avec poignées en bronze pour l'inhumation, en bois ou en plastique pour la crémation. L'intérieur était garni d'un capiton en coton damassé ou en satin, agrémenté de son coussin et d'un drap. L'ensemble paraissait si confortable qu'on imaginait volontiers le plaisir que le trépassé éprouverait lorsqu'on l'y allongerait. Bien entendu, les compétences de ces commerces mortuaires ne s'arrêtaient pas là. Tout était prévu pour que le passage de l'autre côté se passe en douceur. On mettait à disposition des familles endeuillées des salles de cérémonie civiles, qualifiées d'« omnicultes », par opposition aux funérailles religieuses traditionnelles. Le choix de la musique était lui aussi laissé à la discrétion des proches ou des goûts supposés du disparu. Cela allait de l'*Ave Maria* de Schubert, du *Requiem* de Mozart ou de la *Marche funèbre* de Chopin pour les plus classiques, à *Funeral for a Friend* d'Elton John,

Highway to Hell d'AC/DC ou *Sympathy for the Devil* des Rolling Stones pour les fans de rock'n roll. Certains n'hésitaient pas à diffuser *Allumer le feu* de Johnny Halliday au moment de la crémation, ce qui n'était assurément pas du meilleur goût, mais avait bien fait rire René Chafouin. On accueillait également les proches dans des salles de réception où ils pouvaient pleurer à leur gré ou évoquer les hauts faits du défunt tout en grignotant des petits fours et en consommant des boissons alcoolisées ou non grâce aux bons soins d'un traiteur. L'entreprise fournissait évidemment bouquets, gerbes et couronnes, ainsi que les tombeaux, plaques funéraires, vases, jardinières et médaillons en tous genres destinés à perpétuer le souvenir du disparu. Au final, un enterrement digne de ce nom coûtait aussi cher qu'un mariage. Cela dit, l'investissement en valait la peine. Après tout, on ne mourait qu'une fois alors qu'on pouvait se marier plusieurs fois au cours de sa vie.

Chafouin finit par se sentir mal à l'aise devant ces mises en scènes sucrées et enrobées de papiers de soie comme des friandises. Et puis cela ne répondait pas à sa question. Il se focalisa alors sur les thanatopracteurs. Il découvrit ainsi que, selon les statistiques, il y avait environ, huit cents praticiens en activité en France et cinquante nouveaux thanatopracteurs formés chaque année. Cela représentait du monde, mais pas tant que ça. D'autant plus qu'il n'y avait guère plus de cent vingt praticiens indépendants en région parisienne, regroupés au sein d'un syndicat professionnel qui, sur simple demande fournissait la liste complète de ses membres par courriel. Chafouin ne perdit pas de temps et envoya aussitôt un message. Il reçut une réponse à peine trente minutes plus tard.

Il consulta le document et se demanda comment il allait procéder. Il n'allait tout de même pas aller les voir les uns après les autres en leur posant ingénument la question : « Vous n'auriez pas pour habitude d'embaumer des femmes avant de les exposer dans Paris, par hasard ? » Il aurait eu par ailleurs besoin d'une escouade d'agents pour le seconder, mais faute de moyens il n'y avait pas assez d'effectifs disponibles. À tout hasard, il fit défiler rapidement les coordonnées des thanatopracteurs officiant à Paris. Soudain, un nom lui sauta au visage.

— Non, c'est pas vrai ! Quel coup de bol ! murmura-t-il pour lui-même.

Tout d'un coup, toute son anxiété face à la mort s'envola. S'il ne se trompait pas, il allait de ce pas coffrer le responsable de ces meurtres. Ça lui vaudrait un sacré avancement. Tout excité par sa découverte, il attrapa son téléphone pour prévenir son chef. Après une seconde d'hésitation, il changea d'avis. Son exploit serait d'autant plus méritant s'il l'accomplissait seul. C'était contraire à la déontologie du groupe, c'est vrai, mais ce n'était pas tous les jours qu'on tenait un *serial killer* à portée de main. Il n'allait pas s'en priver.

Il enfila son veston, prit son arme de service et quitta le Bastion. Avec un peu de chance, d'ici une heure il serait le flic le plus célèbre de France.

Tu te souviens de Martha ? Tu ne l'as jamais rencontrée, mais je t'ai souvent parlé d'elle... Je m'étais inscrite à son groupe de soutien après l'accident qui avait mis un terme à ma grossesse. J'y ai rencontré des femmes qui, comme moi, avaient été heurtées et blessées dans leur féminité ou leur maternité. Ces échanges verbaux les aidaient à faire la paix avec elles-mêmes, à découvrir la force de cette sororité qui nous unissait, à exorciser les douleurs dont elles souffraient sans pouvoir les livrer à personne d'autre. Mais Martha ne se contentait pas que de paroles. Les témoignages ne suffisaient pas à guérir de certains maux, pas plus que l'écoute, même si celle-ci est attentive ou bienveillante. Elle nous tenait des propos parfois déconcertants, évoquant des énergies et des forces primordiales à l'œuvre, et ce depuis la plus haute Antiquité. Elle nous racontait l'histoire des Amazones, ces farouches guerrières qui avaient conçu une société composée uniquement de femmes, les hommes qu'elles capturaient ne servant que pour la reproduction. Elle insistait sur le fait que, bientôt, une nouvelle société d'Amazones pourrait naître grâce au développement et à la démocratisation de pratiques telles que la PMA, aujourd'hui ouverte à toutes les femmes. Nous nous suffirions alors à nous-même, ayant pris conscience que les problèmes que nous devions affronter seules provenaient exclusivement des hommes. Elle nous fit découvrir le symbole du labrys, la double hache symbolisant le pouvoir amazonien, gravée au front de ces femmes mythiques comme signe de ralliement à leur caste. Elle affirmait que dans le futur les femmes seraient plus que des êtres humains ; elles seraient des déesses, parfaites et immortelles. Un retour au matriarcat primordial initié par Alma Mater, la Grande Déesse mère, après la regrettable parenthèse du patriarcat qui désormais avait fait son temps.

Ces théories exaltées avaient pour but d'aider les femmes qui fréquentaient le groupe de soutien à retrouver l'assurance qu'elles avaient perdue. Elles leur redonnaient de l'importance, de la valeur, même si elles n'y croyaient pas vraiment. Il s'agissait à leurs yeux de symboles, de contes, de belles histoires dans lesquelles elles pouvaient se projeter en imagination, un peu comme dans ces jeux de rôles que l'on trouve sur Internet. Moi, je ne m'arrêtais pas à cette vision limitée et métaphorique. J'avais fait l'expérience durant mes sept mois de grossesse de cet état édénique qui m'avait rendue belle et divine, féconde et intemporelle. J'avais aussi redonné leur beauté aux vivantes grâce à la chirurgie esthétique et conféré aux défuntes une forme d'immortalité par la thanatopraxie.

Les récits de Martha firent écho en moi. Et si mon destin était justement de réaliser le rêve d'Alma Mater et d'immortaliser et diviniser les femmes grâce aux méthodes d'embaumement permanent liées à ma pratique de sculpteur ?

Je décidai alors de m'en ouvrir à la psychologue. Je me suis rendue dans son cabinet de consultation de la Goutte d'Or fréquenté par des femmes en détresse, la plupart marginales ou d'origine étrangère. Elles n'avaient plus de femmes que le nom, d'ailleurs, tant leur apparence misérable et négligée leur avait ôté toute beauté et toute féminité. Moi qui vouais un culte à l'esthétique du corps féminin, je me suis sentie profondément choquée par cette vision. S'il n'avait tenu qu'à moi, je les aurais poussées à faire des régimes, à entreprendre des opérations de chirurgie plastique, à se maquiller, se coiffer, s'habiller avec plus de soin et d'élégance. De respecter, enfin, cette déesse mère dont elles n'étaient plus qu'une image dévoyée.

Martha m'a reçue dans son petit bureau et m'a écoutée attentivement. Évidemment, je n'ai pas épuisé mes cartouches en une seule fois et me suis contentée d'évoquer mon travail de sculpteur, mon obsession de la perfection, ma volonté de permettre aux femmes d'atteindre et conserver ce statut d'Amazones ou de déesses dont elle nous avait si souvent parlé au groupe de soutien. Je lui ai confié mon projet de transformer les femmes en œuvres d'art, y compris celles qui semblaient les moins gâtées. J'ai notamment fait allusion aux patientes que j'avais vues dans sa salle d'attente. Selon moi, elles avaient le droit de prétendre à ce statut de déification malgré leurs faibles moyens et leur situation précaire. Martha s'est montrée intéressée par le concept, mais s'est s'interrogée sur les moyens de le mettre en pratique ainsi que sur l'investissement financier nécessaire. Je la rassurai sur ce point. Tu avais amassé une petite fortune grâce à l'exploitation de tes œuvres et c'est moi qui en avais l'entière responsabilité. Bien entendu, tous les frais seraient pris en charge, y compris la généreuse commission qui lui serait versée si elle acceptait de participer à cette mission. Ce dernier point acheva de la convaincre. Elle considérait son métier de psychologue et d'ethnopsychiatre comme un sacerdoce et l'exerçait avec passion et dévouement, mais elle avait bien du mal à en vivre correctement. Quelques subsides seraient donc les bienvenus. À condition bien entendu que l'objectif visé soit la défense de la cause des femmes et non le seul profit financier. Je lui jurai qu'il en serait ainsi. Ce n'était pas un mensonge puisque, après la transformation que je leur faisais subir, les corps féminins étaient glorifiés comme ils ne l'avaient jamais été. J'omis de préciser qu'ils ne pouvaient atteindre le statut d'immortalité qu'en passant par la mort. Malgré son esprit peu conventionnel, j'estimais qu'elle n'était pas prête à envisager un tel dénouement. Nous avons donc convenu du contrat suivant : elle m'enverrait des femmes en échange d'une rétribution. Bien entendu, cela se ferait dans la plus grande discrétion et sous le sceau du secret. D'ailleurs, elle n'était pas censée connaître mon identité, ma profession et mon adresse du fait de l'anonymat qui régentait les rapports entre sœurs dans le groupe de soutien.

C'est ainsi que je reçus régulièrement la visite de femmes se recommandant de Martha. Elles ne venaient pas d'Alma-Mater, mais du cabinet de la Goutte d'Or. Je sélectionnais celles qui correspondaient le mieux à mon idéal et leur demandais de poser pour moi. Je les dessinais puis sculptais leur effigie en terre cuite ou en bronze. C'était un premier pas. Mon but était ensuite de les immortaliser à ma manière en prenant pour exemple la statue que j'avais faite d'elles. Ce serait comme un jeu de miroir. Le modèle deviendrait à son tour statue. Les deux se rejoindraient comme en un face-à-face car la ressemblance serait parfaite. Mais je voulais prendre mon temps, ne pas précipiter les choses. Les bustes humains devaient être une réussite incontestable. Je n'avais pas le droit de sacrifier une vie pour un résultat approximatif.

Le second stade consista à travailler directement sur les modèles en leur faisant adopter des pauses durant des périodes prolongées. Elles devaient rester figées, respirer le plus lentement possible afin que rien ne vienne perturber leur immobilité. Ni tressaillement, ni contraction musculaire, ni mouvement intempestif, ni même clignements d'yeux. Elles devenaient ainsi le matériau originel que je pouvais dénuder ou vêtir, peindre ou maquiller, apprêter au gré de ma fantaisie. Des mannequins vivants sur lesquels je me faisais la main. Je n'avais rien inventé. J'avais déjà croisé dans les sites touristiques ou les artères des grandes villes des « hommes statues » qui, costumés et grimés, prenaient des poses statiques qu'ils maintenaient des heures durant comme s'ils étaient pétrifiés. Cette attraction de rue attirait les passants, notamment les enfants qui s'interrogeaient sur la nature réelle de ces silhouettes ainsi immobiles et privées d'expression. J'ai toujours ressenti une curiosité pour cette forme théâtrale qui contribue à ravaler les êtres humains au rang de simples objets. Ces comédiens de rue acceptaient de s'enfermer volontairement dans des camisoles, s'interdisant tout mouvement, toute parole, toute manifestation de vie pour satisfaire la curiosité de voyeurs ébahis ou moqueurs, fascinés par ces mannequins grotesques *et impavides. Mes modèles devaient se conformer aux mêmes exigences. Certains y parvinrent si bien que j'eus l'idée, en guise de galop d'essai, de les exposer comme statues vivantes. Sous ton nom – car ta notoriété n'avait pas faibli bien que tu aies cessé d'apparaître en public –, j'organisai des happenings sauvages dans des lieux désaffectés où se précipitaient les collectionneurs de tes œuvres. Martha était présente, fière de voir de quelle façon j'étais parvenue à permettre à ses protégées d'incarner l'idéal des Amazones et de la Grande Mère. Ces expositions eurent un tel succès que l'idée de louer ces statues vivantes s'imposa d'elle-même. Les amateurs ne manquaient pas, ils se battaient même pour être les premiers sur la liste. Pour éviter ces pugilats, un système d'enchères fut mis au point, un peu comme dans un marché aux esclaves. Mais il ne s'agissait pas d'esclavage puisque les statues – ou plus exactement les femmes statufiées – étaient volontaires et rémunérées. Martha touchait des commissions qui venaient s'ajouter à celles qu'elle percevait déjà. Ainsi, tout le monde était gagnant.*

Hier soir, la manifestation qui a eu lieu aux abattoirs de Nozay a remporté une fois de plus un grand succès. Comme d'habitude, Martha en a été la coordonnatrice. Je l'avais prévenue qu'elle recevrait la visite d'Eleni. Tout était prêt pour l'accueillir. Y compris ton service d'ordre, les fidèles Juan et Diego qui désormais travaillent sous mes ordres. Eleni était présente à ce dernier acte de tragédie antique comme elle l'a été au premier dans les ruines de l'Acropole. Cela aussi, je l'avais prévu dès notre retour d'Athènes. Comme je te l'ai dit, provoquer ton AVC était une façon de me venger de toi, mais en partie seulement. Je devais aller plus loin.

Ce soir, tu vas assister depuis ton fauteuil roulant, sans rien pouvoir faire ni rien pouvoir dire, au sacrifice final de celle dont tu as violé l'intimité : l'immortalisation d'Eleni.

34

Quartier de la Goutte d'Or, 13 h 30

Entre deux patientes, Martha se brancha sur Internet pour vérifier l'état de son compte en banque. Il avait encore grossi depuis la veille. Grâce aux trafics auxquels elle se livrait par l'intermédiaire d'Emma Bell elle était devenue riche, très riche. Mais ce n'est pas pour l'argent qu'elle avait fait tout cela. Au début, lorsqu'Emma était venue la trouver, elle avait accepté de collaborer avec elle par conviction. Servir la cause des Amazones et l'idéal d'Alma-Mater. Les femmes qu'elle envoyait chez Emma découvraient un nouveau sens à leur vie et étaient correctement rémunérées, tout en retrouvant la fierté de leur corps. Lorsqu'il fut question qu'elles soient enceintes, Martha fut également d'accord. C'était en tout point conforme à la philosophie des Amazones pour qui les hommes n'étaient que des reproducteurs. Les progrès de la médecine et la légalisation de la PMA avaient permis de rendre cette philosophie encore plus concrète puisqu'à présent les femmes pouvaient se passer entièrement des mâles. Une éprouvette remplie de gamètes suffisait.

Les sculptures vivantes peintes en rouge sang et louées aux enchères n'avaient pas davantage soulevé son indignation, au contraire. Au lieu d'exposer des œuvres mortes, sculptures de bronze ou d'argile, on travaillait la chair vivante, ce qui permettait dans le même temps de créer des emplois. Le modèle devenait statue, une noblesse que ses prédécesseurs n'auraient jamais. Pourrait-on imaginer, par exemple, l'impact qu'aurait eu, à l'époque de Léonard de Vinci, une représentation de la Joconde dans laquelle aurait été exposé, non pas le tableau, mais son modèle ? L'art vivant, selon la conception de Pablo Zaragoza, se rapprochait de la nature et faisait de la femme non pas une simple inspiratrice de l'artiste, mais l'œuvre elle-même.

Le seul problème était que ces œuvres vivantes atteignaient rapidement leur date de péremption. Les collectionneurs se plaignaient de ne pouvoir les conserver aussi longtemps qu'ils l'auraient désiré. Certains s'étaient même attachés à ces statues comme s'il s'agissait de femmes véritables – ce qu'elles étaient encore au plan physiologique, mais plus au plan social et comportemental puisqu'elles avaient accepté de n'être plus que des objets. Mais Pablo Zaragoza trouva la solution pour contourner ce problème en permettant à ses modèles d'échapper aux outrages du temps. Il suffisait pour cela, comme avait fini par le lui avouer Emma Bell après quelques résistances, d'immortaliser ces femmes en les momifiant selon le principe de l'embaumement permanent. Martha considéra qu'il s'agissait là d'une idée sublime. Certes, elle passait par le sacrifice de quelques femmes, mais ce détail avait bien peu d'importance en regard de ce projet grandiose. Lors des ventes aux enchères, elle laissait entendre aux acquéreurs que, s'ils le désiraient, ils pourraient à l'avenir conserver leurs sculptures *ad vitam aeternam*. Certains s'y risquèrent assez tôt, d'autres prirent ensuite le relais. Les docteurs Grey et Salamane étaient parmi les plus fidèles clients.

Lorsque les statues de chair commencèrent à fleurir dans divers sites de Paris, Martha comprit que l'artiste était allé plus loin encore en portant sur la place publique ce qu'il avait déjà réalisé dans la clandestinité. Son heure de gloire était arrivée. Ce lundi soir, quand les sœurs s'étaient réunies et avaient évoqué la fin tragique de Peggy Rivière, Martha avait tenu le discours de condoléances de rigueur, mais intérieurement exultait. Quelle plus belle fin aurait pu avoir cette mijaurée qui ne savait même pas ce qu'elle voulait et cachait sa grossesse comme si elle en avait honte au lieu de l'étaler au grand jour ? En buste d'Athéna elle faisait enfin honneur à son statut de déesse et d'Amazone. Cette sculpture humaine portait la patte de Pablo Zaragoza, sa signature. L'artiste maudit était allé au bout de sa logique non seulement en transformant ces statues vivantes et éphémères en statues de chair immortelles, mais aussi en les exposant en plein Paris. Lorsque, le deuxième jour, Eleni vint lui apprendre que Charlotte Balmoral avait à son tour été sacrifiée et embaumée, Martha avait feint la stupeur et la peur alors qu'en réalité elle avait compris l'ampleur du projet manigancé par Zaragoza : il allait sacrifier une par une les femmes du groupe Alma-Mater pour les rendre immortelles. Une forme de magie noire, de celles qu'elle pratiquait parfois avec certaines de ses patientes originaires de pays où l'on croyait encore aux esprits, aux démons et aux créatures invisibles. Martha y croyait aussi et c'est pourquoi elle tenait à participer à cette révolution copernicienne. Elle voulait à son tour assister le Maître comme l'avait fait jusqu'ici Emma Bell. Elle voulait servir Pablo Zaragoza, devenir sa complice. Mais l'homme était inaccessible et se cachait aux yeux de tous. Il fallait pourtant absolument qu'elle le rencontre. Ensemble, ils feraient de grandes choses.

Ce soir, après avoir fermé son cabinet, elle irait trouver Emma Bell. Lors des séances avec le groupe de soutien Alma-Mater, elle s'était plainte de son ex-compagnon, de son comportement violent, affirmant qu'ils étaient séparés et qu'elle ignorait où il demeurait. Mais Martha savait pertinemment que c'était faux puisqu'elle était toujours en contact suivi avec lui pour lui transmettre les commandes de ses nombreux clients. Peut-être même habitaient-ils encore ensemble, même si Emma ne le lui avait jamais précisé.

Ce soir, elle saurait.

35

Quartier des Batignolles, 17 heures

— On doit faire le point d'urgence, commença Peretti après avoir avalé la moitié de sa demi-pression. Wens a été très clair : si demain matin on a encore un macchabée sur les bras il saute, et nous avec. Alors, quelle est la moisson du jour ?

Les membres du groupe d'enquête faisaient grise mine. Leur chef les avait convoqués chez Gus, comme à son habitude, mais ils n'avaient guère avancé depuis le matin. Plus exactement, ils en étaient pratiquement au même point, c'est-à-dire nulle part.

— Vous battez pas pour prendre la parole, surtout. Nicolas ?

— J'ai vérifié les signalements reçus par le 17 au sujet d'Eleni Kokino. Une flopée d'appels, comme on peut s'en douter, mais rien de sérieux. La même chose dans les commissariats et les gendarmeries. Elle semble s'être volatilisée dans la nature.

Le commandant Peretti était déjà au courant, mais cette confirmation plomba un peu plus son moral. Cette disparition subite depuis la veille n'augurait rien de bon. Surtout lorsqu'on savait qu'elle se baladait avec un Glock et des munitions. Qui comptait-elle buter ?

— Gaëtan ?

— J'ai cherché du côté des sculpteurs. En priorité ceux affiliés à la Maison des artistes. RAS. Mais il y a beaucoup d'amateurs ou de gens qui prennent des cours dans des écoles ou des ateliers. Impossible de les contrôler tous.

— Léo, tu as des nouvelles des femmes d'Alma-Mater ?

— Elles se tiennent toutes sur leurs gardes. Pour l'instant, mises à part leurs quatre copines, il n'en manque aucune. On a peut-être une chance de ne pas en retrouver une cinquième statufiée demain.

— La journée n'est pas finie, Léo. Et les gynécos ?

— Ils sont environ un millier à Paris et sa région. Il faudrait des semaines pour tous les voir.

— Irma ?

— J'ai fait le tour des chirurgiens esthétiques. Enfin, pas tous. On en compte plus de quatre cents uniquement à Paris et sa région. Ceux que j'ai contactés se connaissent plus ou moins et ils ont tous un point commun : ils adorent dire du mal de leurs collègues !

— Et ?

— Et... rien. Sinon des ragots. Certains affirment avoir régulièrement « rattrapé » les erreurs de certains de leurs confrères. Plusieurs ont accusé leurs rivaux de ne pas déclarer leurs honoraires en se faisant payer au black.

Des querelles personnelles, mais aucun profil de tueur en série ou d'embaumeur n'est apparu.

— Mille gynécos pour quatre cents chirurgiens esthétiques ? Soit à peine plus de deux gynécos pour un chirurgien ? s'étonna Blaise Pasqual. La moitié des Parisiennes se font refaire les seins dans ce cas. Pas étonnant qu'on les considère comme les plus belles femmes du monde !

La plaisanterie permit de détendre un peu l'atmosphère. Même Peretti se fendit d'un rictus, vite réprimé cependant.

— Puisque tu as la langue bien pendue, Blaise, continue ! Qu'est-ce que tu nous rapportes ?

— Un bon kilo de barbaque que j'ai donné à Gus pour alimenter son plat du jour demain. C'est fou ce que les bouchers sont généreux. J'ai passé ma journée à Rungis. J'ai même pas eu besoin de montrer ma carte de flic. Il a suffit que je jure que je n'étais pas vegan pour qu'ils m'embrassent pratiquement sur la bouche.

Nouveaux rires étouffés.

— Tu as eu confirmation pour le pistolet à projectile captif ?

— Affirmatif. J'ai montré les photos du front des victimes. C'est bien la marque que l'on trouve sur les bestiaux pour les assommer. La double hache en moins, bien entendu.

— Ça assomme ou ça tue ?

— Ça plonge la bête dans un état d'inconscience qui lui permet de ne pas souffrir au moment de l'abattage.

— C'est ce que m'a expliqué le légiste, en effet. Mais sur un être humain, quel effet ça peut avoir ? Sur une femme, notamment ?

— Selon mes amis bouchers, le coup est tellement violent qu'il doit provoquer des séquelles cérébrales irréversibles. Bref, même si ces femmes n'avaient pas été vidées de leur sang et coupées en deux, elles n'auraient plus été que des légumes pour le restant de leur vie.

— À choisir, je me demande s'il vaut mieux finir en légume ou en morceau de viande, tenta Maurice Cavalier.

Cette fois-ci, personne ne rit.

— Une blague pourrie comme ça, c'est digne de René, le rabroua Peretti. Au fait, où est-il passé ? Il a pourtant été prévenu qu'on se retrouvait tous chez Gus. Gaëtan, tu l'appelles sur son portable ?

Gaëtan Maure s'exécuta, tandis que les autres se contentaient de l'observer, histoire de faire diversion.

— Répondeur direct, commenta Maure. Il a fermé son portable.

— C'est pas normal, gronda Peretti. Il sait bien qu'on doit pouvoir rester joignables vingt-quatre heures sur vingt-quatre. Qui l'a vu en dernier ?

Les membres du groupe se regardèrent. Nicolas Béthune fut le seul à réagir.

— Je suis repassé au 36 en milieu d'après-midi. Au moment où je m'engouffrais dans le hall, je l'ai vu sauter dans sa voiture. Il avait l'air pressé.

— Il s'occupait des thanatopracteurs, reprit Peretti. Il a dû flairer une piste et se la jouer solo. Le con !

36

Rue des Thermopyles, 17 h 30

Emma Bell contemplait le corps étendu sur le tapis du salon. Elle se demandait ce qu'elle allait bien pouvoir en faire. L'homme était venu la voir dans l'après-midi avec ses gros sabots en se faisant passer pour un inspecteur sanitaire chargé de vérifier la salubrité des installations de thanatopraxie. Simple contrôle de routine, avait-il précisé. Ce type-là était autant inspecteur sanitaire qu'elle était bonne sœur, avait songé Emma. Il puait le flic à plein nez. Il devait être de mèche avec cette fliquette qui était venue la voir l'autre jour. Sûr qu'ils avaient fait le recoupement entre elle, Alma-Mater et les procédés d'embaumement. Ils avaient mis le temps. Décidément, on ne recrutait pas des flèches dans la police. À part Eleni, bien sûr. Mais elle, c'était autre chose. Elle était à la fois chasseuse et proie. Difficile de s'en sortir dans ces conditions. La sœurette s'était bien débrouillée, mais elle n'avait plus aucune chance d'arriver à ses fins. Emma avait complaisamment invité le pseudo-fonctionnaire à entrer.

— C'est que… on ne fait pas souvent appel à moi, lui avait-elle répondu, et quand c'est le cas, je travaille toujours en chambre funéraire. Je n'ai aucun matériel chez moi. D'ailleurs, comme vous le savez, puisque vous êtes un spécialiste, le formaldéhyde est fortement cancérigène et très polluant pour l'environnement. Je me suis toujours refusée à en posséder chez moi.

L'homme avait tiqué. Visiblement, il ignorait que le formaldéhyde était une substance contenue principalement dans le formol, ce qui confirmait son imposture. Emma avait continué sur sa lancée.

— Aujourd'hui, je me consacre surtout à ma carrière d'artiste. Le dessin et la sculpture essentiellement. Vous voulez voir ?

Les yeux de l'homme s'étaient soudain allumés. Alma-Mater + thanatopraxie + sculpture = suspect n° 1. Emma l'avait précédé dans l'escalier conduisant au salon du premier étage. Les sculptures exposées de corps féminins rappelant la statuaire antique étaient une confirmation des soupçons qui pesaient sur elle. Plus encore les sanguines qu'elle avait volontairement accrochées aux murs et devant lesquelles l'invité-surprise s'était longuement arrêté. Il s'y trouvait notamment Athéna Parthénos et Artémis devant le Sénat. L'homme n'en croyait pas ses yeux. C'était trop beau pour être vrai. Le gros lot. Le jackpot. L'avancement assuré au sein de son service. Il serait pour le moins nommé capitaine, mais il n'avait pas eu le loisir de rêver plus longtemps. Alors qu'il s'était retourné pour interroger son hôtesse, il l'avait vue pointer sur son front un pistolet de boucher et appuyer sur la détente.

Il n'avait même pas eu le temps de sentir quoi que ce soit et s'était écroulé sur le sol sans connaissance.

Depuis, Emma s'interrogeait sur la meilleure façon de se débarrasser de ce colis encombrant. L'embaumer ? Certainement pas. Il ne le méritait pas. Et puis c'était un homme, or Emma n'immortalisait que les femmes. Le cacher ? Dans la maison, il n'en était pas question. Son absence allait vite être constatée par ses collègues et il ne fallait pas qu'ils le trouvent ici. Pas avant qu'elle ait achevé son œuvre. Elle avait encore besoin d'un peu de temps. Quelques heures à peine.

Elle passa rapidement en revue les méthodes généralement utilisées pour faire disparaître les cadavres compromettants. Depuis Agatha Christie, la science avait fait de notables progrès en la matière, grâce notamment à la chimie. Plonger le corps dans un bidon rempli d'acide fluorhydrique était devenu à la mode depuis la diffusion de la série américaine *Breaking Bad*. L'avantage de cet acide était qu'il pouvait dissoudre toutes les matières organiques, y compris les os et les dents. Mais sa mise en œuvre n'était pas sans risques pour l'utilisateur. Il fallait revêtir une combinaison, un masque et des gants et éviter d'inhaler ce produit hautement toxique. De plus, il attaquait non seulement les chairs, mais également la céramique et le plastique. Et puis cela demandait trop de temps. Une solution alternative consistait à donner le macchabée à bouffer à des porcs affamés. Ces animaux omnivores dévoraient tout, sauf les dents, ce qui suffisait à identifier le corps. Et puis les élevages porcins étaient rares en plein Paris. Il y avait bien la vieille méthode du cadavre coupé en plusieurs morceaux placés dans des sacs poubelles de cent litres que l'on répartissait ensuite dans des bennes à ordure. Trop fatigant. À exclure également l'enterrement au fond du jardin – la maison n'en disposait pas – ou la crémation – il lui aurait fallu trouver un four dont la chaleur montait à 850 degrés ou plus. Non, elle devait imaginer quelque chose de simple et rapide.

Emma jeta à nouveau un regard sur l'homme allongé. Il n'était pas mort au sens clinique du terme, juste assommé, aussi ne présentait-il aucune blessure ou signe de lutte. Pas de sang, pas d'écorchures ou de marques de coups, pas même de vêtements déchirés. Juste cette petite ecchymose sur le front. Un joli corps à peine abîmé, qui pouvait encore faire illusion. Il y avait une carte à jouer. Elle allait d'abord devoir le déplacer du premier étage au rez-de-chaussée. Cette première étape était la plus facile à résoudre. Elle avait l'habitude de faire circuler Pablo d'un étage à l'autre de la maison à l'aide d'un lève-personne grâce auquel elle pouvait l'extirper de son lit ou de son fauteuil pour le placer sur un fauteuil roulant. Ce dernier était ensuite disposé sur le monte-escalier amovible qui desservait les différents niveaux. Un jeu d'enfant. Pour déposer ses statues de chair dans les lieux qu'elle avait choisis, Emma utilisait un fauteuil roulant motorisé qui lui permettait de se déplacer sans problèmes, surtout la nuit. Elle recouvrait les bustes féminins de couvertures afin de ne pas attirer l'attention. Qui se méfierait d'une femme accompagnant de pauvres handicapés dans les rues de la capitale ? Pour cet homme, ce ne serait pas la peine.

Il ne lui manquait ni bras ni jambes, et il était habillé de pied en cap.

Il n'était certainement pas venu à pied. En inspectant sa veste, Emma trouva rapidement ses clés de voiture au fond d'une poche. Les flics ne se gênent pas pour se garer n'importe où. Sa voiture devait être au coin de la rue. Emma sortit de la maison en poussant le fauteuil roulant sur lequel elle avait installé le pseudo inspecteur. Arrivée à la jonction avec la rue Raymond-Losserand, elle actionna la télécommande de la clé et entendit aussitôt un signal accompagné d'un clignotement de phares. Les portes d'une Citroën blanche banalisée garée sur le passage piéton s'étaient déverrouillées automatiquement. Emma prit l'homme par les épaules et le bascula sur le siège passager. Il était plus costaud que Pablo, mais ça pouvait aller. Il suffisait de savoir équilibrer les poids, sans avoir à fournir d'effort particulier. Puis elle boucla la ceinture de sécurité afin d'éviter qu'il bascule en avant. Elle lui avait fermé les yeux. Il paraissait dormir. Elle prit le temps de retourner chez elle pour y déposer le fauteuil roulant puis revint tranquillement vers la voiture. Elle devait emmener son passager dans un autre quartier pour mieux brouiller les pistes. Une porte de Paris, près du périphérique sud, par exemple. On peut crever la gueule ouverte sans que personne ne s'en aperçoive par là-bas.

Elle prit le volant et remonta jusqu'à la rue d'Alésia, puis bifurqua à gauche pour emprunter la portion de la rue Vercingétorix qui descend vers le sud en bordant la coulée verte et la voie ferrée. Elle s'engagea ensuite sur le boulevard Lefebvre et roula jusqu'au parc Georges-Brassens, dans le XVe arrondissement voisin. Ce coin était toujours calme, sauf le week-end, où se tenait le marché du livre ancien et d'occasion, dans une ancienne halle aux chevaux. Des paroles du célèbre auteur-compositeur lui revinrent en mémoire et elle se prit à les fredonner :

Mais où sont les funérailles d'antan ?
Les petits corbillards, corbillards, corbillards, corbillards,
De nos grands-pères.

Elle s'arrêta en double file à proximité du parc, sortit de sa poche le Glock retrouvé la veille au soir dans le sac d'Eleni, puis tira une balle en plein dans le front du flic, juste à l'endroit où elle l'avait assommé avec son pistolet de boucher. Elle déposa le Glock aux pieds du cadavre et descendit de la voiture en laissant tourner le moteur. Ni vu ni connu. Aucun rapprochement possible avec les embaumements. Elle ne risquait rien.

Tous les soupçons se porteraient sur Eleni, mais lorsqu'ils la retrouveront il sera trop tard. Elle sera déjà immortelle. Elle reprit tranquillement le chemin du retour. Elle s'arrêta dans un bar rue Raymond-Losserand, commanda un café et une pièce pour téléphoner.

37

Salle d'information et de commandement de la Préfecture de police, 18 h 30

— Police-Secours, j'écoute.

— Je voulais vous signaler une chose bizarre... Une voiture est stationnée en double file devant le parc Georges-Brassens, moteur allumé. Il y a un passager à l'intérieur. Mais il est... enfin. Sa tête... vous voyez ?

— Que voulez-vous dire ? Qu'est-ce qu'elle a, sa tête ?

— Eh bien... il n'en a plus. Enfin, presque plus. Il y a un grand trou et du sang partout. Je...

— Calmez-vous... Quelle est la position géographique, exactement ?

— Devant l'entrée du parc... Enfin, juste avant...

— Vous avez remarqué quelque chose de spécial ?

— Eh bien... Je promenais mon chien... Tout à coup, j'ai entendu une détonation. Mirza a aboyé et tiré sur sa laisse. Mirza, c'est mon chien. J'ai vu quelqu'un descendre de la voiture et s'enfuir en courant. Alors, je me suis approchée et... Oh, mon Dieu !

— Qui avez-vous vu ? Pouvez-vous me donner son signalement ?

— Ça a été si vite. C'était une femme. Une jeune femme. Brune, pas très grande.

— Restez sur place et attendez l'arrivée de la patrouille pour donner votre témoignage. Puis-je avoir votre nom ?

La personne avait déjà raccroché…

*

— Chef, il y a du nouveau.

Peretti était coincé dans les embouteillages. À la voix qu'avait Nicolas Béthune au téléphone, ce ne devait pas être une très bonne nouvelle.

— Une patrouille vient de retrouver René dans sa voiture, devant le parc Georges-Brassens. Il a reçu une balle en plein milieu du front.

Peretti sentit un nœud se former dans son ventre. René Chafouin était souvent lourd, mais c'était un bon flic. Et surtout il faisait partie de son équipe. C'était comme s'il était de sa famille.

— L'arme ?

— Un Glock 19. Celui qui a été volé au centre de tir. On a vérifié le numéro de série. Il était dans la voiture.

Le commandant se retint de ne pas hurler. Ce n'était pas possible. Elle n'était tout de même pas capable de *ça* ?

— Des témoins ?

— Un coup de téléphone anonyme au 17. La personne a entendu le coup de feu et a vu quelqu'un sortir de la voiture et s'enfuir. Sa description colle avec celle de Kokino.

Merde ! Merde ! Merde ! se répéta Peretti. Pourquoi s'en prendre à Chafouin ? Et pourquoi l'éliminer comme ça, en plein Paris, au vu et au su de tout le monde ? En abandonnant l'arme, en plus. Cela revenait à signer son crime. C'était absurde. Depuis le début, toute cette histoire n'avait aucun sens. Eleni Kokino était folle à lier. C'était une criminelle, et elle était en liberté. Comment avait-elle pu échapper à la vigilance de la police ? Son signalement avait été diffusé partout. Peretti consulta sa montre. 18 h 45. Et le trafic qui n'avançait pas. Il fallait trouver une solution pour la coincer, et vite. Mais comment faire ? Comment la localiser ? C'est alors qu'un détail lui revint à l'esprit. Un détail de rien du tout, mais qui pouvait avoir son importance. Au point où ils en étaient, il fallait tout tenter, même ce qui pouvait sembler le plus improbable.

— Nicolas ?

— Oui, chef.

— On se retrouve tous aux Batignolles pour une réunion de crise.

— Chez Gus ?

— Non, au 36. D'ici là, trouve-moi les matricules des gardiens de la paix qui étaient en faction lundi matin au Palais-Royal et tu les convoques.

— Mais... Pourquoi ?

— Fais ce que je te dis. Tu verras bien.

Antoine Peretti raccrocha, brancha son gyrophare et son alarme et, donnant un brusque coup de volant, projeta son véhicule sur la file d'en face pour faire demi-tour et mettre le cap sur le Bastion.

Il restait un espoir. Mince, mais un espoir tout de même.

38

Rue des Thermopyles, 19 heures

Eleni alternait les périodes d'inconscience et d'éveil, oscillant entre les deux, telle une nageuse plongeant au fond de l'eau avant de revenir respirer à l'air libre. Son sommeil, ou ce qui y ressemblait, était peuplé de visions et de cauchemars, tandis que ses réveils lui semblaient aussi irréels que ses songes. Elle était toujours immobile et entravée et sentait encore cette paroi froide et dure qui épousait la courbe de son dos.

— Eleni... Eleni...

Elle percevait une voix lointaine répéter ce prénom comme une litanie et se souvint soudain qu'il s'agissait du sien. Elle se força à ouvrir les yeux et distingua à quelques mètres d'elle le visage d'une femme qui lui souriait. Un visage familier. De qui s'agissait-il, déjà ? Elle ne parvenait pas à s'en souvenir clairement. Elle avait les idées si confuses.

— Eleni... Tu me reconnais ? C'est Emma... Emma Bell. Ta sœur du groupe Alma-Mater.

Emma… Alma-Mater… Martha Apfelbaum… Tout se remit en place d'un coup. Où se trouvait-elle ? Pourquoi l'avait-on enfermée ? Si c'était Emma qui s'adressait à elle, cela voulait dire qu'elle l'avait retrouvée et qu'elle était sauvée. Elle ouvrit la bouche pour parler, mais aucun son ne franchit ses lèvres.

— C'est la fin du voyage, Eleni. La fin de ton voyage terrestre en tout cas, car une aventure bien plus grandiose t'attend désormais : celle de l'immortalité.

Que voulait dire Emma ? Pourquoi ne venait-elle pas la libérer de ses liens au lieu de lui tenir ce discours étrange ? Elles étaient toutes les deux en danger. Pablo Zaragoza… Martha Apfelbaum…

— Tu te souviens de notre rencontre dans le groupe de soutien ? Tu ne me connaissais pas mais moi, je savais parfaitement qui tu étais. Je te suivais à la trace depuis si longtemps. Je savais tout de toi, ton passé, tes blessures, tes ambitions, ton désir de prendre une revanche sur ton destin. Un jour, tu as reçu une invitation anonyme pour venir assister à une réunion d'Alma-Mater. C'est moi qui l'avais glissée dans ta boîte aux lettres. Je savais qu'après le traumatisme que tu avais vécu à Athènes tu viendrais à cette réunion, ne serait-ce que pour te faire une idée. Martha a été particulièrement convaincante ce soir-là, et je t'ai longuement parlé à la fin de la réunion pour te mettre en confiance et te pousser à revenir. Tu as parfaitement mordu à l'hameçon… Désormais, je pouvais t'avoir sous la main à mon gré.

Eleni voulut réagir, mais elle demeurait prisonnière de ses liens. Ses yeux s'étaient accoutumés à la pénombre qui régnait dans ce lieu inconnu, elle distinguait mieux les traits de son interlocutrice. Elle n'avait plus rien de l'Emma transie de peur qui redoutait tant son ancien compagnon.

— J'ai amadoué Martha en faisant appel à ses services de rabatteuse. C'est elle qui était chargée de trouver des femmes, de préférence isolées, sans famille proche qui aurait pu s'inquiéter de leur disparition, et de me les envoyer ici. Certaines étaient enceintes, comme la petite punkette mise aux enchères hier soir. D'autres le devenaient après avoir accepté d'être fécondées en échange d'une confortable somme d'argent. Je n'avais plus besoin de faire appel à Juan et Diego. J'avais une provision suffisante de gamètes pour les ensemencer de façon quasi certaine. Lorsqu'elles étaient parvenues à un stade avancé de leur grossesse, j'organisais ces ventes aux enchères de statues vivantes où se pressaient le Tout-Paris *underground*, avec la collaboration active de Martha. Mais je ne comptais pas m'arrêter en si bonne voie. Tu vois ce que je veux dire ?

Emma Bell s'exprimait avec un naturel confondant, comme si elle tenait une conversation mondaine sur les tendances de la mode ou les variations météorologiques. Elle était fière de cette partie d'échecs qu'elle avait jusque-là conduite sans commettre aucune faute.

— Comme je te l'ai dit, je savais tout de toi, Eleni. Y compris tes horaires de permanence à Police-Secours. Après avoir immortalisé Peggy Rivière puis l'avoir déposée sur une colonne de Buren en la transportant sur le fauteuil roulant électrique de Pablo, j'ai appelé le 17 jusqu'à ce que je tombe sur toi. J'ai contrefait ma voix et tu ne m'as pas reconnue. Je savais qu'en faisant allusion aux Amazones et aux statues grecques tu ne pourrais que t'investir pleinement dans cette enquête, quoiqu'il puisse t'en coûter. Tu as parfaitement compris le message. Tu as su que tu serais l'une des prochaines victimes du tueur. En sortant de la réunion lundi dernier, je t'ai persuadée que j'étais moi aussi en danger et que je connaissais le coupable. J'étais devenue ton alliée alors que j'étais ton ennemie jurée. Mais tu ne t'es doutée de rien. Te manipuler a été un jeu d'enfant.

Eleni n'en croyait pas ses oreilles. Emma délirait-elle ou était-elle réellement responsable de toutes ces morts ? C'était inconcevable. Et pourtant, elle détaillait chaque point de son plan avec une minutie et une précision qui ne laissait subsister aucun doute sur son implication.

— Les trois autres sœurs ont été enlevées ce fameux lundi. Pendant que je te racontais ma vie dans ce bar des quais de Seine, Juan guettait Marie de Bussy au coin d'une rue sombre pour lui plaquer sur le visage un mouchoir imbibé d'un puissant sédatif à base de chloroforme. Lorsqu'elle a repris conscience, plusieurs heures après, elle se trouvait dans la même situation que toi en ce moment-même, prête au sacrifice. Quant à Giovanna et Charlotte, c'est Diego qui s'en est chargé. Il les a suivies au *Lounge Bar* des Halles et s'est installé au comptoir. Pendant que le barman préparait des cocktails pour les filles, il a profité d'un instant d'inattention pour verser du GHB[1] dans leurs verres. Lorsqu'elles ont quitté l'établissement, il les a suivies et leur a proposé de les raccompagner. Elles étaient en pleine euphorie et ont accepté sans rechigner. Avant d'arriver chez moi, elles dormaient déjà profondément. Elles se sont réveillées à côté de leur amie Marie. En te quittant ce lundi soir, j'ai choisi d'immortaliser Charlotte en premier. Quant aux deux autres, le temps que je règle leur sort, elles ne pouvaient ni se libérer ni recevoir de l'aide. La pièce où tu te trouves actuellement n'est ni plus ni moins que le sous-sol de ma maison. Il est parfaitement insonorisé et personne, sauf moi, n'en connaît l'existence.

Eleni luttait pour ne pas sombrer à nouveau dans la léthargie. Quelle drogue Emma lui avait-elle fait absorber ? Emma, ou plus exactement Juan et Diego. Dès qu'ils étaient intervenus hier soir, aux abattoirs de Nozay, elle avait perdu connaissance.

— Pour exposer Charlotte dans le jardin du Luxembourg, cela a été un peu plus délicat que pour les autres sœurs, poursuivit Emma Bell. La difficulté était de pouvoir pénétrer dans le jardin alors que les grilles étaient fermées, et ceci sans donner l'alerte aux gardes républicains qui assuraient la surveillance de nuit. J'avais bien évidemment pris soin de m'informer des horaires d'ouverture du jardin de façon à déposer mon œuvre au pied de la statue d'Artémis juste avant la prise de service des

1. Drogue de synthèse surnommée « drogue du violeur », utilisée pour traiter la narcolepsie, provoquant chez ceux qui l'absorbent une totale désinhibition et une euphorie suivies d'une amnésie.

premiers gardiens. J'avais également relevé les empreintes des serrures et fait fabriquer des clés de façon à déverrouiller les grilles. Ainsi, j'ai pu me déplacer dans les allées du jardin avec mon fauteuil roulant motorisé avec une facilité déconcertante. Pour Giovanna, ce fut plus simple. La grille du Panthéon ne mesurant que deux mètres de haut, il m'a suffit de la hisser par-dessus grâce à un simple escabeau, puis de la disposer artistiquement à l'entrée du monument. Pour Marie, j'avais prévu une exposition plus spectaculaire à la cathédrale Notre-Dame de Paris, mais les travaux en cours suite à l'incendie m'ont obligée à changer mes plans, d'autant plus que la statue de la Vierge à l'Enfant avait été déplacée à l'intérieur de l'église Saint-Germain-l'Auxerrois. C'est donc là que je l'ai déposée, après avoir utilisé des clés que j'avais également fait faire sur mesure.

Eleni se demandait si tout cela était réel ou si elle était à nouveau en train de faire un cauchemar. Hélas, elle devait bien se rendre à l'évidence : elle se trouvait face à une dangereuse criminelle. Et elle serait sa prochaine victime.

— Et Pablo dans tout ça ? dois-tu te demander. Je l'ai incriminé depuis le début, évidemment, mais le pauvre aurait été bien incapable de faire du mal à une mouche dans l'état où il se trouve. D'ailleurs, tu vas en juger par toi-même. Je n'ai pas besoin de faire les présentations, vous vous connaissez déjà...

Emma actionna un interrupteur et une lumière crue jaillit du plafonnier, éclairant une vaste salle sans aucune ouverture vers l'extérieur, au milieu de laquelle se trouvait un bassin vide où gisait Eleni, nue, les membres entravés.

Au fond de la pièce, pâle comme une figurine de cire, assis dans un fauteuil roulant, Pablo Zaragoza la fixait de ses yeux vitreux. Des yeux qui ne cillaient pas.

Eleni eut une vision d'effroi. Ainsi, l'homme qui depuis trois ans hantait ses jours et ses nuits, ce monstre dont elle s'était jurée de se venger un jour, assisterait à sa fin.

39

Direction régionale de la PJ, 19 h 30

Les gardiens de la paix attendaient en rang d'oignon dans les locaux du Bastion. Pour la plupart d'entre eux, c'était la première fois qu'ils pénétraient dans cet antre sacré. Même si les lieux n'avaient pas la même histoire ni le même prestige que l'ancien quai des Orfèvres, ils se trouvaient à la Crim', la fameuse police criminelle qui faisait rêver des générations d'apprentis détectives. On les avait convoqués sans qu'ils sachent pourquoi. Avait-on quelque chose à leur reprocher ? En attendant, ils n'en menaient pas large.

On les fit enfin entrer dans un bureau où se trouvait une dizaine de policiers en civil. Des officiers, dont deux femmes. L'un des groupes d'enquête de la Criminelle chargé de l'affaire des statues de chair.

— Tenez-vous droit ! leur commanda le commandant Antoine Peretti, connu pour sa mauvaise humeur légendaire, sa misanthropie et son addiction coupable pour les liqueurs fortes, provenant de préférence d'Écosse.

Il les passa en revue les uns après les autres comme un général à la parade, s'attardant sur chacun des flics en uniforme, la plupart assez jeunes. Il finit par pointer son doigt sur la poitrine de l'un d'entre eux.

— C'est bien vous qui étiez de faction lundi matin au Palais-Royal ?

— Oui, commandant. Gardien de la paix Duval Georges.

— C'est bien à vous que j'ai confié ma voiture en arrivant ?

— Affirmatif, commandant. J'en ai pris grand soin. Personne n'y a touché.

Peretti fit un signe de la main aux autres uniformes.

— Vous pouvez disposer. Gardien de la paix Duval Georges, vous restez avec nous. Nous avons quelques questions à vous poser.

Les autres s'esquivèrent sans demander leur reste, bien contents de ne pas être à la place de leur collègue qui allait certainement se faire passer un savon pour une raison ou pour une autre. Mais ce n'était pas leur problème. Ils avaient fini leur service et allaient pouvoir rentrer tranquillement chez eux. Le gardien de la paix Duval, en revanche, suait à grosses gouttes, et ce n'était pas à cause de la canicule. Il se demandait ce qui allait lui arriver. Peretti avait une sale réputation. S'il avait quelqu'un dans le nez, il ne le lâchait pas avant de l'avoir étrillé en bonne et due forme. Quant aux autres membres du groupe d'enquête, ils le dévisageaient comme s'il était un repris de justice.

— Écoutez-moi bien, Duval. Je vais vous demander un effort de mémoire. C'est extrêmement important. Alors surtout, prenez le temps de réfléchir avant de répondre et ne parlez que si vous êtes sûr et certain de ce que vous avancez. OK ?

— Oui, commandant.

— Détendez-vous. Inutile de rester planté au garde-à-vous. Tenez, prenez un siège. Vous voulez boire quelque chose ? Café ? Jus d'orange ? Whisky ?

Peretti était devenu presque aimable tout d'un coup. Qu'est-ce que cela cachait ? Georges Duval n'était qu'à demi rassuré.

— Euh... Un verre d'eau, peut-être...

— Léo, sers un verre d'eau à ce jeune homme. Il a la bouche sèche, le pauvre.

Tandis qu'Éléonore s'exécutait, Peretti faisait les cent pas. Il y avait une chance sur mille que son initiative le conduise enfin à une piste, il ne fallait surtout pas la gâcher. Lorsque le gardien de la paix se fut désaltéré et un peu calmé, Peretti se planta devant lui et lui parla d'une voix aussi douce que possible, ce qui, dans son cas, n'était pas une chose aisée.

— Lorsque je me suis garé devant le Palais-Royal, il me semble me souvenir que vous teniez un vélo entre les mains. Est-ce exact ?

— Affirmatif, commandant.

Peretti marqua une pause avant de reprendre :

— Et ce vélo, à qui appartenait-il ? Pas à vous, je suppose ?

— Non, bien sûr, commandant. On m'en avait confié la garde.

— Et qui donc vous avait confié la garde de son vélo, juste devant une scène de crime ?

— Une jeune femme, commandant.

Le cœur de Peretti se mit à battre un peu plus fort.

— Vous la connaissiez ? Vous vous souvenez de son nom ?

Le gardien de la paix rougit légèrement.

— Euh... non, commandant. C'était la première fois que je la voyais. Mais elle avait l'air tellement assurée... J'ai pensé qu'elle faisait partie de la maison. Elle m'a même montré sa carte. Mais je n'ai pas eu le temps de lire ce qu'il y avait dessus.

Les battements de cœur s'accélérèrent dans la poitrine de Peretti.

— Elle était comment, cette jeune femme ? Ses cheveux ? Ses vêtements ?

— Brune. En civil. Un jean et un pull, une casquette sur la tête. Ah, oui ! Je me souviens d'un détail : elle portait des gants blancs. En plein mois d'août, ça m'a paru étrange.

Bingo ! Il s'agissait bien d'Eleni Kokino. C'est à présent que tout allait se jouer. Tout dépendait des facultés d'observation de ce garçon.

— Réfléchissez bien, Duval. Elle vous a confié son vélo puis elle est entrée dans la cour du Palais-Royal. Un moment plus tard, elle l'a récupéré et a quitté les lieux. C'est bien ça ?

— C'est correct, commandant.

— Vous avez donc tenu entre les mains ce vélo durant un bon moment. Vous avez eu tout le temps de l'observer. Pouvez-vous nous le décrire ? Quelle était sa marque ? Sa couleur ?

Georges Duval plissa le front, fournissant un effort de concentration intense.

— Ma foi… Je ne m'y connais pas trop en vélo. Les voitures, oui, mais… Il était vert, je crois. Ou gris. Gris-vert, oui. Ou bleu. Pas rouge en tout cas, je l'aurais remarqué. Quoique… Peut-être qu'il était rouge en fin de compte…

Le gardien de la paix était en train de perdre tous ses moyens. Tout se mélangeait dans sa tête. Il passait en revue toutes les couleurs de l'arc-en-ciel dont chacune aurait pu s'adapter à ce satané vélo. Peretti, lui, était en train de bouillir, mais tâchait de conserver son calme.

— Bon, laissez tomber la couleur. Ce qui est plus important, c'est la marque. Vous vous souvenez de la marque ?

— Eh bien… Je n'ai pas vraiment fait attention. C'était un vélo de femme, de ça, j'en suis sûr. Le cadre n'était pas très haut, le guidon était droit. Ce n'était pas un vélo de course, mais un vélo de ville. Quant à la marque… Si j'avais su que c'était si important, j'aurais fait plus attention. Je suis désolé, commandant.

Patatras. Le dernier espoir d'Antoine Peretti venait de s'écrouler. Il faut dire que la chance de réussir était infime. Si Duval lui avait donné la marque du vélo et fait une description précise, il aurait peut-être été possible d'en établir le signalement et de le diffuser largement. Eleni Kokino se déplaçait toujours avec sa bécane. Il suffisait que quelqu'un la repère dans une rue. Sa propriétaire pourrait se trouver alors dans les parages. Une chance sur un million, il en avait conscience, mais au point où ils en étaient... Il se tourna en direction de son équipe avec un visage dépité.

— Bon, cette fois, je crois que c'est foutu. Duval, vous pouvez disposer. Merci pour votre collaboration. Si un détail vous revient, n'importe quoi, n'hésitez pas à nous le faire savoir.

Le gardien de la paix Duval Georges porta la main droite à sa visière et se dirigea vers la sortie. Au moment où il allait appuyer sur la poignée de la porte, il eut comme une hésitation et revint sur ses pas.

— Commandant, je me souviens bien de quelque chose... C'est sans doute sans importance, mais...

40

Rue des Thermopyles, 19 h 50

— À présent, je vais t'expliquer ce qui va se passer, Eleni. Je vais te placer un cathéter dans l'artère axillaire et un autre dans la veine jugulaire. Ça ne fera pas mal, rassure-toi ! Pas davantage qu'une piqûre. D'un côté, tu vas donc te vider progressivement de ton sang. Dans le même temps, ton corps se remplira d'une solution spéciale qui permettra le processus d'embaumement permanent. Tu seras immortalisée à ton tour, comme nos sœurs. Ce sera pour toi un lent glissement sans l'inconscience. Je placerai le goutte-à-goutte au ralenti afin que ta métamorphose dure le plus longtemps possible. Sache toutefois que lorsque tu auras perdu entre un demi-litre et un litre de sang, tu plongeras dans un sommeil sans retour. Cela ne prendra que quelques minutes. Un quart d'heure tout au plus. En moins d'une heure, tu seras aussi froide et rigide qu'une statue. Pablo va se régaler, lui qui t'avait imaginée en déesse Athéna ! Tu étais à ses yeux une statue vivante, tu seras désormais une statue permanente ! Quel beau cadeau je lui fais, tu ne trouves pas ? Et quelle vengeance aussi ! Car si tu n'étais pas venue à l'Acropole il y a trois ans, si Pablo n'avait pas cultivé une véritable obsession à ton égard, s'il ne m'avait pas humiliée en reportant sur toi le désir que j'avais éveillé chez lui lorsque j'étais enceinte, tu ne serais pas là ce soir. Et moi non plus, sans doute. Tu as, par ta participation involontaire aux fantasmes de Pablo, déchaîné des forces qui ne s'éteindront qu'avec nous. Car je vais t'accompagner dans ce voyage, Eleni...

Eleni se mit à trembler de tous ses membres, saisie d'un sentiment de terreur absolue. Elle allait mourir et était incapable de se défendre. Elle était à présent persuadée que celle qu'elle avait considérée comme une alliée était non seulement une dangereuse criminelle, mais également une folle. Elle avait perdu tout sens des réalités et vivait dans un monde fantasmé qui n'appartenait qu'à elle. Un monde hanté de déesses, de statues et de momies. Et de femmes enceintes amputées de leurs membres. Pablo Zaragoza avait-il été complice de ses perversions criminelles ? Et Martha Apfelbaum, quel rôle jouait-elle exactement dans ce jeu d'échecs macabres ? Enfin, que voulait dire Emma Bell lorsqu'elle parlait de l'accompagner dans ce voyage ?

— Vois-tu, Eleni, j'ai ouvert une voie en immortalisant et divinisant des femmes. D'autres comprendront mon message et prendront le relais. Mon œuvre ici-bas est terminée. C'est pourquoi je serai immortalisée en même temps que toi. Je vais m'asseoir à tes côtés avec les mêmes branchements. Nos sangs extraits de nos corps se mêleront dans le fond du bassin, tandis que nos veines s'empliront de formol. Tout cela devant Pablo qui assistera, impuissant, à la métamorphose des deux femmes qui auront le plus compté dans sa vie. Celle qu'il a mise enceinte, et celle qu'il a fait violer. Il restera seul, désormais, seul avec ses remords.

Emma Bell se dévêtit entièrement, laissant apparaître un corps ferme et bien conservé, puis introduisit avec une précision méticuleuse les cathéters sous l'aisselle et dans la gorge d'Eleni, avant de procéder de même sur elle. Puis elle régla le débit du goutte-à-goutte affecté à l'écoulement du sang ainsi que celui du formol. Elle prit place aux côtés de sa prisonnière et murmura :

— Bonne nuit, Eleni. Nous nous retrouverons bientôt dans le panthéon des déesses mères. Nous rejoindrons nos semblables, les Amazones...

41

Quartier général de la PJ, 20 h

Tous les membres du groupe d'enquête avaient les yeux rivés sur le gardien de la paix, au point que ce dernier regretta son audace. On lui avait posé des questions auxquelles il n'avait pas pu donner de réponses satisfaisantes, on l'avait congédié. Pourquoi avait-il estimé pouvoir encore leur être utile ? Mais il était trop tard pour revenir en arrière.

— Allez-y, Duval, de quoi vous souvenez-vous ?

— Eh bien… Lorsque la jeune femme m'a confié son vélo, elle a précisé qu'elle l'avait équipé d'un traceur GPS qui lui permettait de savoir à tout moment où il se trouvait. Elle m'a même montré la clé électronique qui déclenche le système. Je sais que ce n'est pas grand-chose, mais…

— C'est essentiel, au contraire, Duval ! s'emporta Peretti. C'est exactement le détail qui nous manquait. Est-ce que par hasard vous avez eu le temps de remarquer un détail concernant cette clé ? Réfléchissez bien, Duval !

Le gardien de la paix fronça les sourcils, puis se mit à sourire.

— Oui, ça me revient maintenant ! Le vélo, je n'y ai pas vraiment fait attention car on en voit partout. Mais des antivols équipés de GPS, c'est moins courant. Je me suis dit que si ça existait pour les deux roues, ça devait pouvoir fonctionner sur les voitures. Justement, j'ai un vieux coupé qui...

— Venez-en au fait, Duval ! Qu'est-ce qu'elle avait de particulier, cette clé ?

— C'était une clé ordinaire, avec un logo bien visible. Ça m'intéressait comme système. Pour ma voiture. Grâce au logo, j'ai pu trouver des infos sur Internet, mais j'ai été déçu car ces traceurs ne concernent que les vélos, pas les automobiles.

— Que représentait ce logo, Duval ? hurla presque Peretti.

— C'était le nom de la marque, tracé en lettres penchées noires et rouges.

— Quelle marque ? Vite !

— SpyBike.

Le groupe poussa un cri de joie unanime. Il suffisait de contacter le constructeur et obtenir les coordonnées précises du traceur GPS équipant le vélo d'Eleni Kokino pour le localiser aussitôt. En espérant, bien sûr, que la jeune femme se trouve à proximité.

— Nicolas, contacte Mesplède, de la BEFTI. C'est un truc pour lui !

*

— Nico ! Ça me fait plaisir de te voir. Tu bosses encore à cette heure-ci ? À propos, la collaboratrice que tu m'as envoyée est charmante.

— Qu'est-ce que tu me racontes, Arthur ? Je ne t'ai envoyé personne !

— Pourtant, elle m'a demandé de craquer de ta part le logiciel Doodle pour obtenir une liste de noms et d'adresses. Des femmes faisant partie d'une association plus ou moins féministe, si j'ai bien compris. Alma-Mater. Tu vois, je me souviens même du nom.

Voilà comment Kokino s'est procurée cette liste, songea Nicolas Béthune. Il s'en voulait de ne pas y avoir pensé avant. Il faut dire que tout s'était précipité à une telle vitesse... Ils n'avaient pas eu le temps d'explorer toutes les voies posément, comme ils avaient l'habitude de le faire. Tout s'était catapulté, mais on n'en était plus là. Il fallait coincer la criminelle avant qu'elle récidive.

— Arthur, en combien de temps peux-tu localiser un vélo équipé d'un traceur GPS ?

— Ça dépend. Tu as le nom du fabriquant ?

— SpyBike.

— Tu me laisses dix minutes et je t'obtiens ça.

*

— Ça y est, chef, on a localisé le vélo.

— Quelle adresse ?

— Rue des Thermopyles. Juste devant la maison d'Emma Bell.

— Bon Dieu ! Alors c'est elle la prochaine victime ! Il faut foncer là-bas, en espérant ne pas arriver trop tard !

42

Rue des Thermopyles, 20 h 05

Martha Apfelbaum sortit du métro Pernety et se dirigea vers la rue des Thermopyles. Elle y était venue plusieurs fois pour rencontrer Emma – bien qu'elle ait affirmé à Eleni et à la police ne pas avoir l'adresse des membres du groupe –, mais elle n'y avait jamais croisé Pablo Zaragoza. La jeune femme semblait vivre seule dans cette coquette maison, au milieu des miroirs, des sculptures et des sanguines. Martha n'avait pas cherché à en savoir davantage, mais à présent que les choses avaient pris un tour particulier, elle devait agir. Les sculptures de chair se multipliaient aux quatre coins de Paris et la police était sur les dents. Ils finiraient bien par remonter jusqu'à la source. Zaragoza était un malin, il avait certainement un plan et Martha voulait en faire partie. De toute façon, si Pablo était arrêté, il ne tomberait pas seul. Trop de monde était impliqué. Bien avant les quatre statues exposées dans la capitale, un véritable réseau parallèle s'était mis en place. Les amateurs du travail sulfureux de l'artiste étaient fortunés et avant tout des gens d'influence. Notables, avocats, juges, notaires, médecins, politiciens, monde du show-biz, producteurs de cinéma ou de télévision, ils appartenaient à des catégories privilégiées et protégées. On ne touchait pas à certaines personnes. Quoi qu'elles aient fait. Même si, pour satisfaire leurs fantasmes, elles allaient jusqu'à acheter des femmes embaumées. Le scandale serait très vite étouffé.

Martha reconnut la glycine mauve grimpant sur le mur en face de la maison. Le vélo d'Eleni était posé contre la façade. Elle n'en aurait plus besoin désormais. Emma l'avait prévenue de sa venue à l'abattoir la veille au soir. Les deux gardes du corps de Pablo l'avaient maîtrisée et endormie avant de l'emmener avec eux. Demain à l'aube, elle serait sans doute exposée dans quelque haut lieu de Paris, comme ses quatre autres sœurs. Pablo s'en était certainement déjà occupé. Où se trouvait son corps ou ce qu'il en restait ? se demanda-t-elle. Dans l'atelier secret où l'artiste créait ses œuvres ou ici-même ? Bientôt, elle saurait.

Elle actionna la sonnette de la porte d'entrée et attendit. Pas de réponse. Elle renouvela son geste, appuyant plus longuement. Elle était persuadée qu'Emma Bell était chez elle. Pourquoi ne voulait-elle pas lui ouvrir ? Quelque chose clochait. Machinalement, elle poussa la porte qui s'ouvrit d'elle-même. Étrange. Emma n'était pas du genre à laisser le premier venu s'immiscer chez elle. Aurait-elle oublié de verrouiller l'entrée ? C'était peu probable. Soit elle avait été cambriolée et elle était peut-être en danger, soit elle avait volontairement laissé la porte ouverte pour qu'on puisse pénétrer chez elle sans avoir à la forcer. Mais pour quelle raison ?

Elle entra prudemment, attentive au moindre bruit qui aurait signalé la présence d'un intrus, mais elle n'entendit rien. Pas un son, pas un murmure. La maison semblait déserte, comme abandonnée. Elle pressa l'interrupteur, faisant jaillir la lumière dans le vestibule. En face d'elle, l'escalier conduisant au salon du premier étage. Elle remarqua de la lumière sur le côté. La porte donnant accès au sous-sol était entrouverte. Sans réfléchir, Martha descendit les marches une à une. Elle se retrouva dans une pièce violemment éclairée par des néons. Au milieu se trouvait un bassin rappelant un peu la forme d'une coquille Saint-Jacques dans lequel étaient disposés côte à côte deux corps nus de femmes. Martha poussa un cri. Elle avait reconnu Emma Bell et Eleni Kokino. Des tuyaux étaient raccordés à leur aisselle et à leur gorge. Elles étaient très pâles. Du sang s'écoulait au fond de la cuve. Martha n'était pas étonnée par le sort réservé à Eleni. Elle savait qu'elle devait être la prochaine sœur du groupe de soutien à être immortalisée. Mais pourquoi Emma ? N'était-elle pas la seule à être en relation avec Pablo et chargée de diffuser ses œuvres ? Pourquoi l'artiste l'aurait-il sacrifiée ? Surtout maintenant. Il y avait là quelque chose d'incompréhensible. À moins qu'il ait souhaité en finir en sacrifiant celle qui avait été si longtemps sa compagne.

Martha remarqua alors une silhouette qui se détachait dans un coin de la salle. Une forme humaine assise sur un fauteuil roulant. Elle n'avait jamais vu Pablo Zaragoza, mais ne douta pas un seul instant qu'il s'agissait de lui. Il n'était plus réapparu en public depuis des années et elle ignorait qu'il se déplaçait en chaise roulante. L'artiste avait-il subi un accident qui l'aurait obligé à se tenir à l'écart du monde ? Pour l'heure, il se trouvait devant elle, figé, les yeux rivés sur les deux femmes qui se vidaient de leur sang.

Cette immobilité était étrange. Martha remarqua que ses yeux ne cillaient pas et qu'aucun muscle de son visage ne bougeait. Elle s'approcha de lui et posa une main sur son visage. Elle la retira aussitôt, horrifiée. La peau de l'artiste était glacée.

43

Rue des Thermopyles, 20 h 15

Le quartier Pernety était bouclé et la rue des Thermopyles condamnée par un barrage de police. Tout s'était mis en place très vite. Même si l'opération ne débouchait sur rien de concret, il fallait la tenter. Peretti et son équipe étaient arrivés peu de temps après la mise en place du dispositif. Ils étaient armés et avaient revêtu leurs gilets pare-balles. Il fallait prendre toutes les précautions. Eleni Kokino avait abandonné le Glock après avoir tiré sur René Chafouin, mais elle avait prouvé qu'elle était dangereuse. Il serait sans doute difficile de l'interpeller en douceur. À condition, bien sûr, qu'elle soit dans le périmètre.

— Vous me suivez, ordonna Peretti à ses collègues. Scannez bien toutes les issues possibles. Les portes, les fenêtres. Elle se trouve peut-être chez Bell, comme elle peut être n'importe où ailleurs. Ce n'est pas le moment de se faire désouder.

Les flics avançaient en crabe, Peretti en tête, les deux mains sur la crosse de son Glock dirigé tantôt vers le haut, tantôt sur les côtés. Arrivé devant la maison d'Emma Bell, au milieu de la rue, il constata immédiatement que la porte était entrouverte. De la lumière filtrait de l'intérieur. Peretti se retourna et posa un doigt sur ses lèvres. L'effet de surprise devait être total.

Le commandant s'approcha du seuil le premier et, d'un léger coup d'épaule, ouvrit complètement le battant. Il repéra aussitôt la configuration des lieux. Un escalier montait au premier, un autre, à demi caché par une porte basse, conduisait au sous-sol. D'un geste, il désigna Blaise, Gaëtan et Irma pour inspecter l'étage, tandis que les autres l'accompagneraient en bas.

Peretti s'engagea dans l'étroit escalier, posant le pied sur chaque marche, le dos appuyé contre la paroi, évitant de faire le moindre bruit. Un pied encore posé sur la dernière marche, il faillit pousser un juron en découvrant la scène qui s'offrait à son regard. Deux femmes étaient affalées dans une cuve, nues et d'une blancheur cadavérique. Emma Bell et Eleni Kokino. Dans un coin, un vieil homme assis sur une chaise roulante. À ses côtés, Martha Apfelbaum qui affichait un air égaré.

— Plus un geste ! lança Peretti.

Il déboula dans le sous-sol avec, à sa suite, Nicolas, Maurice et Éléonore.

— Léo, tu t'occupes des victimes. Martha Apfelbaum, vous êtes en état d'arrestation. Nicolas, mets-lui les bracelets.

Martha avait perdu de son assurance et de sa superbe. Elle se laissa menotter sans broncher, se défendant mollement.

— Je… Je n'y suis pour rien. Je viens tout juste d'arriver. Elles étaient déjà dans cet état…

Peretti lança un regard en direction d'Éléonore qui, après avoir prit le pouls des deux femmes, secoua négativement la tête.

— Deux assassinats de plus seront mis à votre compte, Martha Apfelbaum. Après ceux de Peggy Rivière, Charlotte Balmoral, Giovanna Malfizia et Marie de Bussy.

Atterrée, Martha se laissa emmener par Nicolas Béthune sans opposer de résistance. Peretti se pencha alors sur le vieil homme qui n'avait pas bougé.

— Monsieur ? Monsieur ?

Peretti appuya sur l'épaule de l'homme. Son corps bascula à terre. Il était rigide, comme pétrifié. Il n'était plus de ce monde, sans doute depuis longtemps. Il ne restait de lui qu'une dépouille impeccablement momifiée.

— Maurice, tu le prends en photo et tu lances le programme de reconnaissance faciale. On ne peut plus rien pour lui. Pour nous, l'enquête est terminée. On laisse la place au légiste et à la scientifique.

Le commandant Antoine Peretti avait enfin arrêté l'assassin, mais il n'était pas satisfait. Tout semblait accuser Eleni Kokino, or elle figurait parmi les victimes. Il ne pouvait s'empêcher de se sentir coupable. Il ne l'avait pas écoutée lorsqu'elle avait tenté de l'alerter. Il ne lui avait pas fait confiance et l'avait suspectée à tort. Pourtant, c'était bien elle qui avait volé le Glock 19 avec lequel René avait été éliminé. Et un témoin l'avait vue sortir de la voiture. À moins que tout cela n'ait été qu'une gigantesque machination. Après tout, le témoin en question n'avait fait que passer un appel à Police-Secours. Personne ne l'avait interrogé et au téléphone il n'avait pas décliné son identité. Comme celui qui avait prétendument découvert le cadavre de Peggy Rivière dans la cour d'honneur du Palais-Royal. L'assassin lui-même avait donc pu contacter la police après avoir commis ses forfaits. En l'occurrence, Martha Apfelbaum. Quelles avaient été ses motivations, et comment s'y était-elle prise pour embaumer toutes ces femmes ? À moins qu'elle n'ait bénéficié de complicités. Sans doute Emma Bell, puisque ce sous-sol était visiblement aménagé pour sacrifier les victimes et les exsanguiner. La police scientifique et le légiste confirmeraient tout ça. Ensuite, il faudrait cuisiner cette Martha Apfelbaum. Elle aurait certainement beaucoup de choses à raconter. À moins qu'elle nie tout en bloc. En l'absence de preuves tangibles, et avec un bon avocat, elle s'en tirerait avec une peine légère, voire un acquittement. Et si elle était réellement innocente, alors c'est que le tueur était toujours en liberté. On ne connaîtrait jamais la vérité.

Avant de quitter le sous-sol, Peretti jeta un dernier regard en direction d'Eleni. Morte, elle était aussi belle que vivante. Nue, elle lui rappelait non seulement le visage, mais aussi le corps de Sandra avec qui, en dehors de leurs relations professionnelles, il avait eu jadis une aventure. Il comprit alors que s'il avait rejeté à ce point Eleni, causant ainsi sa fin tragique, c'est parce qu'il avait eu peur de tomber amoureux d'elle comme il l'avait été de Sandra

Lutétia. Il avait aimé deux femmes dans sa vie, et les deux étaient mortes à cause de lui.

Ce soir, il savait ce qu'il allait faire. Il irait rejoindre son pote Elie et se prendrait une biture à l'*Octomore*.

Cette histoire aurait pu se terminer ainsi.

Mais elle pourrait aussi se terminer comme cela :

44

Rue des Thermopyles, 20 h 25

Le commandant Peretti s'arracha à la contemplation malsaine du cadavre exsangue d'Eleni Kokino. Ce qui était fait était fait, il était impossible de revenir en arrière. Les remords tardifs n'arrangeraient rien. La scientifique ne tarderait pas à débarquer. Il fallait lui laisser la place. Il allait remonter l'escalier lorsqu'il perçut un gémissement. Il fit volte-face et s'aperçut que le corps d'Eleni bougeait faiblement. Ce n'était pas possible ! Éléonore Mancel s'était pourtant assurée que le pouls des deux femmes était inexistant. Et avec le sang qu'elles avaient perdu, elles ne pouvaient pas rester en vie. À moins d'un miracle. Or, les miracles, il n'y croyait pas.

Il se précipita vers la silhouette alanguie de la jeune femme. En se penchant sur son visage, il perçut un faible souffle. Elle respirait encore, mais ce sursaut de vie ne tenait qu'à un fil. Sans prendre le temps de réfléchir, il lui arracha le cathéter par lequel son sang était pompé ainsi que celui qui se trouvait planté dans sa veine jugulaire.

Sans être médecin, il avait intuitivement accompli les bons gestes. Il fit de même avec Emma Bell. On ne savait jamais. Puis il se précipita vers l'escalier pour demander des secours.

Justement, une ambulance du SAMU venait d'arriver. Peretti, essoufflé, expliqua en deux mots la situation. Les hommes se mirent aussitôt en action. Quelques minutes plus tard, les deux femmes étaient allongées sur une civière et placées à l'intérieur du véhicule.

— Elle va s'en sortir ? interrogea Peretti.

Il réalisa qu'il avait parlé au singulier alors qu'il y avait deux femmes à sauver.

— Elles ont perdu beaucoup de sang. Pour l'une, il n'y a plus rien à faire. On emmène l'autre aux urgences pour une transfusion sanguine.

— Vous me tenez au courant. Commandant Peretti, de la Crim'.

L'ambulance démarrait déjà, sirènes hurlantes. Peretti n'était pas croyant, mais il se surprit à marmonner une prière. Pourvu qu'elle ait la vie sauve, pourvu qu'elle ait la vie sauve, pourvu qu'elle ait la vie sauve.

— Vous parlez tout seul, commandant ? Remarquez, avec tout ce qui se passe depuis lundi, il y a de quoi perdre la boule. En tout cas, on ne se quitte plus, on dirait.

Le docteur Borrel était planté devant Peretti, son indispensable bouffarde au bec.

— Cette fois, je pense que c'est la dernière, docteur. On a pincé le criminel. Du moins, je l'espère.

Le légiste exprima un copieux nuage de fumée grise.

— C'est une bonne chose, bien sûr, mais en même temps je ne peux m'empêcher de trouver ça dommage. Je commençais à m'y habituer, à ces crimes artistiques.

— Il vous en reste un à examiner en bas. Mais je ne pense pas qu'il soit très frais. Il y avait deux autres victimes, vous les avez ratées de peu. Elles ont été transportées aux urgences.

— Vous m'en voyez navré. Bon, je descends. Vous m'accompagnez ?

Peretti montra le chemin au légiste qui, après avoir rapidement palpé le corps du vieillard, fit un rapide diagnostic.

— Vous avez raison, l'embaumement n'est pas récent. De qui s'agit-il ?

— On le saura bientôt. Son identité nous aidera peut-être à comprendre enfin quelque chose à toute cette histoire.

Le docteur Borrel délaissa la dépouille et se dirigea vers le bassin au fond rempli de sang. Il l'inspecta avec curiosité.

— Ces cathéters étaient disposés sur les corps des victimes ?

— Oui, l'un sous l'aisselle et l'autre dans la gorge. Je les ai arrachés lorsque j'ai constaté que l'une des femmes respirer encore.

Le docteur Borrel prit le temps d'observer attentivement le dispositif mis en place, inspecta les tubulures, fit fonctionner le goutte-à-goutte, huma le contenu d'un des bocaux suspendu au-dessus du bassin.

— Je crois savoir ce qui s'est passé. Le système qui a été mis au point permettait de vider progressivement le sang de la victime et dans le même temps de le remplacer par cette solution à base de formol. Ingénieux, je dois le reconnaître et aux effets redoutablement efficaces et rapides. Il est impossible de survivre longtemps à ce régime-là. Surtout, le formol injecté dans les veines produit des dommages irréparables. Dans les deux cas, c'est la mort assurée en quelques minutes.

— Pourtant, l'une des victimes a semblé sortir de son sommeil. Elle était pâle et très affaiblie, mais elle respirait encore.

Le docteur Borrel brandit l'une des tubulures reliée au bocal.

— Voilà l'explication ! Cette tubulure s'est bouchée, empêchant l'écoulement du produit d'embaumement dans ses veines. Et le goutte-à-goutte était réglé au minimum.

— Donc, elle va s'en sortir ?

— Je suis médecin, pas magicien, mon cher. Cela dépend de la quantité de sang qu'elle a perdue, de l'état de son cœur et de la rapidité avec laquelle la transfusion lui sera administrée. Mais elle a ses chances, oui.

Il ralluma sa pipe et conclut :

— Je dirais une chance sur cent. En étant optimiste.

*

Eleni est plongée dans un trou noir. Un abîme sans fond qui l'entraîne toujours plus bas, aspirée par un vortex. Elle a abandonné toute résistance, toute volonté, toute pensée. Elle n'est plus rien qu'une flammèche que le moindre souffle peut éteindre. Cela ressemble à la mort. À moins qu'elle ne soit déjà morte ? L'âme, dit-on, survit au corps durant quelques jours, voire quelques semaines. En Grèce, cette survie invisible est de quarante jours, durant lesquels on prie et on nourrit le défunt avec un gâteau traditionnel à base de blé, de miel, de raisins secs et de cannelle. On place également un verre d'eau à ses côtés afin que son âme se désaltère. Eleni a souvent assisté aux cérémonies funéraires orthodoxes, mais cette fois, elle se trouve à la place du trépassé. Une place d'où l'on ne revient pas. On dit que lorsqu'on passe de l'autre côté toute sa vie défile en accéléré, comme un film qui s'emballe. On parle aussi d'un grand tunnel lumineux au bout duquel on est attendu par son ange gardien. Rien de tel pour Eleni. Uniquement ce noir absolu, ce vide, ce néant où elle se perd, sans espoir de retour. Elle n'a même plus conscience d'elle-même. Ni de son nom, ni de son passé, ni des circonstances qui l'ont conduite à cet état.

Soudain une lueur. Comme une étincelle, ou une étoile qui s'allume dans le ciel. Un trou de lumière dans cette nuit absolue. Des sensations physiques qui reviennent également. Les paupières lourdes. Le corps engourdi. Un battement régulier qui pulse dans son cerveau. Elle sombre à nouveau, puis refait surface. Lentement. Il lui semble qu'elle réintègre peu à peu son corps, tel un vêtement qu'elle aurait prématurément quitté. Elle entend sa propre respiration, le pouls régulier de son sang dans ses veines. Elle tente de bouger ses pieds, ses mains, mais elle est encore trop faible. Elle parvient à déplier ses cils comme un rideau que l'on tire. Une lumière vive agresse sa rétine. Elle referme aussitôt les yeux. Où se trouve-t-elle ? Soudain, la mémoire lui revient d'un seul coup. Elle se trouvait assise dans une sorte de baignoire, entravée, se vidant lentement de son sang à coté d'Emma. Emma, qui avait tué toutes ces femmes avant de s'en prendre à elle. Emma, qui avait décidé de l'accompagner dans la mort.

Elle pousse un cri et se dresse sur son séant. Elle s'attend à retrouver la salle où l'a capturée Emma. Elle sent encore les cathéters dans ses bras, elle voit les tubulures remplies de sang. Le cauchemar continue...

— Ne vous agitez pas, élève officier Kokino. Vous allez arracher vos perfusions.

Eleni réalise qu'elle se trouve dans une chambre d'hôpital propre et nette, aux murs blancs percés de fenêtres ouvrant sur un jardin. Elle reconnaît aussitôt l'homme qui vient de s'adresser à elle. Le commandant Peretti. Elle essaye de parler, mais sa gorge est encore bloquée. Pourquoi n'est-elle pas morte en même temps qu'Emma Bell ? Et pourquoi le policier se trouve-t-il ici ? Est-il venu l'arrêter ?

— Vous avez encore besoin de repos, Kokino. Mais je tenais à vous rassurer. Vous ne risquez plus rien. Emma Bell est morte. Martha Apfelbaum nous a raconté toute l'histoire. Elle va être inculpée de complicité d'assassinat avec préméditation, de traite des êtres humains, de trafic de cadavres et de plusieurs autres chefs d'inculpation. Les deux gardes du corps aux ordres d'Emma Bell ont également été interpellés. Mais ce n'est pas tout : un vaste réseau de collectionneurs de statues de chair, vivantes ou mortes, a été identifié. Que du beau monde. Cela dit, leurs relations et leur fortune ne les mettront pas à l'abri de peines de prison très lourdes. Quant à l'artiste qui est à l'origine de tout cela, ce Pablo Zaragoza que vous aviez rencontré en Grèce dans des circonstances douloureuses et qui avait complètement disparu de la circulation, c'est sa compagne qui a pris soin de lui après un accident de voiture qui l'avait rendu tétraplégique. Il est décédé à la suite d'un AVC dont les causes sont obscures. Emma Bell l'a embaumé et l'a conservé auprès d'elle dans un fauteuil roulant. On a retrouvé du linge, des couches, des boîtes de conserve, dont certaines pour animaux. Apparemment, elle continuait à le traiter comme s'il était encore vivant et prenait plaisir à l'humilier. Mais à présent qu'elle est morte, nous ne connaîtrons jamais les motivations qui ont pu conduire cette femme à de telles extrémités. Une chose est sûre : elle était folle à lier.

Eleni a du mal à suivre toutes ces explications. Son esprit est encore brumeux. Ce qu'elle retient toutefois, c'est que le cauchemar est terminé et que sa vie va reprendre normalement. Ou presque. Elle a commis des erreurs et elle devra en payer le prix. Mais tout vaut mieux que la fin atroce qu'elle a côtoyée. Et son bourreau d'Athènes a été puni pour ses forfaits. Quant à son avenir professionnel…

Le commandant Peretti semble deviner ses pensées. Pour la première fois, il lui sourit.

— Lorsque vous serez rétablie vous reprendrez vos fonctions, élève officier Kokino, et vous obtiendrez votre diplôme de l'École nationale supérieure de police.

Il hésite une seconde, avant d'ajouter :

— Lorsque vous serez titularisée, venez me voir. J'ai besoin de quelqu'un pour remplacer René Chafouin, abattu par Emma Bell avec le Glock que *vous* avez volé. Ne vous inquiétez pas, nous avons passé l'éponge. Alors, si ça vous dit de travailler à la Crim', il y a une place pour vous.

Ses yeux détaillent ses mains appuyées sur le drap.

— À une condition : que vous cessiez de porter des gants. De toute façon, je suis sûr que vous n'en aurez plus besoin...

À présent, cette histoire est vraiment terminée. À moins que... ?

NOTE DE L'AUTEUR

Ce roman est né d'une réflexion sur l'art, notamment la représentation du corps féminin depuis l'Antiquité grecque jusqu'à l'art contemporain. Le rapport entre le sculpteur ou le peintre et son modèle m'a également interpellé, dans la lignée du mythe connu de Pygmalion et Galatée. Je me suis alors posé la question suivante : et si le modèle vivant devenait à son tour œuvre d'art ? Une œuvre d'art forcément éphémère, sa durée étant limitée aux temps de pause ou, dans le meilleur des cas, à la vie du modèle. À moins que l'artiste ne cherche à figer son œuvre vivante en l'immortalisant, grâce notamment à la méthode d'embaumement permanent du taxidermiste italien Alfredo Salafia. Évidemment, cette réification de la personne humaine ne peut passer que par la mort. Il m'a semblé tenir là un bon sujet de thriller.

Alors que je terminais l'écriture de mon récit, je me suis renseigné sur l'existence d'autres romans traitant de près ou de loin du même sujet. Il en existe peu, mais je me dois de les citer ici, même si leur traitement est évidemment très différent du mien. Celui qui m'a le plus impressionné, et qui m'aurait dissuadé d'écrire mon roman si je l'avais lu avant, est *Clara et la pénombre*, de José Carlos Somoza, traduit de l'espagnol par Marianne Millon (Actes Sud, 2003). D'ailleurs, je n'ai pas manqué de faire un clin d'œil à ce magnifique et troublant roman en citant dans mon texte le personnage de Bruno Van Tysch, ce peintre pratiquant l'art hyper-dramatique qui consiste à transformer des êtres humains en toiles vivantes. J'ai également retenu *Lorsque j'étais une œuvre d'art*, d'Éric-Emmanuel Schmidt (Albin Michel, 2002), dans lequel un personnage se trouvant laid accepte de devenir une œuvre d'art en se livrant à un artiste qui le soumet à des opérations de chirurgie esthétique.

Cette liste n'est évidemment pas exhaustive.

Je tiens également à remercier pour leurs conseils éclairés, prodigués au moment où j'en avais besoin pour clarifier ou enrichir mon récit : le scénariste et formateur Elie G. Abécéra, les auteurs Marie-Florence Ehret, Vincent Hauuy et Jean-Philippe Chabrillangeas, ainsi que la psychanalyste Martine Glomeron.

pca
cmb
édition pré-presse
livres numériques

44400 Rezé

Éditions du 123

Achevé d'imprimer
par L&C Printing Group en septembre 2024
Numéro d'impression : 01

–

Dépôt légal : octobre 2024
Numéro d'édition : 01
Imprimé en Pologne

–

ISBN : 978-2-37610-170-3